大本营情报参谋战记

大本営参謀の情報戦記

〔日〕堀荣三 著

刘 星 译

世界知识出版社

图字：01-2020-5210号

图书在版编目（CIP）数据

大本营情报参谋战记 /（日）堀荣三著；刘星译. —北京：世界知识出版社，2022. 5
ISBN 978-7-5012-6405-6

Ⅰ. ①大… Ⅱ. ①堀… ②刘… Ⅲ. ①传记文学—日本—现代 Ⅳ. ①I313. 55

中国版本图书馆CIP数据核字（2021）第160428号

策划编辑	袁路明
责任编辑	蒋少荣
责任出版	赵 玥
责任校对	陈可望
封面设计	小 月
书　　名	**大本营情报参谋战记** 大本営参謀の情報戦記 Dabenying Qingbao Canmou Zhanji
作　　者	〔日〕堀荣三
解　　说	〔日〕保阪正康
译　　者	刘 星
出版发行	世界知识出版社
地址邮编	北京市东城区干面胡同51号（100010）
网　　址	www.ishizhi.cn
电　　话	010-65265923（发行）　010-85119023（邮购）
经　　销	新华书店
印　　刷	河北新华第一印刷有限责任公司
开本印张	710毫米 × 1000毫米　1/16　15印张
字　　数	230千字
版次印次	2022年5月第一版　2022年5月第一次印刷
标准书号	ISBN 978-7-5012-6405-6
定　　价	82.00元

“北京大学战争与战略研究丛书”
编委会

丛书序言

“兵者，国之大事，死生之地，存亡之道，不可不察也。”中国古代兵圣孙子在两千多年前就已经写下了这段发人深省的至理名言。以《孙子兵法》为代表的中国古代军事与战略研究是世界军事与战略研究中的璀璨明珠。现代军事战略发端于法国大革命与工业革命，在国际史学界，19世纪中叶以来的军事与战争史被定义为近现代军事史和战争史。近现代军事史与战争史与现实距离最近，其所能提供的历史经验和教训，不仅对于现实，而且将会对未来产生深刻的影响。中国在近现代的军事与战争实践经验是丰富的，也诞生了毛泽东等战略大师，其“人民战争”与“游击战”理论的影响远远超越了中国国界。

同时，中国的现代战争与战略研究，与一些发达国家相比还存在明显的差距。这主要是因为中国的现代战争与战略研究起步较晚，基础相对薄弱，并且相对缺乏机械化、海战和空战等现代战争经验。与古代战争和战略研究一脉相承的是，军事史与战争史是现代战略研究最重要的学科基础。拿破仑战争的实践催生了克劳塞维茨的《战争论》；通过梳理近现代的海战史，马汉总结出“海权论”；第一次世界大战的教训又推动各国战略理论家对于“空权”“间接战略”“坦克战”“大纵深战役”等问题的理论研究。长期以来，因为投入相对有限，中国学界对于近现代战争史的研究，虽然通过军内和地方学者的努力，在中国人民解放军军史和战史、抗日战争史、解放战争史和抗美援朝战争史研究方面取得了丰富的成果，但还是缺乏深度和广度，不仅中国自身的战争经验尚未得到深刻的总结和有效的利用，而且对于自身所缺乏的国外战争经验的借鉴也相当有限。

国外现代军事史和战争史研究领域的优势，主要源于其对于军事与战争历史研究的高度重视，以及军民融合与综合研究的传统。早在一个世纪以前的1909年，牛津大学就已经设立了战争史讲席教授。首任讲席教授斯宾塞·维金森在就职演说中指出，既然牛津大学的学生是未来的治国人才，那就有必要让他们了解和掌握军事和战略问题，要实现这一目标，只有一种途径，就是开展对于军事史，尤其是近现代军事史和战争史的教学。除学界外，国外军界对于地方学者参与军事历史研究一直十分支持。在19世纪末期，英国皇家海军学院就聘请多名海军史学家前往任教，英国海军史学家和海军战略家科贝特甚至参与了第一次世界大战前英国海军对德作战计划的制订。第二次世界大战结束以来，英国、美国军方也邀请了诸多历史学家参与了其官方战史、情报史的编纂，以及很多总结历史经验、为现实服务的研究课题。除军界和学界的努力之外，发达国家很多民间的研究者，凭着兴趣与热情，利用开放的历史档案，撰写了大量高水平的军事历史著作，不仅填补了很多研究空白，而且增进了公众对于军事历史的真实了解。因此，国外军事史研究呈现出军界、学界与民间共同携手，宏观、中层、微观研究与普及教育打通，百花齐放、百家争鸣的格局，为军事战略研究打下了坚实的历史基础。

“自古知兵非好战”。要想更好地维持和平，必须更深入地研究战争与战略。北京大学国际安全与和平研究中心立足北京大学这一综合性大学的良好的学术环境，旨在以军民融合的方式，通过坚持不懈地推进军事史和战争史研究，为中国的战争与战略研究夯实基础。为此，我们编辑出版“北京大学战争与战略研究丛书”，希望凭借这一平台在两个方面聊尽绵薄之力：一是充分吸收和借鉴国外军事史以及战争与战略研究的优秀成果，二是努力推介国内学界对于近现代中外战争与战略的原创性研究成果。期盼学术界同行、同好共襄此举。需要指出的是，本丛书选择译著与论著的依据是其在战争与战略研究领域所具有的学术参考价值，并不表示编委会和出版社赞成其观点或证实其内容，请读者阅读时注意分析鉴别。

最后，衷心感谢世界知识出版社，以及丛书的作者和译者对于我们的鼎力支持。

北京大学战争与战略研究丛书编委会

2013年10月

前　言

情报（译者注：在现代日文中，“情报”兼具英文intelligence和information两层含义，作者并没有对两者进行严格的区分，但基本上是指intelligence，即中文情报而非信息之意）这个词没有一天不出现在电视、广播和报纸上。某家报纸曾写道，因为情报信息泛滥，很多人哀叹被埋没在了过多的情报之中。随着经济的高速增长，人们已经进入了频繁使用情报一词的时代，什么事情只要用上这个词大家就会蜂拥而至。

但是，这种情报是对方想要透露的情报，是作为商品被销售才得以泛滥的情报。

而情报中还有很多不想出售的情报、不想告诉对方的情报和被了解会很麻烦的情报。其中有很多类似于如果被对方得到，就会因对方了解了本方企图和想法而导致本方利益受损的情报。围绕着这种情报，试图获取的一方与试图隐藏的一方之间一定会发生争夺。这种争夺就被称为情报战，最近也被称作谍报战。不仅仅国家之间，企业之间或在政治和社会生活当中，为了探寻对方试图隐藏之物而进行的斗争与竞争从未间断过。当然， 3
在这些斗争中，探知到对方隐藏情报的一方将处于有利地位。

一旦发生战争，由于是双方互相以生命和国家命运为赌注搏杀，了解对方的企图将是决定胜败最重要的因素。

但是，纵观古今中外的战争，没有一例战争是百分之百掌握了对方心中想法的情报并轻轻松松进行的。在真实的战场上，只掌握不到一半想掌握的情报，尚不明确敌人意图，一边暗中摸索一边作战的情况并不少见。这才是战争。因此，如何解析并处理达不到百分之百的那一部分空白，这是情报工作者最重要的工作。能否做到这一点，是战场判断敌情的关键，其结果将会导致胜利或失败。

而在战场上解析情报与在研究室做学术研究并不相同，战场上必须在规定的时间内做出判断给出答案，并且时间的限制有时几近无情。可能很多人认为进入计算机时代，不用花费太多的辛劳就可以收集到各种情报并进行解析，从而使判断变得容易。的确，通过事前输入的数据，以往的辛劳可以减轻。但是，完全准确无误地输入战争的各种数据是根本不可能
4 的。比如即使只有5%的空白，也不会改变拨开迷雾发现真实的难度。

对于这个空白部分，通过已经得到的情报，从不同视角出发予以解析，在规定的时间内做出判断，这就是战时的情报工作。

战后出版的很多书中，都按照间谍、破解和盗取密码、外交官在背后的活跃工作等充满刺激的故事来描写情报战。

但是在战场上，情报战士的工作原本是很朴实的，不可能仅靠在学校学习就会马上成才。它类似于“职人”工作，在不断积累的知识与经验的基础之上，通过亲身感受到的“职人直觉”必不可少。

本书记述了一位完全没有接受过情报训练的军人，在太平洋战争（译者注：日本将第二次世界大战分为“日中战争”和“太平洋战争”，根据日本主流的观点，前者指“七七”事变后的中国战场，后者主要指偷袭珍珠港后以日美作战为主的太平洋战场）中因一个偶然的机会成为大本营情报参谋，战后历任自卫队的国外班长、驻外武官、统幕第二室（情报室）室长，跻身于情报世界，在活生生的战场和平时的工作中偷学情报手段，或者说在接受训练的同时学会了如何获得藏身迷雾中的情报，如何进行解析，从而获得情报“职人直觉”，包括所有失败和错误的亲身经历。同时，作者也从情报战的角度再次审视了亲身经历的太平洋战争及战后日本自卫队的发展。

直到1945年日本战败，军队是日本最大的组织，也是最需要情报的组织。这个组织具备或不具备哪些情报收集、分析、处理和管理等功能，有什么缺点？通过经历、经验来描述上述问题，将会有助于推导出当时日 5
本军队这个最大的组织在情报方面的内在问题。

本书大部分内容以作者在太平洋战场上的亲身经历为主，但是今天，情报在企业、政治、社会生活中都发挥着极为重要的作用，对于在各个领域和组织中从事与情报（信息）有关工作的人们而言，本书也会提供很多可思考之处。

本书反复出现战略、战术、战场等以往的军队用语，如果在企业工作的读者阅读，则可考虑将战略理解为企业的经营方针，将战术理解为职场
和营业活动，而战场则是市场，战场侦察则是市场调研。 6

目　录

一、陆军大学校的情报教育

1.“任命你为大本营陆军参谋”

1943年10月1日。东京的天空从早上就被厚厚的阴郁云层覆盖，瞬间小雨随着北风而至，又被强风刮停，这是一个台风即将来临的日子。

这一天我被任命为陆军少佐（译者注：少校），再过两个星期就迎来30岁生日，我好像还没有适应第一次佩戴金色参谋饰绪（俗称参谋勋章）。

这一天我刚被任命为参谋，正一步一步地走在通往市谷台大本营陆军部的之字形急上坡（俗称地狱坂）的路上。尽管才10月，道路两侧的樱花叶已经时而随风飘落了。

以前曾是尾张公藩邸的市谷台在明治后建立了陆军士官学校。在这所 15
学校学习的学生们星期天被允许外出，从某个时期开始，这个小山坡被学生们轻快下坡时称为极乐坂，傍晚回学校时则因步履沉重而被称为地狱坂。

“陆军士官学校教官堀荣三：现任命你为大本营陆军参谋并隶属第二部。”这是一份记载在《军事秘密陆军移动通报》中，代表着我命运转折的调令。

就在登上地狱坂看见大本营陆军部的雄伟建筑时，雾雨再一次滴落到脸颊。我一路小跑进了大门。和预报的一样，强台风正在接近房总海域。

地狱坂也好，台风接近和雾雨来袭也罢，似乎都预示着这位年轻的大本营陆军参谋将前途未卜。

这一年是日本手忙脚乱的一年。在中太平洋，美军对马金岛、塔瓦拉岛进行着轰炸。在新几内亚，美澳联军也登陆芬什港。2月，日军在瓜达尔卡纳尔岛败退，这是开战后第一次撤退。5月，阿图岛守备队2500人全军覆灭。在美军的攻势面前，日军完全处于守势。9月30日，大本营匆忙将从千岛、马里亚纳群岛、卡罗林群岛直到西新几内亚一线划为太平洋的
16 绝对国防圈，并得到天皇的裁决。绝对国防圈是指绝不能让敌人进入一步的一条线。

实话说，我对这道调令充满了困惑。1942年12月，我从陆军大学校（以下简称陆大）毕业（陆大56期），其后在战车学校（坦克学校）接受了3个月装甲兵训练，1943年4月起被任命为在座间的本科士官学校的战术教官。担任半年后，按照日军惯例，应是从大学调任到师团或者军担任1—2年参谋后再成为大本营参谋。而完全没有参谋经验的人马上就接到大本营参谋的任命，与其说感到光荣，不如说不安。特别第二部是情报部，在我当时的军历里，没有任何与情报有关的工作，甚至想不起在陆大是否接受过以情报工作为目的的教育。

陆军士官学校毕业后，我出任骑兵少尉（第一次被授予军衔），从骑兵联队到出任士官学校马术教官这一被骑兵军官们羡慕的闲职后进入陆大，毕业后成为战术教官。在这段从军经历中，完全没有出现过情报二字。

盛传大本营是人才荟萃之处，参谋经历皆无的人去了那里令人担忧，况且完全没有情报方面的经验，在赴任新单位前我充满了不安。

不管怎样，这是我第一次戴上参谋勋章。第二次世界大战后，人们多
17 将参谋勋章作为乐队、仪仗队、警察队长等的配饰物加以穿戴，但其起源却是欧洲担任参谋职务的军官们将在地图上做记录的必需品——红色和蓝色粉笔用绳扣系起来，从右肩斜挎系到胸前纽扣上的实用品。不管其内容如何，当时这可是非常时兴的装束。

到大本营报到后，我才知道被安排在第二部（情报部）第16课，第二部还有第5课（苏联情报）、第6课（美英情报）、第7课（中国情报）和第8课（宣传、谋略）等，第16课也被称为德国课，原本属于第6课，但在1942年4月德国优势处于鼎盛时从第6课中独立，成为大本营中最小的课。课长是西乡从吾大佐，课副参谋是我一个人，整个团队包括打字员、杂务等在内，只有十五六人。（参见　开战后大本营陆军部的变迁）

西乡大佐是明治维新功臣西乡从道大将的孙子，曾在大岛浩武官领导下担任过驻德辅佐官，是出类拔萃的德国通，也是一名坚定的亲德派。

在第16课，我有生以来第一次看到涉及情报的电报。大多数电报发自驻轴心国德国、意大利、罗马尼亚和中立国的武官、大使以及公使，在电报的右上方会有亲启、极秘等字样的朱色印泥方章。除此之外，办公桌还会摆上日本国内外通讯社的速报新闻、外国电台广播和报纸的报道等。

回到家的当晚，我向家父堀丈夫说了将从事情报工作的事。父亲放下
酒杯，想了一下说道：“我当了快40年军人，只有情报工作没有接触过。 18
如果勉强说，我在担任大佐时曾在法国学习过两年航空，说是情报也就算是吧。情报最终而言就是探知对手在想什么的工作。不过，对手不会简单地在你们面前袒露心怀。但是，看不到心，却可以看到（对手的）举动。举动也分真假。充分收集这些举动并进行检查，从而判断哪些是对手心中所想。同样是对手，前线指挥官的对手是直接对阵的敌军指挥官，而大本营的对手则是对方国家主权的中枢。如果能从对方主权中枢直接打探到情报当然最好，但这极为困难，有时还会伴随着谎言。因此，唯一的办法就是通过收集各种情况下出现的举动来进行判断了。”

父亲屡次使用了举动这个词。举动在军事用语中就是征兆之意。这也是我从自称不了解情报的父亲那里接受的第一次情报教育。

父亲是天皇亲自任命的第1师团长，因1936年的“2·26”事件退为预备役，航空兵出身。1916年陆军首次创建航空部队时，父亲从骑兵转为航空兵，是创建陆军航空兵的开拓者之一，但却不是陆大毕业。或许由于是“无天”组的关系，在“天保钱”组仕途一帆风顺畅通无阻的陆军省内，

19 父亲可谓历尽艰辛，却也经常会给我一些简短但一语中的的教导。当时的陆大毕业生在军服右胸下都会佩戴刻有金星的椭圆形银质徽章，由于徽章类似“天保钱”（译者注：又称“天保通宝”，江户时代晚期到明治时期日本流通的椭圆形钱币），因此人们将陆大毕业生称为“天保钱”，非陆大毕业生称为“无天”。

2. 意想不到的陆大入学考试

三年前，我当时是大尉，1940年12月中旬的一天，我紧张地一步步走上陆军大学校的台阶，二层教室中的一间就是我的考场。

陆大考试包括初试和复试，100名考生在各司令部所在地举行的初试合格后，会被召集到位于青山的陆军大学校参加复试，再从中选拔50名合格者。初试内容包括战术及其他笔试，7月通知是否通过初试，此后合格者必须拼尽全力学习，准备12月的复试。由于复试的口试持续一周，所以也会接受前辈的辅导。

我正在准备复试，父亲对我说：“要不要见土肥原聊聊？”父亲一直很欣赏土肥原贤二将军。他是军事参议官兼陆军士官学校校长，家住用贺，十分朴素，如同租住房一样。对金钱没有欲望，好像就是父亲欣赏将军的原因。

晚秋的某一天，我拜访了土肥原中将（第二年晋升为大将）的家宅。当时的军队还存在着下级或晚辈拜访上级或大前辈，通过“謦欬”（译者注：欢谈之意，出自《庄子·徐无鬼》）聆听有益教诲的老传统。被拜访的前辈也会把謦欬当作对后辈的指导而欣然接受。

20 将军穿着和服，用平缓的语气问道：

> 我从令尊那儿听说了，你要参加复试吧？是不是想问为了复试要怎么学习战术啊？

第一句话就看透了我在想什么。

> 战术并不是难事。棒球教练、下围棋、蔬菜店做生意，大家都在使用战术。当兵的战术就是使用被称为军队的棋子，在被称为战场的棋盘上下将棋。因此，考虑为了在战场上战胜对手做什么最重要的就是战术。就是说，只有棋子和棋盘的不同，世界上谁都在使用着战术。

我被惊得目瞪口呆。本以为能听到更加高深的战争理论，没想到将军的话却是如此平凡。

> 所以，不要被细枝末节所迷惑，要看清本质。文字和形体的深层蕴藏着真正的哲理。不要去记表面的文字与形体，而要看到其内在的本质。世界上有很多看似相同的事物，但都有所不同。如果只看到形体，那么什么看起来都是一样的。如果你记住这一点就没问题，就具备了思考的能力。

土肥原将军的战术讲义的确朴实无华，却有着越品越有味道的深奥，
使我永生难忘，也为我准备复试提供了巨大的动力。 21

陆大陈旧的木质楼梯中间有一个休息平台，由此向上走再往左转就是第一考场。

考场中并排坐着三位大佐军衔、佩戴着参谋勋章的教官。其中的一位马上就开始了提问。

以下是教官和我的问答：

教官："学习已经很充分了吗？"

堀："我是这么想的。"

教官："那就开始提问了。问什么都可以吗？"

堀：“是的，我是这么想的。”

教官：“那就请告诉我，刚才上来走了多少级台阶？”

堀：“…………”

教官：“看看……你不是说过问什么都没问题吗？”

我在内心深处感到困惑。就在这时，下一位教官也开始了提问。

以下是我和另一位教官的问答。

教官：“好吧，我来帮帮你，这回可是真正的学习了。你学习过作战要务令了吧？”

堀：“是的。”

教官：“那么，有关要务令问什么都可以吧？”

堀：“是的，我想没问题。”

教官：“好！作战要务令第34页第2行写了什么？”

22 堀：“…………”

教官：“我说，刚才你不是说过没有问题了吗？！”

堀：“是的，我认输了。”

这次考试就这样结束了。

总之，我被三位考官问得体无完肤。明明第一天做了充分准备，却连战术的一点皮毛都没有被问到。带着发自内心的失望回到家后，在起居室里父亲却说道：

> 不必那么失望，我倒是觉得你没问题了。

听到父亲这么说，我很吃惊。

> 如果用初试的分数比较，参加复试者的能力也就是2、3分的差距。谁被录取在知识和能力上都没有什么大的区别。如果是这样，在我看来，考试就是要看这个人是否可教。面对教官的提问你有什么样的心理反应？考试就是考人啊。你不妨认为越是被讯

讽越有成功的可能吧。

没有参加过陆大考试的父亲却能看透复试考官的心理，这给了我很深的印象。在复试期间一共只被问到看似与战术有关的两三个问题，但正如父亲所料，我通过了考试。土肥原将军也好，父亲也好，虽然话语经常朴实平淡，却有着过来人的深度。两个人都没有用过教科书上的语言，在他们那里，知识不像是知识，更像是依附在身上的气息。

> 考官会看你的眼神和脸色。你的这些表情就是征兆。通过这些征兆，考官就会看穿你在想些什么。这就是人与人之间的情报战。 23

战后，我牢牢记住了父亲的这些教诲。

3. 陆大参谋教育的实情

陆军大学校的教育就是一般为世人所知的参谋教育。以战术教育为主，配合以战史讲义、通识讲座、由前辈参谋讲授的实务教育、语言教育等。其中大半部分是战术教育。但不可思议的是，在战术教育中，进行了大量的作战与后勤补给教学在各种假设情况下的训练，却完全没有培养情报参谋的教学内容。有关情报的教学只是被纳入了实务教育，这门课上，大本营第二部的情报参谋们来到学校，只是讲讲苏联形势、中国形势、欧美形势等，并单方面地讲授他们正在进行的情报实务工作。而如何收集、审查、分析情报并据此做出敌情判断等的情报收集分析教学则完全不存在于陆大教育体系之中。

极端点说，由外来讲师讲课，学生只是默默听课的实务教育课程是学生打盹的时间，讲课的老师当然也没有热情。

战争中我所属的情报部美英课课长杉田一次大佐在其《没有情报的战
24 争指挥》一书中曾这样写道：

> 在前日军的示范类教学中，没有强调情报的重要性，迟疑与不作为被认为是指挥官最应避免之处，积极果敢型则被视为理想的指挥官类型，脚踏实地思考型的指挥官受到排挤，培养情报人才的人事制度受到轻视。在此基础之上的战略战术教育中，情报是教官和老师给予的，没有人关心如何获取、审查与评估情报，所有得到的情报都被认为是真实的。

现以陆大战术教育的假设与状况（仅为提纲）为例，供读者参考。

战术教育按照假设——问题——提出原方案——状况——问题——提出原方案——状况……的顺序进行。

假设

（1）以九州为根据地的我军（三个师团为主力）通过连日的铁路运输，集结于名古屋—安城一线。同时，以关东为根据地的敌军（以三至四个师团为主力）逐渐将其主力集结于静冈以东地区，据判断为其先遣队的部队
25 已于昨日傍晚越过大井川进入浜松平原。

（2）我军正在进行于丰桥平原歼灭敌军的各项准备。

（3）第某师团作为我军先遣部队已于某日傍晚在冈崎附近集结完毕。师团长了解的某日下午六时前的敌情如下。

① 敌军先遣部队兵力至少不低于一个师团，沿东海道及某某道向西前进，判断本日傍晚将抵达天龙川一线。

② 敌军少数疑似搜索部队已于傍晚出没于三方原附近，疑似为其侦察兵的武装人员已于下午五时左右与我军侦察兵交火。

③ 我军主力集结顺利，预计将于明日以三个梯队开始向丰桥平原前进。

④ 丰桥平原地区的水田干燥，便于履带式车辆的行动。

（4）某日傍晚6时，第某师团长接到军司令官命令，师团将迅速向丰桥平原前进，以便我军作战。

问题

某日傍晚6时第某师团长的决定。

××××（由学生进行研究） 26

原方案

师团今晚立即行动，在预计与敌军遭遇的同时向丰桥平原前进。

状况

根据师团长的决定，师团继续将旧东海道作为重点，呈三纵队首先以丰川为目标开始前进。某日凌晨4时，侦察兵与搜索队长以无线电话报告敌情，敌军先遣兵团的前锋部队已于本日凌晨通过浜名湖南北一线，向丰桥平原移动，其兵力判断为一个师团，其主力沿浜名湖北方道、部分兵力沿东海道线道路正在向西前进。

问题

某日凌晨4时第某师团长的决定。

原方案

师团预测于某日上午与敌军遭遇，继续将某某道方向作为重点，趁敌军进至浜名湖西方山区之际，以此为狭路口予以歼灭。

状况

各参谋根据师团长的决定，立即将命令传达至下述部队的长官，同时作战主任参谋立即起草了作战命令。 27

问题

某日凌晨4时作战主任参谋起草的作战命令。

作战状况就按照上述顺序不断演进，并根据作战情况对学生提出各种问题。当然，尽管这是利用地图在教室内进行的地图推演战术，但由于每年会数次进行实地考察，因此被称为根据实际地形进行推演的实地战术。

不可否认，比起土肥原式思考，这种战术教育形式存在着最重视猜测“教官的原方案是这样的”，然后再思考自己制订方案的倾向。太平洋战争爆发后，教官也逐渐“萎缩”，看清学生想法，要求学生真正思考的优秀教官越来越少。

战后，在被称为军事评论家的人中存在着一种批判倾向，即日军的战略战术教育是强调死记硬背为本，无法塑造战略性人物的教育。但是，即使有去揣测更接近原方案意图并加以迎合的倾向，姑且不谈仅仅传授基础知识的士官学校教育程度如何，考虑到我本人的经历，靠死记硬背就能成为参谋的批评是否过于苛刻了呢？战术所遇到的情况即使看似很像，但绝
28 不会完全相同，因此对原则完全死记硬背和照搬并不能解答问题。

但的确如杉田大佐所言，情报教育受到了轻视。在除了教官提示状况（敌情）以外不用思考，以作战为本的战术教育中，如何具备收集、审查、评估与分析情报，并进行敌情判断等能力的情报训练属于非分要求。正如上述战术教育案例中的假设与状况所体现的，无论是作战基础的敌情还是敌情判断，都是教官一支笔决定的。勇猛作战参谋和后勤参谋的教育成为重点，培养情报参谋的教育却被忽视了。

总之，以往仅以作战为主的战术教育（1885年从德国招聘的梅克尔少校传授的教育）无法满足情报参谋的工作性质。为了培养情报参谋，就应进行另外的教育。

美军也很明确地指出了这一点。美军占领日本后对日军进行调查时，在1946年4月题为《日本陆海军情报部》的调查报告中，准确地描述了陆

大情报教育一片空白的实情：

> 在日本的陆军大学校和航空将校养成学校中，既没有情报班级，也没有特殊的情报课程，有限的情报训练也只是战术、战史和通信课程的附属物。29

其结果，在太平洋的孤岛、新几内亚等地，某一天美军大舰队突然出现在日本守军面前，与大本营预判的不同，敌军突然开始登陆，而日军在遭受到难以想象的枪林弹雨后大批官兵最终走向自杀式冲锋。这就是不重视情报教育，对敌情缺乏理智判断所带来的悲剧。

4. 战史讲义中得到的教训

如前所述，我并不会完全否定不重视情报的陆大教育，其中给我印象深刻的是1937年9月至11月淞沪会战的战史讲义。在叙述结论之前先简述战役内容。

1937年7月，在华北爆发“卢沟桥事变”，8月，战火蔓延到上海，战局扩大为“上海事变”。9月9日，驻扎在金泽的精锐第9师团接到派往上海的动员令。9月23日，第9师团从大阪港出发，27日在吴淞—上海之间登陆，直接进入前线，师团得到的命令是从北向南突破上海西侧平原地带中国军队的坚固阵地。10月3日，攻击开始，11月9日，日军突破了苏州
河最后的阵地转为追击。中国军队构筑的坚固阵地纵深4500米，日军几 30
经恶战，用了45天（译者注：原文如此，因11月19日第9师团占领苏州，此处似应为35天）才最终突破，平均每天的前进距离为100米。这是截至当时从未有过的令人震惊的超慢进攻速度。

特别是在陈家行附近的激战中，面对正面500米、纵深300米的阵地，日军苦战12天才终于取得了突破，前进距离一天最多也只有25米，可谓

缓慢到了极致。这一期间，第9师团战死官兵3833名，受伤8527名，师团伤亡率达到了60%，其中军官被狙击手杀伤的现象十分显著。

坦率而言，第9师团没有把中国军队放在眼里。可以联想到第9师团1932年2月第一次淞沪会战时与中国第十九路军的战斗情况。那时，日军在世界的关注下只用了一周时间就突破了江湾镇附近纵横交错的中国阵地，一天的前进距离为1500米，一瞬间给世界留下了“日本军队强大无比”的印象。但是第二次淞沪会战却变成了连续不断的苦战，并造成了可与旅顺203高地战斗相比的伤亡率。

第一次淞沪会战中被誉为日军最精锐部队的第9师团却在第二次淞沪会战中陷入苦战的原因是什么？

这是小沼治夫教官（大佐，战争中在瓜达尔卡纳尔岛担任第17军参
31 谋，其后在菲律宾担任第14方面军副参谋长）给学生们出的题目。

战史教育的授课形式通常是学生一边听教官讲义，一边假定自己也处于战斗状况下，就当时战场上战斗部队的行动对错与否与教官交换意见并进行讨论。讲义结束后，教官将要求学生进行总结并做出书面回答。

对于小沼教官的问题，50名学生的回答各种各样。

有的认为，这反映了日军的极为旺盛的进攻精神。世界上或许也有其他的强大军队，但唯有日军才有可能在遭受60%伤亡时仍无所畏惧攻破强固的敌军阵地。

有的认为，中国军队只有这一次表现出了强势，因为在前线部队的后面，督战队十分卖力，谁后退就处置谁，所以前线的中国军队才发挥了以往所没有的强韧战斗力。

有的认为，很多日军军官被中国狙击手击毙，在应承认中国军队射击能力上了一个新台阶的同时，应认识到日军的军官制服使敌人在很远就能辨别其身份，因此将来有必要修改军官制服。

以上偏向基于表面观察的意见不在少数。但是，我却提出了不同的看法。在这门战史讲义的听讲期间，我的脑海中掠过了少尉时期在中国东北进行所谓讨伐贼匪战中的战斗，这次“讨伐战”在日军中形成了“中国军

队不堪一击”的固定观念。这种观念总是像护身符一样存在于我们军人的头脑之中。 32

在中国东北通辽附近的老河结冰的2月严冬，我们的部队与敌人遭遇，敌人在三四百米的河对岸用机关枪和步枪向我们射击。现在看来纯属匹夫之勇，但当时中队长一声令下后，我所在的骑兵中队骑马正面冲向敌人。所幸在冲锋中敌人乱了阵脚，夺路而逃，冲到对岸才停下来的中队没有出现伤亡。

这时，中队长大声喊道：

> 大家听好了，如果**经常**中弹的话，子弹的发音就会是“常”了。但是，正因为只是**偶然**（译者注：日语发音为tama）才会中弹，所以子弹才是这个发音（译者注：日语中子弹的发音也是tama），都明白了吗？！

当然，这是为了振奋士气，但对我而言是有生以来第一次实战，所以我对中队长的话印象尤为深刻。其后，我和其他人还多次经历了这种小看敌人的战斗。

这样一件小事使我从小沼教官的淞沪会战战史讲义中找到了重点。我在脑海中敏锐地对中国东北经历过的运动战与淞沪会战中第9师团遭遇的阵地战做出了反应。

我提出了以下意见。

① 日军在运动战中的精锐不容置疑。但是，面对准备就绪的阵地，日军的精锐是否还能原封不动地发挥作用？回答只能是令人遗憾的。无论是什么样的中国军队，当进入阵地这个空间后，就不再是日军既成观念中的中国军队了。况且，中国军队阵地的构筑准备周到，铁丝网、机关枪、 33
地雷、大炮等组成了交叉火力。其机关枪也不像在运动战中那样完全暴露，而是被严严地蒙上了一层12毫米以上的厚钢板，只有枪口周围才开了洞眼。因此日军忽略了一个事实，即中国军队完全隐身于被称为火力的

"铁量"之壁背后，而进攻方的第9师团与防守方的中国军队则被这道火力墙隔离开来。

击破"铁量"的不是冲锋与突击，只有一种方法，就是拥有比敌人更胜一筹的"铁量"。

② 因狙击而造成军官的众多死伤也是大问题。这不是仅用中国军队能力的提升就可解释的。中国军队的狙击兵在前线装备了带有望远镜的瞄准装置，并且还使用了自动步枪。

与中国军队相比，日军依然使用的是带有菊花御纹的三八式步枪。不能说因为刻有菊花御纹，三八式步枪就可以成为永远立于不败之地的优秀兵器。望远镜与肉眼、自动步枪与三八式步枪相比，日本在武器进步的步伐上正在落后。

③ 军刀已无必要。从"七七事变"，特别是诺门坎战役（1939年5月）中也可以看到，在自动步枪面前，军刀已是一无用处。实际上即使在日俄战争中也没有过军刀成为决定战斗胜负关键的战例。只有当军人对自己作为武士的勇怯与责任作出裁决，即自决时，军刀才值得一提。

34 日本是不是过度拘泥于传统与历史，忘记了应与时俱进、增强战斗力呢？

这些就是我对教官问题的回答概要。淞沪会战的战史讲义为分析军队战斗力提供了极大的启示。在夸示士气、传统、军容、军纪、服装等精神要素之前，我知道了被称为"铁量"的战斗力是多么强大，稍处弱势的军队也可隐藏在"铁量"和物资筑成的铜墙铁壁的另一侧。

击破铁量者唯有铁量。

当时我是这么主张的，今天应该也是这样。

土肥原将军教导我"不要被细枝末节所迷惑，要看清本质"。尽管不清楚这门讲义给其他学生的印象如何，对我而言，这门课让我理解了在分析战斗力的标尺中"铁量"这一刻度的重要性和意义。如果没有上过这门课，恐怕直到最后我也难以摆脱一往无前、信奉“偶然（tama）中弹才叫子弹（tama）”的精神主义吧。

正当我们在陆大接受上述教育的1941年12月8日，大本营如晴天霹雳般地宣布“帝国陆海军与美英进入战争状态”。当然，陆大的学生们尚未闻到战争的气息，感受到的只有惊愕。 35

5. 蔑视美军的肤浅战训

太平洋战争开始后的1942年，山下兵团与本间兵团在马来亚、菲律宾岛作战中的战场教训（战训）作为情报发放到了陆大。根据战训，教官们将需要强调和反省之处作为战场上活生生的教训进行授课。

确实，开战之初的日军攻势凶猛，势如破竹。此外所到之处也多次出现不损一兵一卒就成功登陆的意外。这个时期的战训讲义中，教官们的发言也都情绪高涨。

但是，1942年6月中途岛海战中日本海军的惨败，在瓜达尔卡纳尔岛的失败等不利战况，则到了毕业也没有传到我们学生的耳朵里。在授课的只言片语中多少可以感受到瓜达尔卡纳尔岛的战况并不乐观，但中途岛海战的真相却是1943年10月我转任大本营德国课副课长时才从驻日德国武官那里第一次悄悄听说的。也就是说，需要进行讨论并在最后成为参考的“失败的战训”，一次也没有出现在陆大的授课之中。 36

临近毕业之际，大本营第二部的参谋前来进行有关苏联、中国、欧美情报实务的授课。讲授美国局势的第二部某参谋的话至今记忆犹新。该参谋扬扬得意地讲述了本间兵团在菲律宾岛林加延湾登陆后向马尼拉进攻的情况。其内容如下。

——1941年12月22日拂晓，登陆林加延湾的本间兵团第48师团的一个步兵联队（译者注：即一个团），在登陆的同时抓住战机，击破少量敌军后沿海岸道路一路南下，11时左右逼近圣托马斯村附近。该联队配备一个坦克中队（实际上拥有装甲车与轻型坦克共9辆），在村庄正面与15辆美军M2型坦克遭遇。千钧一发之际日军坦克率先开炮，数发炮弹准确命中了美军坦克。但不知为何，美军15辆坦克急忙掉头向马尼拉方向撤退。另外，日军坦克第4联队的一支部队（轻型坦克约40辆）在维纳隆（音译）村前与3000名敌军遭遇，但没有发生战斗，经过短短的对射就占领了该村并继续南进。

参谋得意的语气是想说明日军不费吹灰之力就压倒敌人的战局以及作战中完全看不到美军的战意。我听完课后和其他学生一样十分振奋，相信战争必然取得胜利。

但是，日后我到大本营工作，在调查坦克各项数据时发现，美军坦克装甲的厚度是75毫米，而日军坦克即便是中型坦克装甲也只有50毫米厚
37 （轻型坦克40毫米），日美两军坦克炮口径尽管都是37毫米，但日军坦克重量是6.7吨，美军则有12吨。因此我明白了，当时美军坦克即使被日军坦克击中，也极难被击穿，日军坦克是打不过美军坦克的。

表面上，的确是因为美军坦克调转车头撤退而“我军胜利”了。但问题是有没有战意。土肥原将军“不要被细枝末节所迷惑，要看清本质”的话在这里也影响了我的判断。

美军果真有与日军战斗的打算吗？

那一时期，美军主力阵地在巴丹半岛，因此在日军攻到巴丹半岛之前尽可能拖延日军的进攻，以便在巴丹半岛进行最后决战的概率很大。如果是这样，美军坦克掉头撤退、3000名部队一触即退的战斗难道不是并非丧失战意，而是计划中的“拖延”行动吗？仅从表面观察事物是危险的，如果经常性地不理解深层本质，就不会从全军的角度去观察敌人。

本间兵团作战主任参谋佐藤德太郎中佐1942年3月从菲律宾回到陆大担任教官，战史丛书曾登载了他在日后对此时战况的反省。

> 前线部队报告表明，在日军的进攻下，菲律宾美军的第11、
> 第71、第96师溃灭，第41、第51师大部分溃乱，少数部队退至 38
> 巴丹半岛。因此我们完全相信了前线部队的报告，而忽视了严格审查的责任，其结果导致麦克阿瑟逃到了巴丹半岛。

总之，日军前线战斗部队的报告夸大其词者甚多，不加以特别留意就会忽视原本的真相。特别是在上述战役中，由于佐藤中佐是作战参谋，因此更有可能将其本人所希望的愿景带入判断之中。

战场上充满着各种怪异，美军坦克掉头撤退明显是表明美军最高指挥官麦克阿瑟意图的一种征兆。总之，在很多情况下，当局势朝着对己有利的方向发展时，人们会以自己的想法判断对手，从而推导出唯我独尊的结论。为此，尽管在工作上将作战与情报严格分开，但作战往往像将棋棋士那样，一个人需要在思考的同时挪动棋子。（等我注意到作战与情报分开这一重大失策时，这种方式已经让几百万士兵阵亡，并导致了日本的战败。）

不知道其他学生如何，我在陆大接受了非常广泛的教育，并感到正在一步步地具备按照自己的方式将事物外表一层层剥离并思考其深层的能力。我也可以坦率地向教育自己的教官表达意见，进行问答，拥有了自己的人生观和战争观。

在这个意义上，独立思考在战术、战史中发挥了重大作用。但是有一
部分学生却忘却了自己，呈现出了毫无益处地迎合教官以取得好成绩的倾 39
向。尽管这也是事实，不过无论什么社会都会出现。讽刺的是，优等生中这样的人不少，但就结果而言，只有在教官面前勇敢表现自己的人才会实现自我，成为人才。

6.“陆大毕业不是最终目标”

我还结识了一位对我今后人生产生重大影响的将军。随着战局日渐紧

迫，陆大的三年教育变为两年教育，1942年秋，并不多的老乡、寺本熊市中将来到了杉并的家拜访父亲。

寺本中将此后出任了在新几内亚的第4航空军司令，并与美军苦战良久。他出生在离我老家奈良县西吉野村十几分钟路程、与奈良县交界的桥本市（译者注：和歌山县），是隅田八幡社神官的次男，也是家父转为航空兵后的晚辈。寺本夫人也是附近出身，因此两位父亲和两家私交甚厚。身材不高、农夫般朴素的将军穿着和服的样子甚至会让人怀疑他是否是名军人，没有一点威风凛凛的架势。寺本对我也像亲生儿子一样，教会了我很多事理。

40 将军与父亲谈完公事后，在榻榻米间聊天时说道：

> 仅仅上了陆大可不是人生的最终目标啊。陆大只是人生中经过的一站，在那里学什么很重要，将吸收到的营养作为基础用于今后的发展才是更重要的。你的父亲没有上过陆大，却以陆大的人难以比肩的见识、行动力、洞察力和人格缔造了日本今天的航空部队。错误地将陆大视为人生的最终目标，坐上权力的交椅，并将交椅视为自己的能力，这样的人是最危险的。

与外表不同，寺本中将的话十分严厉。父亲没有说话，用沉默表示了肯定。当时的我还远远不能百分之百地理解中将强调的权力、能力的意思。但其要点就是提醒我，从陆大毕业后到核心部门担任要职时，应避免将赋予这一职位的权力视为私物，认为是与生俱来的而滥用的危险。诺门坎战役和瓜达尔卡纳尔战役中，一部分参谋擅作主张、独断专行、屡出危险就是一例。参谋扮演最高司令官角色而最高司令官被置于配角地位的事情屡屡发生，人们经常指责这是作战参谋的随心所欲和鲁莽行事。

此时恰逢在瓜达尔卡纳尔岛美军的反攻最为猛烈、一木支队反登陆作战失败而前途暗云密布的时期。在陆大抓住机会就宣传战训内容，积极渲染日军进攻马来亚、占领吕宋岛和在南太平洋登陆作战时所向披靡、积极

果敢精神的人们，此时的语调开始改变，谈起了“美军不可轻视”的话题。 41

这一两年来，与航空有关的将官与大佐级别的军官非常频繁地来找父亲。寺本中将的访问也是其中一环。我隐约感到父亲这几年正在策划着什么。每次客人来都会让我觉察到父亲想做些事，尽管现在父亲被编入了预备役，但由于是陆军航空兵的老前辈，我可以想象父亲做的可能与航空有关。就在1942年年末我将要参加陆大毕业式的前一天晚上，父亲的策划终于露出了端倪。

两个月前在栃木县、埼玉县进行的被称为陆大毕业考试的参谋演习旅行（在假定情况下，作为参谋在现场进行起草命令、制订计划等训练的演习）中，担任我们指导教官（统裁官）的航空兵先锋青木乔大佐前来拜访父亲。

大佐与父亲在会客厅谈了近一个小时。大佐走后父亲只说了一句话：“果然山本是癌啊，陆海为什么要继续对立下去呢？”

不会在家谈论工作的父亲只有这一次流露出了不满。

毫无疑问，山本是指山本五十六海军大将。

我好像终于恍然大悟。陆军军刀组（译者注：陆军大学校每届毕业生成绩优秀的前六名会被天皇赐予军刀，因此将这些毕业生称为“军刀组”）的青木大佐当时还在海军大学校兼任教官，是与海军关系也很密切的航空兵干将。当晚父亲的不满，只能是因为青木大佐前来告诉父亲，这一两年通过各种渠道不断推动的构想在最后阶段被山本海军大将一句否定而前功
尽弃了。 42

为了适应北方作战，当时陆军航空兵的飞机以续航距离较短的飞机为主，这些飞机以中国东北为基地，以苏联西伯利亚为目标。而海军的主力飞机是可以在太平洋使用的续航距离较长的远程轰炸机。将两者之长短相结合，陆海两军不是竞争，而是整合在一起创建独立的空军，这一动向在1940年12月以陆军山下奉文航空总监为团长的赴德视察团考察德国后就迅速活跃了起来。山下团长的报告中特意强调了这一点，陆海两军骨干军官中似乎也有过相当深入的讨论，特别是在陆大海大的教官之间，认可创

建空军必要性的倾向十分明显。

在山下兵团进攻马来半岛、本间兵团进攻菲律宾时，都出现过陆军航空兵因战机续航距离短而无法为登陆部队提供充分支援而痛哭的例子。

英、美、德、苏、法等列强中，空军都已独立成军。只有日本是在陆军航空兵与海军航空兵并存、尚无统一空军的情况下进入战争状态的。

总之，第二天我从陆大毕业了。我从土肥原将军、各位前辈、教官的教导中受惠颇多。但回想起来，却没有印象曾在陆大接受过系统性和指南
43 性的情报教育。

二、大本营情报部时代（一）

1. 情报部的德国课和苏联课

进入大本营第二部（情报部）第16课（德国课）工作后，我成为西乡从吾课长手下的一名课副参谋（辅佐课长的参谋），任务首先是通过电报和长期以来收集到的情报资料研究纳粹德国和轴心国的形势。

在欧洲战场，1943年9月3日盟军在意大利登陆，8日意大利即宣布无条件投降。东部战线的德军也相继于2月在斯大林格勒、7月在基辅败退，苏军的攻势日益猛烈。

在太平洋战场，4月山本联合舰队司令阵亡。5月阿图岛的山崎部队全
军覆灭。9月美澳联军在新几内亚东部地区要地芬什港登陆。在中部太平 44
洋，9月后日军最前线的马金岛、塔瓦拉岛开始遭到美国空军轰炸。可以预计，美军攻势的大方向将向着新几内亚沿岸和中部太平洋的马绍尔群岛并行移动，事态越发严峻。

西乡课长在东京都内一家料亭与德国驻日大使馆武官克雷奇默（Alfred Kretschmer）少将见面，也安排新工作的我同席，以建立关系。少将是位大块头，四方脸，表情严肃，肩膀宽厚，属于一眼就会留下深刻印象的典型德国人。少将强调，德军的东部战线目前还不用担心，课长也向少将说明美军在太平洋的攻势采用了以建设机场为目的的蛙跳战术。两人

都表现出了目前战局总有一天会逆转的雄心。

但是席间，克雷奇默少将怀疑日本海军密码系统是否已被美军窃走的一番话，依然给我留下了深刻印象，虽然我当时德语会话尚不流利。

根据克雷奇默少将的说明，1942年8月17日美国潜水艇对马金岛的奇袭怎么看都十分诡异。日本判断这是为了美军便于反攻瓜达尔卡纳尔岛的佯攻，但面对只有40名日军的守备队，美国却动用了200名海军陆战队奇袭并成功登陆，一般而言将会继续占领该岛，可实际上美军第二天就全部撤退了。尽管日本缺乏对美军的认识，在德国看来，美军这一行动却是夺
45 取敌军密码的典型战斗。美军在欧洲经常发动这样的作战行动，还有夺取敌方重要文件的特种部队。派潜水员潜入被击沉的舰船和潜水艇里夺走密码本，巧妙潜入停泊在港口的商船上盗取密码本等，这些都是美军的惯用手法，因此需要特别注意。总之，大举登陆马金岛后却马上撤退的战斗方式值得怀疑。克雷奇默少将进一步认为，日本在1942年6月中途岛海战中的惨败或许就是因为密码出了问题。

西乡课长表示同意，而我则是第一次感到被拉进了军队中枢部的情报世界里。这一天的经历给我留下了强烈印象。人生中第一次从外国武官那里知道了中途岛海战败北的事实，也亲临其境般地了解到争夺密码等情报战的内幕。

这次聚餐也促成了我与克雷奇默的相识，我们的交往一直持续到战后我以自卫队防卫驻在官的身份，于1963年10月完成驻联邦德国武官的任务。

但是这次聚餐后两个星期，10月15日，大本营进行了大的机构调整。1942年4月从第6课（欧美情报）独立的第16课（德国），在这次调整大潮中被纳入第5课（苏联情报）。西乡课长似乎也是一头雾水。对我而言，仅仅工作了两个星期，自己所属的课就蒸发消失了，那我为何10月1日还会收到来这个课的调令呢？实在是不可思议。

46 究其原因只能是日本大本营对德国形势判断的失误。两周前还将我调到第16课，却同时又把这个课取消，唯一可以解释的就是大本营对德国

形势的判断超乎寻常的乐观。

我的工作也移到了第5课（苏联情报）。课长是最后一位陆军大臣阿南惟几大将的秘书官林三郎大佐。由于有着在莫斯科担任武官辅佐官的经历，他被称为苏联通中的第一人。林三郎极为冷静，任何细小的征兆都会去收集并用来进行统计和分析。在很短的时间里，我就亲身感受到了第16课与第5课的不同。

比较第16课和第5课，不仅可以了解情报工作的两种典型，对于军事以外的政治、企业等的情报工作也有参考作用。

本书已经提及，父亲已经教诲我“情报就是观察对手的举动，从中了解对手在想些什么”，但如果可以从对手那里原封不动地了解到其内在心理和手段，则是再好不过的事情了。

除了接近对手之外，没有可以更好地窥测对手心理的办法。最为合理的方法就是大使、公使和武官利用外交特权，堂堂正正地在对方国家的权力中枢及周围进行接触，直接打探。与此相反的不合法手段就是将间谍、窃听器等布置在对方国家权力中枢及周围。前者的典型是当时驻德武官大岛浩中将（其后出任大使）和小松均武官等的活动，后者的典型则是从日本政治中枢获得情报转交苏联的佐尔格。 47

西乡大佐第16课获取情报的方法中，最仰仗的就是大岛浩这位近来罕见的大人物武官。不可否认的是，大岛浩可以非常轻松地见到位于德国权力中枢的希特勒、赫斯、里宾特洛甫等重要人物并听取他们的意见。不过，由于可以从这些核心人物那里直接了解他们的意图，因此反而形成了德意轴心国不会对日本说谎的肤浅认识，并成为几乎所有位于日军中枢的高级军官们都抱有盲目亲德感情的基础。而大岛大使一旦发来“里宾特洛甫向本人做了如下说明”的电报，其内容就成为绝对没有怀疑余地的情报。换言之，第16课只是以大岛大使为首的日本驻德武官室的东京办事处。

与此相比，林三郎大佐的第5课则采用了与德国课完全不同的方法。和德国不同，驻苏武官和大使要轻松进到克里姆林宫与斯大林和莫洛托夫

开战后大本营陆军部的变迁

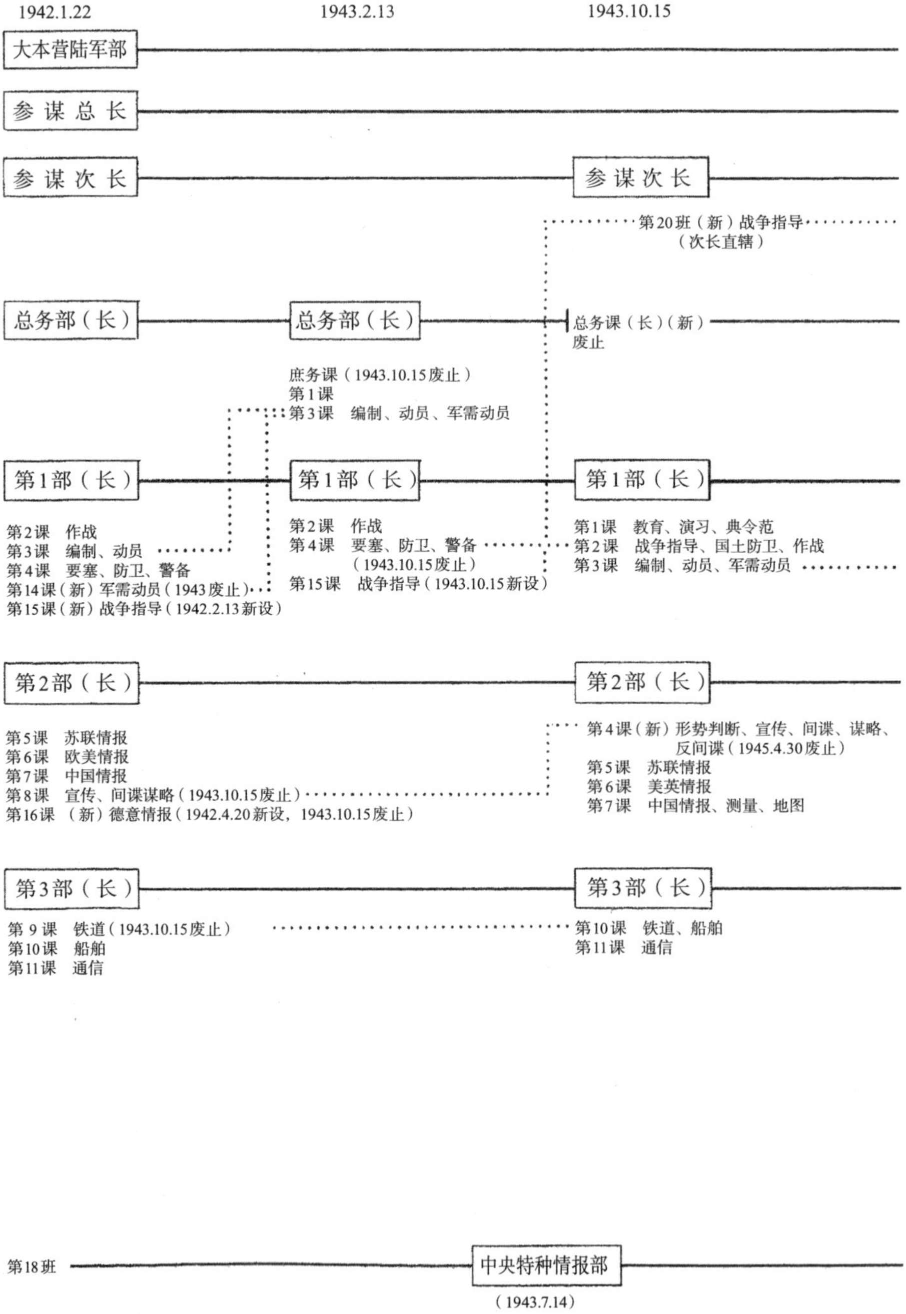

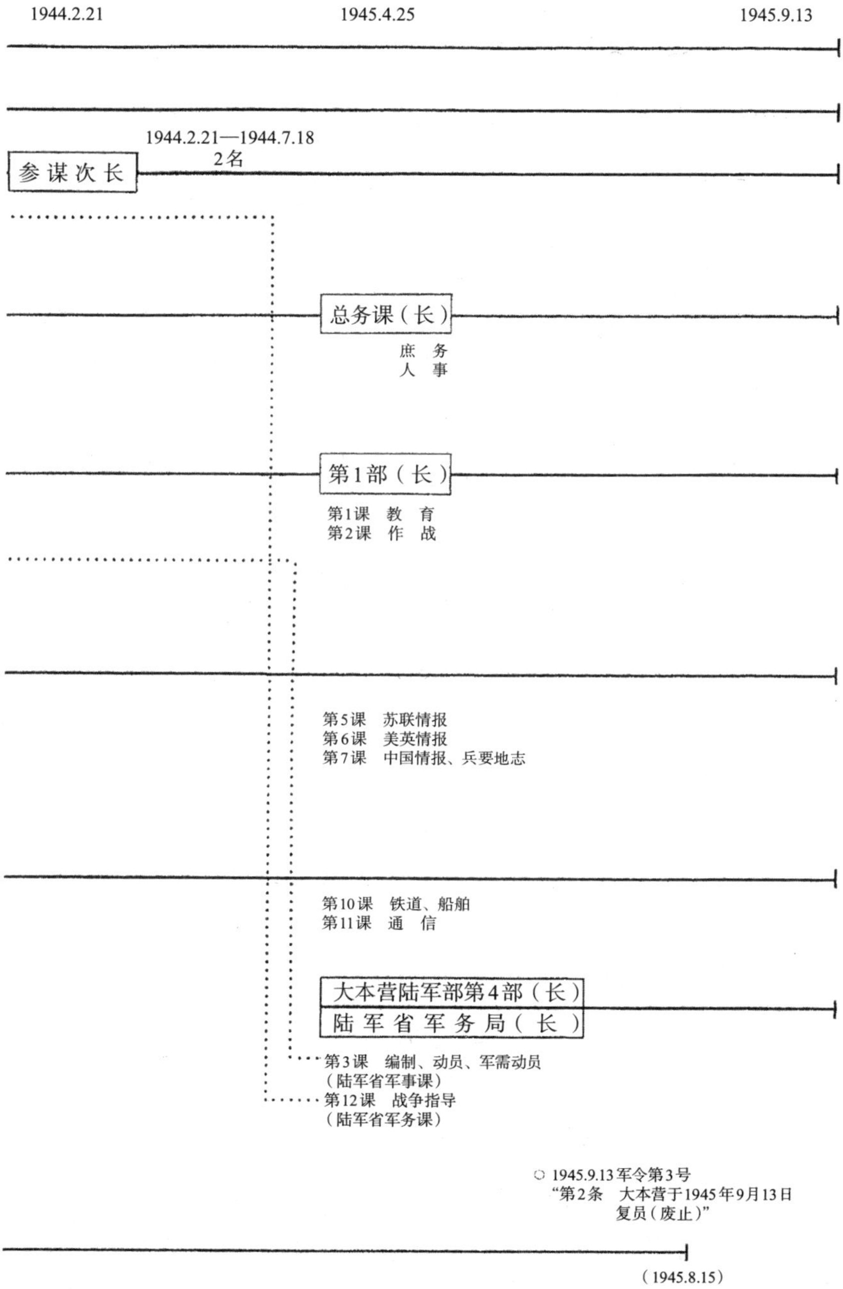
1944.2.21
1945.4.25
1945.9.13
1944.2.21—1944.7.18
2名
参谋次长
总务课（长）
庶　务
人　事
第1部（长）
第1课　教　育
第2课　作　战
第5课　苏联情报
第6课　美英情报
第7课　中国情报、兵要地志
第10课　铁道、船舶
第11课　通　信
大本营陆军部第4部（长）
陆军省军务局（长）
第3课　编制、动员、军需动员
（陆军省军事课）
第12课　战争指导
（陆军省军务课）
○ 1945.9.13 军令第3号
“第2条　大本营于1945年9月13日
复员（废止）”
（1945.8.15）

等苏联领导人进行和气融融的谈话可谓难上加难。因此，他们万不得已之下只能虎视眈眈地四下搜寻并分析苏联权力中枢的意图会在苏联国内的什么地方、以何种形式作为征兆显露出来。

为此，在苏联国内和周边国家旅行，观察西伯利亚铁路的运输有没有变化，阅兵式出现的新武器如何，报刊上苏联要人说了什么，以前说的和
50 这次说的内容有没有不同，将这些征兆认真积累，并进一步翻译公开的文件、旁听广播、解读密码、有组织有系统地分析与讨论日本在苏联周边国家武官的报告（译者注：其中还包括驻瑞典武官小野寺信通过波兰间谍获得的苏德两国情况汇报《布情报（秘密匿名）》——日文原文为“ブ情报”，译文取其发音），其细腻深究的方法如同在沙粒般的情报中寻找一颗钻石。

这两种方法之间最根本的不同是，德国课因彻底亲德而百分之百信任对手，与此相比，苏联课因厌恶苏联而基本上怀疑对手的一切。信任对手的德国课将大岛大使得到的情报视为绝对可信，不加以任何审查，经常是单方面单线条地对待情报。而苏联课经常持怀疑态度，从而不以单方面单线条观察，而是关注是否与其他来源的情报有所关联，并由此努力寻求两条线、三条线的交叉点。

现在有些战史研究家批评当时既然已经有了这些情报，却为何没有利用。但是，如果情报没有采取寻求两条线、三条线交叉点的方式，则很难判断真伪。

1942年9月德军仍以破竹之势压制苏军并逼近斯大林格勒之际，判断苏德战场走向对于预测日本对美战争最为重要。为此，在大本营，采取不同方法且都留名历史的第16课和第5课围绕德苏两国谁将获胜的问题展开了一场大论战。

当然，第16课以大岛大使的报告以及德国发给克雷奇默武官的情报
51 为基础，认为“德国将在3个月内席卷苏军进抵莫斯科”，而第5课则指出，“苏联战斗力得到了与第一次世界大战时无法相比的补充，即使退至莫斯科甚至乌拉尔山脉，也将是苏联特有的延迟战术。只要美国的军需品

补给可以持续，随着冬天的到来，苏联很有可能转为发动一次大的攻势”，认为胜利的天平将倾向苏联。其结果，第二年2月德军在斯大林格勒大败，此后东部战线的战略态势明显转变为处于苏军的支配之下。

大岛大使的电报至今仍然保存在外务省史料馆，为便于参考，现将1941年11月11日大岛大使的电报摘录如下（原文为片假名，着重号为作者标注）。

> （开始部分省略）截至本次大战役开始之前，已有500万苏军被歼灭，（略）正如往电1224号所指出，在莫斯科保卫战中，最近布良斯克、维亚济马的包围网应会使残存的铁木辛哥军遭受进一步打击，应该可以认为，莫斯科的命运已经注定。按照计划，德国应可以在严冬来临之前给予苏军歼灭性打击，使苏联陷入无法再起的境地，（略）今天这一方针也毫无变化，在“希”总统和“里”外长多次与本大使（大岛）的谈话中这一点也十分明确（以下略）。 52

看了这种感觉不相信才有问题的电报，接收电报者也会被打动吧。但是冷静阅读电报后就会发现，大岛电报中笔者加上着重号的部分明显属于推测和假定。而如果戴上亲德的眼镜解读，推测与假定就会变成真实的。因此，这充分说明，如果不寻求两条线、三条线等多个不同视角的情报来源之间的交叉点，分析情报就会很危险。

加上一句，第5课在1941年8月（苏德战争开始后两个月），就已经在分析各种情报后向总参谋长提交了战争将最终有利于苏联的判断。

正如第5课厌恶苏联一样，情报必须从怀疑开始。如果怀疑了，就会相应地去考虑使用辨别真伪的“筛子”。胜者属于扎扎实实一点一滴进行积累的第5课的情报方式。虽然仅仅四周，我却能亲眼目睹、亲身经历这两种典型的情报方式，可谓幸运之至。

2. 转职到美英课的“落榜生”

被调到第5课不久后，就在我身上发生了一件事。

大本营陆军部有一个传统，每天早上从8时到8时30分在总务课会议室召开战况说明会，不影响工作的参谋们都要参加。战况说明会以第二部的第6课、第5课和第7课为主，负责进行说明。各课向陆军大臣、总参
53 谋长等领导汇报各课负责的方面，特别是前线最新战况。当然，这只是表面上的形式，大臣和总长几乎没有出现过，但富永恭次陆军次官和后宫淳参谋次长屡次出席。特别是富永次官出席时，围在桌子周围的两三圈人会齐刷刷地让开一条通路，次官穿过人群站在铺上地图的大桌子旁，空气会一下子紧张起来。威震四方就是指这个时候吧。说明者会将携带的用红蓝粉笔标明的地图摊在桌子上，担任说明的多为第二部比较年轻的参谋。特别是在前线战役开始时，比如塞班岛美军登陆时，会议室都会挤满了人。

我在负责苏联的第5课工作才刚刚两周时间，苏联课中德国班的意识还没有在脑海里消除。

但是突然间就听到了第二部部长有末精三的命令：

堀参谋从明天开始说明苏联的战况！

我有点不知所措，就算是已经加入了苏联课，但的确从没想过会让我参加苏联方面的情报工作。

我连苏联详细的地名还没有记住，能否再给我些时间？

就在我诚惶诚恐地说出心里话时，听到部长说：“你说什么？！你这
54 样的人不配参谋的资格！”

说完，盛怒之下的有末部长一把拽下了我的参谋勋章。勋章挂在肩部的纽扣被拽了下来，差一点就全被扯掉了。

令人遗憾的是，现在我完全没有接受这项任务的自信，还是一心想着自己负责苏联课中德国方面的工作。

大本营是会集陆军才俊的地方。在这种情况下，才俊是不是就应该假装了解情况而接受命令呢？机灵的人就是天下的才俊吗？就算是撒谎，也装作在说真话的人也是大本营参谋吗？但是，看来真是这样。

性格踏实的我还是生来第一次在这么多人面前挨骂。但不管怎样，我的性格让我在当时只能这么回答。仕途上一帆风顺步步高升的有末部长似的幕僚型人物，就属于上面提到的那种类型吧。“无天”组的家父毫无疑问也没有少受这样的罪。

谁办的手续，怎么办的手续，尽管年轻的我完全不清楚，但这件事发生后的第三天，风驰电掣般的人事命令就把我调到了第6课（美英情报）。从第16课到第5课，最后又像落榜生一样到了第6课。

终于站在与美军正面较量的情报舞台上了。而为难的应该是接收了一名落榜生的第6课课长杉田一次大佐吧。但是大佐与西乡、林三郎两名课长的性情还是有所不同。可被称为实务型也好，实战型也罢的杉田课长善于培养人才并激发他们的能力。 55

作为在战争中直接对抗的敌人——美英两国情报工作的负责单位，第6课实在是令人不可思议的粗糙。

先来稍微回顾一下历史。1921年后第二部只有第4课（欧美情报）和第5课（中国情报）两个课。1936年6月则变成第5课（苏联情报）、第6课（欧洲各国、北美南美大陆情报）和第7课（中国情报）三个课。也就是说苏联情报和中国情报各建立了一个课，除此之外世界其他国家的情报工作全部由第6课负责。因此从大正时期开始的第4课（欧美情报）里，分为美国班（美洲大陆全部）、俄国班（苏联）、欧洲各国班、综合班（上述国家之外的国家），其中的俄国班（苏联）升级为独立的第5课。1940年8月，第二部又新成立了第8课（宣传、谋略），1942年4月负责德国轴心国工作的部门又从欧洲各国班独立升级为第16课，第6课也第一次成为负责美英两国的课。成立与正在进行战争的国家情报工作的负责课理所当然，但居然是在太平洋战争开始半年后，这种缓慢的节奏只能令人瞠目结舌了。

1943年10月1日到11月初的一个月，我被调动了三个课。为什么命令我去还有两周就不复存在的课？通过就像猫眼一样变化无常的一个月的人事调动，我好像明白了大本营日常即兴般的形势判断。

杉田一次大佐在前述他的书中，很多地方都用了临阵磨枪这个词。而
56 我的人事调动和第二部眼花缭乱般的改编正是临阵磨枪的范本，一个人被
如此折腾了一个月，或许只是一件小事，但如果观察到底，就可以发现大本营对决定日本国家政策中最重要的世界形势判断之天真，这种天真也害了自己。

结果，大本营狼狈周章，手段越来越被动，而这笔账只能用前线部队的鲜血来偿还。

这一时期第6课包括杉田课长、高级参谋一名，其他的6名参谋都是业务骨干，分别来自美国班、英国班、南方班（兼任地图、地志）、战况班。各班召集的军官、中野学校毕业的情报军官等作为部副，加上事务和打字员等一共40人。我就是被调到了这样一个课。那之后到年末为止，第6课才快速发展起来。

可能因为是我的老乡，也可能是同情被调来调去的我，杉田课长对我十分热情。第一次走进课长的办公室时，课长正打开笔记本边看边思索着什么。笔记本上画着鄂霍次克海和北海道北部海岸的素描图，明显是流冰的海域用斜线标明。只看了一眼，我就猜想课长“从阿图岛玉碎之后的战况看，可能是在担心美军将进攻千岛和北海道吧”。尽管身材矮小，但课长作为山下兵团的情报参谋，在马来亚战役中扬名战场，他属于实战型人物，与西乡、林三郎大佐的办公桌型军官对情报有着不同的认识，更重视
57 对将来的洞察和形势预判。

就把你分到美国班，专心研究美国的战法吧。为此，想让你先到战场上去看一看。

这是杉田课长对我说的第一句话，说实话，让我有点吃惊。

参谋本部原来有第四部（1937年11月大本营成立时并没有编入第四部），其下有负责战史的第10课和负责战术战法的第11课。但不知道为何，1943年10月15日第16课被取消的同时，战史课和战术战法课也被废除了。

既然国家与国家会发生战争，敌人采取什么战略、战术和战斗方法，从战争爆发前就对此进行研究，并准备进行相应的军备、教育、训练、补给、兵器、防御工事，这是理所当然的，为此才会在平时设立参谋本部。

远东大审判时，苏联检察官指责：“日本的参谋本部和平时期就在进行对苏联的作战准备。实在是岂有此理！”而日本的一名作战参谋作为检察方的证人做了肯定的证词。此时板垣征四郎前大将的反驳可谓痛快淋漓：“考虑和对手的战争，并从平时开始准备，这就是参谋本部。哪个国家会有不这么做的参谋部呢？”

即便是去甲子园的棒球队，在比赛前也会分析对手的战斗力和战术，并在制定对策后才会出场比赛。如果是棒球比赛，1943年11月时的太平洋战争正在进入中盘。比赛开始阶段，日军高调出场，就像无人防守中的 58

第二部第六课（美英课）编制（1943年年末）

第二部部长（情报部长）				
第四班（新）（局势判断、宣传、谋略、反间课）	第七课课长（中国情报、测量、地图）	第六课课长（美英情报/大佐）	第五课课长（苏联情报）	
		高级课员（中佐）		
庶务（军官1人，其他14人）	地志班（参谋2人，其他9人）	战况班（参谋3人，其他7人）	英国班（参谋2人，其他8人）	美国班（参谋2人，其他18人）

注：“战法研究小组”隶属美国班。 59

上垒，不断无血占领和登陆，呈现一边倒的局面。但是1942年6月中途岛海战后，比赛出现了逆转，玉碎和全军覆没接连不断，空气中飘浮着被美军压制的氛围。

在这个时期说要研究美军战法，也算是临阵磨枪了吧，就如同被击中受伤后才说“来看看数据吧”一样。但是，正是因为曾作为情报参谋参加了马来亚战役和瓜达尔卡纳尔岛苦战的杉田成为课长，才能在是否还有挽回办法的思路下发出进行战法研究的命令。

中央公论《历史与人物》特辑“参谋本部与太平洋战争”一文中，当时的美国班班长大屋角造中佐写道：

> 1942年年末，坂本亮雄少佐参谋加入了美国班，并在极秘情况下对瓜达尔卡纳尔岛以及东部新几内亚的苦境进行了整理，隐瞒已无可能，于是设立了以坂本为主任的战况班，随时对不断扩大的美军反攻状况进行整理，以期待可进行正确的形势判断。（着重号为笔者所加）

60 由于这是1985年所做的记述，必须使用若干经过修饰的语言。而加了着重号的部分到底是什么意思？尽管现在对这些内容进行讨论也不能改变当时的战争，但简单解释一下，就是由于已经无法名正言顺地掩盖了，所以才更换为可以进行准确判断的情报态势。剥掉妖怪的外皮和准确判断形势之间究竟是什么关系呢？

战后出版的许多书都认为太平洋战争败因中的第一位是作战课忽视和轻视情报。而大屋中佐所反省的，就是剥掉妖怪外皮之前的情报课在形势判断上缺乏准确性，因而也负有重大责任。

总之，杉田大佐担任课长后，第6课进行了一些焕然一新的动作。首先，向前线派遣参谋使其掌握战场现状，调来吉川正治少佐等拥有前线战场经验的参谋，课副参谋由3名增加到9名，部副军官为18名（此后驻菲律宾大使竹内春海少尉、共同通信的大竹贞雄中尉也包括在内），准士官以下军官13名，其他人员25名，使第6课成员超过了65人。尽管为时已晚，但第6课总算将注意力转向了美国。

遗憾的是，即使可以说会集了精心挑选的参谋，却只有杉田课长能力超群，在情报的实务经验层面上，我们这些参谋都是不起眼的小人物，想
来杉田课长也十分辛劳。 61

参谋中依然有公开表示美军并不可怕的人。

> 美军平时的演习规模只到团级，没有团级以上的部队演习。尽管目前沿着岛屿进行的战斗没有出现漏洞，可一旦到了军以上的大兵团正面作战时就会出问题。此外，美军的士气与日军根本没法比较。大家等着看吧！

这位参谋说着拿出一本美国杂志，上面印着一张四五十名美国海军士兵笑着跨坐在军舰主炮上拍摄的纪念照片。然后继续说道：

> 看，美国的军队也不过如此。

在日本，无论是大炮还是步枪都会刻有菊花御纹。在日本人眼里，跨着大炮拍照的事情不可想象，就是军纪严重散漫的证据。

但是不必赘言，日本人的标准对美国没有意义。

因此，土肥原将军才会告诫“不能只看外形”。积累了丰富经验的过来人话语虽短，在这样的只言片语中却凝缩了用一生才能变成自己的宝贵教训。

大本营情报部会给你工作，却不会教你工作。参谋从一开始就会被视为可独当一面，也没有工作指导手册。我就通过偷看课长打开的笔记来学习，挨了骂也要继续学，比较西乡和林三郎的工作方式来学习。换句话
说，就像徒弟偷学师傅手艺一样。 62

3. 被教出来的“愚钝战斗力”

话题再次回到“九一八”事变后的1933年10月，我在中国东北通辽附近小镇（四平街西部）的骑兵联队担任少尉。第一次在枪弹下卧倒也是在这个联队的时候。

新兵参军后就会开始初年兵教育。在4个月里，各中队互相竞争展现教育成果，有一次骑兵集团长（相当于师团长）突然要进行检阅。对于我们这些年轻军官而言，这也是对我们第一次教育成果的检查，因此我们几个星期一直都很紧张。由于检查结果是以讲评形式给各个中队打分，所以各中队长也很着急。

检阅中经常受到重视的课目是内务教育，也就是集团长会检查第一年的新兵、二年兵和内务班的下士是如何遵守纪律、干净整洁地度过军营生活的。纹丝不动的站姿、服装、头发、清洁及正确的铺床方式等所有方面都不能疏忽。进行了几次预演后，我们在宿舍等待集团长的检阅，接受检阅时，所有人都在规定时间站在自己的床铺前。

佩戴着大勋章的集团长终于在参谋们的陪同下，就像盯着每一位士兵
63 的脸一般走过宿舍。这是士兵们最紧张的瞬间。如果集团长默默地走过就万事大吉，但集团长会时不时停下来询问士兵。当然，我们也会事先做好问题集并多次进行演练，所以士兵们应该可以精神抖擞地大声回答，可其中也有若干的例外。

集团长的官姓名（军衔和姓名）是什么？

由于这是一定会出的问题，所以我们会在宿舍里贴上很多张用粗毛笔写着集团长假名（译者注：日文字母）的纸让士兵背下来，数也数不清到底练习了多少遍。脑子好使的士兵们会背下来“您是陆军中将某某阁

下”，但总有一两名好不容易才会写字的很是迟钝，二等兵冈野就是其中一位。

请集团长不要在冈野前头停下来吧。

我一直在祈祷着。

老天爷就是爱开玩笑。就像看懂了我的脸色一样，集团长在弓着背缩成一团的冈野面前停了下来。就在这个时候，冈野紧张得直翻白眼。

怎么样啊，集团长的官姓名是？

身材高大、佩戴着大勋章的集团长俯视着冈野。冈野的脑海已是一片
空白。万事休矣！片刻的沉寂之后，一脸紧张的冈野开了口，这一瞬间他 64
用手指着集团长说：

您是集团长吗？

我已经被惊得目瞪口呆。

我是啊，知道了就好。

在空气凝固般的紧张等待中，集团长做出了出人意料的回答，还用手轻轻拍了紧张的冈野的肩膀。

尽管讲评中，有人连集团长的军衔和姓名都说不出来也成了评分标准，但我对成为少尉后第一年碰到的这个所谓冈野事件却是终生难忘。

到底为什么一定要记住集团长的军衔和姓名呢？

这件事情做得好与军队的战斗力有什么关系吗？在军队中，是不是还有其他很多没有意义的事情呢？如果把这些与战斗力没有关系的事情处理一下，是不是两年兵役只需要一年就够了呢？从那以后，我就开始思考军队形式主义的问题。

实际上，冈野二等兵在那之后的一年里，无论是在东北与敌人的战斗，还是随后转战华北与中国军队的战斗，在枪林弹雨中都表现得十分勇敢，成了联队里响当当的士兵。

65 英才绝无匹夫之勇者，智者也绝不会使用蛮力。

这是我当上少尉后不久，我教育的冈野二等兵用事实对我进行教育后让我终生相信的信条。

当我的参谋勋章差点被撕下来的那一刻起，我就暗下决心：“像冈野那样去做吧。”

4.“海军密码被破获了！”

注意休息，好好看看前线的情况！

在出发前往南方前线视察的前一天，杉田课长的激励却是意外的简短。

1943年11月28日上午，我搭乘的海军水上飞机从横须贺出发，一边看着下面的鱼鳞状卷积云，一边向特鲁克群岛（Truk Islands）飞去。随着飞机接近赤道，眼下太平洋的碧蓝色更深了。人生第一次在7000米的高空看到马里亚纳群岛，美丽的景色仿佛使人怀疑这么和平的大海中哪儿在打仗，而一瞬间忘记了战争。

傍晚前飞机抵达特鲁克群岛的夏岛。从水上飞机寒冷的机舱中走下来，椰树茂盛的夏岛却是盛夏。

视察南方战线，尽可能地亲眼观察前线部队的状况，特别是新几内亚和菲律宾的地形与地志，以有助于研究战法，这是实战型课长杉田大佐交
66 给我的出差任务。作为任务本身，这没有什么特殊的地方，但是其背后却

体现出杉田课长对如落榜生般被下放到第6课的晚辈参谋的温情，让我去镀上一层到战斗一线研究战法的金。杉田课长就是这样将“了解一线者为强”作为信条的人。总之，杉田课长努力培养我这个参谋勋章挂了还不到两个月的新人，给了我自信。

第一次见到南洋的椰子、美丽的珊瑚礁和周围翻涌的白浪、通透夜空中的繁星，我对看到的一切都印象深刻。

搭载我们的水上飞机只飞到特鲁克岛，第二天我们要搭乘其他飞机飞往新不列颠岛的要冲拉包尔。

特鲁克岛是日军在南方最大的后勤基地，也是海军舰队和运输舰船的停泊基地，晚上的特鲁克岛就像小银座一样热闹。

第二天早上8时，航空基地突然联系我，“海军运输机要去拉包尔，已经为大本营堀参谋订好了座位，请乘坐这架运输机”，于是我急匆匆赶往机场。

当海军的基地勤务兵用手指着飞机时，海军的将官和副官突然要乘坐飞机，为了让他们先走，需要有人乘坐下一班飞机，我就是其中一人。

即使搭乘飞机，海军也有自己的规定和乘机顺序。听说同样是少佐，
也应是先海军后陆军。所以我是第一个被赶下飞机的。 67

但我的运气不错，20分钟后，一架陆军的飞机向拉包尔出发了。这是与特鲁克岛进行联系和兼顾修理的侦察机，乘客只有我一个人。素不相识的驾驶员与我轻松地交谈着，告诉我，最近拉包尔也变得危险了，10月就遭受了两次轰炸，许多船舶都被击沉。

马上就要到战场了。

人的命运真是变幻莫测。三个小时后，我在拉包尔机场一个人走下飞机，第一次体会到这一点。在机场工作的军官向我跑过来问道：

> 就您一个人吗？

我追问后得知，比我早20分钟出发、那些应该已经到达的海军军官

一行搭乘的海军运输机还没有着陆。

迎接我的第八方面军第2课的参谋马上嘟囔着：“（海军运输机）被打下来了吧。”

我正为赶上换乘陆军飞机的好运而庆幸不已，脑海中却也浮现出“密码”这个词和克雷奇默少将的脸。

68 这一年的4月18日，山本联合舰队司令的座机被美军击落。此后，进攻布干维尔岛（Bougainville Island）方面美军舰队的海军航空兵飞机遭到美军飞机伏击的情况越来越多。第八方面军也开始怀疑“是不是密码出了问题”。而我则没有忘记两个月前与德国武官克雷奇默少将在东京都内料亭吃饭时少将说的、西乡大佐也默默点头的话。

海军的密码被破获了！

这时接近于确信的第六感涌上了心头。

那架海军飞机恐怕一定是遭到了就在拉包尔近海的美军飞机的伏击。命运无常就是这样吧！来到战场的实感像大浪一样打了过来。

这位海军将官是谁呢？战后我在防卫厅战史室花了很多时间查找资料，但很遗憾，依然没有结果。

在去司令部的途中，拉包尔湾中散落着10月12日和24日遭受美军空袭后运输舰和海军舰艇的残骸。

第八方面军正在忙着对10月27日美澳联军登陆莫诺岛和11月1日美军登陆布干维尔岛托罗基纳角（Cape Torokina）实施反击。我向方面军参谋了解布干维尔岛方面的形势，并努力记着笔记。但是参谋却一会儿站起来去别的房间，一会儿回来接待我，向我说明情况的过程中，下级士官也会经常拿着像电报一样的文件给他看，并没有处于可以静下心来听清讲话
69 的状态。此外，由于美军将有可能进行大规模空袭，为了进行防空，部队又匆忙将高射炮、高射机枪转移到在拉包尔周围指定的新阵地。果然战场气氛十足，可实际上我们离前线的布干维尔岛还有400千米远。

晚上，在尼帕棕榈房中的烛光下吃晚饭，吃的是与特鲁克岛上有着天壤之别的南洋群岛居民食用的芋头菜粥。人生中第一次吃这种芋头，真是感慨万千。

晚饭时我从第八方面军得知，布干维尔岛的第六师团在炎热、疟疾、热带雨林和没有补给的重重困难下，与登陆托罗基纳角的美国海军陆战队反复激战并陷入苦境。同时，在中部太平洋上，马金、塔拉瓦两岛上的守备队已于11月25日全军覆没。

但这时，也有稍微令人释怀的情报。11月5—12日，日本海军航空兵在布干维尔空战中获得重大战果，重创美国舰队。等候已久的战机终于到来了。

第八方面军司令今村均大将判断，如果错失这个机会，则再也无法歼灭登陆托罗基纳角的美海军陆战队第三师，于是命令第六师团举全力向美军发动进攻，并派遣作战主任参谋和情报主任参谋赴前线指挥作战。但是，在司令部内却飘浮着形势绝不可能进展顺利的空气。

我也拜访了今村司令。

嗯，去好好看看吧。 70

司令官的话就差把小参谋派不上用场的意思明说出来了。但是，在被誉为人格高尚的司令官脸上却可以发现对战局紧迫的苦恼。司令官等人的苦恼也渗透到了参谋，其原因在于有关敌人的情报不足，无法充分了解前线的状况。前线与司令部之间隔着400千米的大海，相当于从东京到大阪。而制空权完全被美军夺走。尽管再三命令要“确保机场、确保机场”，但机场就像对着干一样仍然被美军占领和使用。没有一个战例表明友军飞机使用了机场并在战斗中发挥了作用。

即使在这样的情况下，前线的第六师团仍然通过电报报告了相当数量的战况、美军的登陆兵力、战斗特点、飞机飞行和舰炮射击等情报。在战斗现场，我亲身体会到这些情报都是前线部队与敌军血战后得到的宝贵财富，一份电报背后就有众多的牺牲。同时，这些报告也是“不要让后续部队再陷入这种苦战”的遗书。

在停留拉包尔期间，我从第八方面军了解到的美澳联军情况如下。

地面兵力

从布干维尔岛以东到瓜达尔卡纳尔岛的所罗门群岛方面有陆军8个师，海军两个师，东部新几内亚有陆军5个师，在后方的澳大利亚还有
71 10—15个师，合计约30个师。

空军兵力

所罗门群岛方面飞机600架，新几内亚方面飞机700架，加上后方的预备部队合计飞机3000架。

海军兵力

拥有可随时保证2—3个师登陆的运输船和登陆艇，仅运输船就有总计100艘以上。

美澳联军在这一方面的反攻今后将日益激烈，1944年2月前后，必将企图进攻拉包尔。

根据这一判断，第八方面军在拉包尔周边部署新的部队，加强阵地等，为做好迎战准备疲于奔命。

5. 在前线与寺本熊市中将相遇

在拉包尔待了两天后，12月1日凌晨，我又幸运地搭上了去新几内亚
72 韦瓦克港（Wewak）的班机离开了拉包尔。

当时，飞机已经不够用了，除非是非常大的人物或作战参谋，其他人

都不会被分配到特别专机，像我们这样的普通参谋唯一的办法就是配合战局，将视察计划寄托在有时出发有时不出发的联络航班上。

凌晨出发是因为制空权完全在美军手里，所以我们只能在黑暗中逃出危险地带。途中在阿德米勒尔蒂群岛洛斯内格罗斯岛（1944年2月玉碎）上紧急搭建的椰林中的小机场加油，稍事休息后于上午7时飞抵韦瓦克港，随后我马上就去第四航空军司令部拜访了司令官寺本熊市中将。

寺本中将就是本书前文提到过的，与我家交往甚密并告诫我“陆大不是人生最终目标”的那位将军。我从东京出发前，还与留在东京的寺本夫人联系，带来了寺本夫人的家书。

中将在《寺本熊市中将阵中日志》（防卫厅战史部保管）中“12月1日（晴）”一栏中记述了当时的情况。 73

> 今天早上7时到达的飞机，大本营参谋堀少校，也是我的前辈堀将军的爱子前来视察。8时堀少校来报到拜访。在与我、参谋长一同讨论当前战况时响起了空袭警报。10时17分，根据汉萨W-29水上侦察机的报告，17架大型飞机正在北进侦察情报，发布空袭警报。我坐车来到司令部露天战壕全面指挥防空。10时半至11时，敌机B-24机群以8、8、8机三组编队由东北方向机场进入空袭航路，随后以6、6、6机编队，进而以第二批、西南方进入的3、6机编队的第四波由韦瓦克半岛方向攻击东部海面的海上卡车（作者注：被称为海上卡车的日军小型运输船），一艘海上卡车因中弹着火，尽管采取消防措施后暂时熄火，但随即沉没，实为遗憾。在高射炮的防空战斗中……（字迹不清）目击两架飞机被命中着火，此外4架冒烟飞出视线。本日燃料弹药遭受相当程度的损害，与燃料航空厂有关设施中弹约900枚，仍在调查中。空战中，经确认击落B-24两架、P-40两架，我方没有损失。地面掩体中的战斗机4架着火、4架遭到严重或中等破坏；军用侦察机1架着火；司令部侦察机两架遭到严重或中等破坏；

其他损失无。来袭敌机B–24轰炸机53架、P–40战斗机10架，共63架。开战第724日。

晚饭后我拉着堀和他的同学内田参谋一起小酌闲谈，以发散今天防空战斗之愁闷。

收到了由堀参谋带来的夫人说是第九封的第六封信。（译者注：原文为片假名。“第九封的第六封信”是指有三封信因邮船等被击沉而未收到。）

寺本日记详细记录了从开战到战败的个人经历，是一份充分反映将军认真性格的珍贵资料。

当时日本判断，美军在东部新几内亚的莱城（Lae）、芬什港登陆后
74 机场仍在修建之中，但是，这一天战斗机空袭韦瓦克说明美军在东部新几内亚的机场已经投入使用，同时战斗机为后方来袭的B–24提供空中掩护，证明美军进攻日军最前线的航空枢纽韦瓦克的作战态势已经完成，其制空权已经延伸至韦瓦克。

寺本司令官在日记中所说的“愁闷”是指因空袭损失了已经不可多得的宝贵的燃料弹药、很多优秀的飞行员和飞机，对今后的空中军事行动也将是重大打击，并且受到打击后却得不到补充，这只能让人更加愁闷了。况且虽说是家书也有1/3沉到了海底。

我年轻时在中国东北也曾多次在枪弹中躲藏。这回是我生来第一次在露天防空战壕里接受炸弹的洗礼，我痛切感受了制空权这个词的含义。在中国东北，敌人没有飞机。遭到轰炸的同时，我也第一次知道进攻方和防御方在精神上的巨大落差。为此也就理解了，自身没有体验过前线部队苦衷的大本营参谋在东京办公桌上起草的命令与计划是多么流于形式，与前线的现实距离有多远了。杉田课长让我去南方前线的命令的确非常得当。

再次引用寺本日记的内容。

12月2日（雨）

今天从凌晨开始下雨，敌我双方均无进攻。但只有在这样的天气下，对于量上处于劣势的我方而言，才应懂得这正是我军活 75
动的旺季而要更积极活跃些。今后只能逐步以这种方式领导部下。14时半，与秋山参谋长一起拜访昨日到任的第九舰队司令官远藤（前侍从武官、在当地战死，升任大将）在韦瓦克半岛的司令部，远藤司令官因登革热正在休养，威士忌干杯后告辞。傍晚请堀参谋对本次大战完胜紧急处置六法的学习及其对提升军队战力的参考作用进行了说明与指导，一同吃了晚饭，愉快地度过了堀出发的前夜。

给因女儿就要成家而松了一口气的夫人的回信、给女婿双亲某某夫妇以及给某本某某的说出心里愿望的信等，也都拜托给堀参谋了。如此……已无问题，可大大放下心来一心一意从事公务，顿感无比欣慰。

致夫人的第七封信及致堀中将阁下的信，也委托堀参谋。开战第725日。

12月3日（晴）

3时被副官叫醒，堀参谋早4时出发返回东京，在此之前写完了给堀中将的信，并和给夫人的信一并交托堀参谋。朝着堀参谋出发的方向立正敬礼。今天的天气并没有昨天那么坏，但敌大部队也没有发动进攻。

（栏外）“布干维尔岛海面上，海军航空兵空战取得重大战果，击沉航母等，隆重庆祝” 76

今天，第14飞行团的20余架战机起飞迎击敌军4架P–40，首批两架遭敌奇袭，1架爆炸，1架驾驶员跳伞，战绩令人汗颜。和往常一样，我对我军战斗部队这次的拙劣技术直冒冷汗。战斗部队的光荣历史到哪里去了？如果万一敌军已蔑视我军战斗部队的战斗力了，这可是非常大的问题。大幅度提高训练质量，全力培养积极和消极的战斗力，大幅度增加战果，不这样就完了，我的责任也越来越大。

将军就是这样记录的。

当时日本陆军前线部队中最强大的航空兵部队第4航空军的实际情况在日记里已经写得清清楚楚了。

在此有必要介绍一下寺本中将。

中将是陆军士官学校22期生，步兵出身。1921年11月陆大毕业。在参谋本部专门研究美国，并于1925年调动到航空部门工作。1928年陆大专攻毕业（作者注：相当于研究生毕业），作为驻美大使馆武官辅佐官在武官渡久雄大佐（后成为师团长，在中国华北病亡）手下赴美工作三年，这期间进一步加深了对美国的调查研究。回国后成为航空本部部员。1937年留守航空兵团参谋长（兵团司令为堀中将）。1940年8月任飞行第2师团长，1943年7月担任第4航空军司令。在大正末期到昭和初期可谓美国研
77 究的第一人，是为数不多的美国通。

1943年夏天，中将从中国东北回到东京，顺便到杉并我家拜访时曾说：

竟然把美国当成对手。那是一个只要用汽车播种然后什么都不管就能长出庄稼的国家。此外，还有石油，还有资源。第一次世界大战后，美国支撑着国联中几个国家的财政。绝对不能小看美国的国力。但是，既然已经决定了，那就只有为天皇效忠了。

中将除了说将去执行新任务，职务和赴任地都没有说。但我记住了中将的这席话。恐怕中将对美国的国力已经了解得不能再透彻了吧。

6. 中将的“必胜六法”讲义

12月3日我在小雨中视察了韦瓦克的各个角落，并连续两个晚上和寺本中将进行了促膝长谈。在椰子房中，石油灯下，中将的谈话是我至今不忘的终生教诲。

在日记中，寺本中将写到为了对我进行教育，向我说明了“本次大战胜利紧急处置六法”。很遗憾的是，当时我做的笔记在战争结束时，与其他的秘密文件一起在市谷台被烧掉了。之所以印象深刻，是因为中将用如此强烈雄辩的语气实属罕见，所以记忆犹新，我根据记忆忠实地记录如下。 78

中将说得最多的就是制空权的必要性，这是绝对条件。

> 只要是学习战术的人，就会提到制空权。如果没有制空权，军舰和运输船都无法开动。如果运输船无法开动，燃料、弹药和粮食都到不了前线。新几内亚离日本有4000千米，可美国后勤补给线的距离更是翻倍。如果美国的补给可谓满分，日本则近乎零。这是制空权丢失的结果，没有制空权的地方就没有战斗。
>
> 为何日本丢失了制空权，这是由于战前没有贯彻“空军是军队主要战斗力”的思想。日本的作战课至今仍然坚持“步兵是军队主要战斗力”。海军停留在大舰巨炮主义这一日本海海战的思想，已落伍于时代。陆军尽管批评海军，但自己却仍信奉奉天会战（日俄战争）时代的步兵至上主义，一步也没有前进。陆、海军都想法陈腐，不了解现代战争。并不是所有的军人都这样，但作战课的人却不学习。1915年日本首次创建空军的堀中将直到最后仍坚持应建设独立空军，不愧为英才。

中将又谈到了克劳塞维茨的《战争论》。

就连120年前克劳塞维茨在他那个时代的《战争论》中，也已指出战场上占领制高点是取胜的关键。

自古以来，战争就是争夺高地。从高处俯视的优越感和安全
79 感，在低处被高处俯视的无力感和不安感，飞机尚未出现时代的克劳塞维茨是这么写的。那个时候的高地就是山。

随着飞机的出现，美国的想法就是通过飞机这一文明的技术产物来创造克劳塞维茨所说的制高点。这是人工创造的制高点，并通过制空权维持制高点，用飞机来创造山。在日本的军事研究还停留在日俄战争时代时，美国却在研究如何将克劳塞维茨原则中的哲理与现代战争相结合。

日本被称为军刀组的军人们只是字面上记住了克劳塞维茨的战争原则，并没有尝试探索其深层的精奥之处。军事研究是军人非常重要的工作，但位于军队中枢的军人们却渴望权力的交椅，热衷于介入政治。

中将的批判极为严厉，矛头直指作战课、军务课等军队的中枢部门。

接下来是战场。美国从1921年以后就着手准备与日本的战争。在我研究美国时，从辅佐官时期就已经指出了这一点。美国考虑的对日战场当然是太平洋。太平洋有山吗？要在这儿取得胜利只有制空权。他们研究了日本的南洋委任统治地区。这个地区是由众多小岛组成的群岛，除了船以外没有互相联系的方式，而能压制舰船的就是制空。但这一期间连资源也没有的日本却一直
80 一边盯着中国东北一边睡觉。

批评还在继续。

为了维持制空权且不让敌人夺走，就必须持续不断地制造新的飞机，培养和输送新的飞行员。如果日本拥有可在7000米飞行的飞机，美国就制造可爬升到8000米的飞机。日本9000米美国就到10000米，日本10000米了就12000米，美国不断制造超过日军战机爬升力的飞机。日军的零式战机、一式战机最初比美军优秀，但却没有后续新战机了。

总之，为了维持制空权，后方的国力十分重要。军队的主力是航空，其背后国力的支持十分必要。没有这些，战争不可能获胜。

中将还对大本营的绝对国防圈提出了质疑。

今年9月，大本营作战课提出绝对国防圈的概念，画出了连接千岛—马里亚纳群岛—新几内亚西部需要绝对保卫的一条线。但是，这到底是线还是点呢？假如现在敌军在韦瓦克岛登陆，哪里的部队能来增援呢？到现在为止的布干维尔、莱城、芬什港、马金、塔拉瓦岛都成了孤岛，连一名士兵、一个饭团的增援都没有。阿图岛全军覆灭之际，旁边的基斯卡岛（Kiska Island）能做什么呢？总之，如果没有制空权，所有都会成为点（孤岛），并不是线。要成为线，就必须用舰船和飞机将各个点（孤岛）联系起来并派出援军。为此，太平洋战场上制空权是绝对必要的。由 81
于重要的国防圈没有成为有机的连线，美军可以在自己喜欢的地方投入3倍、5倍的兵力。日军则由于在各处都是点，因此除了玉碎之外别无选择。剩下的岛屿都是在敌阵中孤立的点，美军搁置不理使守岛部队发挥不了作用，由于无法补给，即使美军不来进攻，瘟疫、疾病和饥饿等敌人也会发动攻击。

我将这称为美军的“点化作战”。即使是大岛，只要增援和补给被切断，仅仅就是岛上有部队而已，相比太平洋的广大面积还是被变成了一个个点。

堀君，明天你出发向西慢慢观察新几内亚吧。现在我们在赛多阿、马当、韦瓦克、艾塔佩、霍兰迪亚（现查亚普拉）、萨米部署了部队。在1400千米的丛林中，我们占领着好不容易才能找到的小小的平地。如果敌人进攻，各块平地之间在陆地上无法行走，只能通过海上联系。如果制空权丢失了，丛林中的所有这些平地就都成了点。因此，这些平地并不是陆地，和在没有制空权下的海中孤岛是一样的。选定战场，即决定在何处与美军作战是作战课最重要的工作。要考虑与自己体力相符的战场，如果考虑了国力、航空力量和海军力量等体力，与自己体力相符的战场真是太平洋吗？

说到这里，中将歇了一口气接着说道：

堀，只因为是你才说这些话啊。我对部下也没有说过。说
82 的时候一定要考虑好场合。如果被误解了不知道陆军会做出什
么来。

接下来是防空。

如同你看到的一样，昨天韦瓦克上空的战斗中，日本高射炮命中的是63架敌机中的两架，也就是3%。美军8机、8机编队像是面，而日本则试图用高射炮弹这个点去消灭面。

我们第四航空军也对美军的船队进行了相当的攻击，但是美军船队发射的防空弹幕实在难以用语言表达。空中完全成了一面黑色的幕。一架飞机都不可能突破弹幕。而且敌人似乎在使用雷达，我们一接近，敌人不是以一架架为目标，而是竖起了一道弹幕。到底使用几万发还是几十万发炮弹，只有在战场上亲眼看到的人才会明白。海军航空队就是突破了这种弹幕后在布干维尔岛空战中击沉4艘战列舰和8艘航空母舰的，实在是了不起的战

> 果。会有人批评说你们第四航空军在做什么。前线部队只能像海军说的那样一周七天都训练，没有别的方法。中央送来的东西是激励、训示、战阵训和敕谕，而前线部队想要的是弹药、飞机、驾驶员、燃料和食物。中央有中央要做的事情，前线参谋和中央参谋所做所思的事必须不一样。

中将在日记中写的是“必胜六法”，但我的记忆却只有“制空的绝对性”“用技术创造制高点”“线与点”“战场的选定”和“面防空”五点。 83
中将的谈话中对军队的中枢部门进行了众多批判。因此，可能是中将为了避免暴露批判的内容而在日记中写“必胜六法”吧。中将满腔热情、倾尽心血地来教导我，而给我上的下一课也成为我此后研究战法的基础。

12月3日拂晓，临行前我再次拜访中将并道别。中将递给我两封信，还有一张纸片。

> 昨天晚上我说的是把我的将来交给你的心里话。社会上，特别是像大本营那样的中央部门很复杂，你要十分注意。路途中多加小心，也请代问令尊好。

然后我们紧紧地、紧紧地握了手。我不禁潸然泪下。

纸片上写着：“没有研究过美国，就等于没有研究过战法，我会把家里第一次世界大战战史丛书中的《欧洲战争中的美国陆军》和《世界大战中美军数据记录》两本书寄给你，你一定要熟读。一本是我们在陆大毕业后进行的研究，另一本是渡等人的研究成果，都称得上是昭和初期美国研究的经典。”

我搭乘的重型轰炸机4时半起飞，这是中将特意为我准备的。这架飞机机体上有若干弹眼，其中一边的发动机状态奇差，飞行中可能会变成一个发动机飞行，但因为是要送到马尼拉修理，将军建议一路上尽可能在霍兰迪亚、马诺夸里、安汶等地降落看一看。乘客只有我一个人。用香蕉 84

皮包着的特制饭团在寒冷的高空十分美味，这也是中将指示副官亲手给我的。我的专用机在安汶、万鸦老和菲律宾的达沃各停了一夜后飞向马尼拉。

第二年8月莱特决战前夕，中将以航空军战绩欠佳为由在万般感慨中回到东京，其职务由陆军次官富永恭次中将接任。1945年4月中将出任航空本部长。8月15日听完玉音放送（译者注：天皇通过广播宣布日本接受投降）后，留下了“愧对在战争中阵亡的老部下以及孤军奋战的各位官兵（部分摘录）”的遗书，用日本武士典型的切腹方式结束了自己的生命。

接受杉田课长命令的我——这个年轻情报参谋在前线视察中遇到寺本中将，甚至可以说是所有的收获，中将对我而言是伟大的存在。他帮助我开辟了情报参谋的道路，还给了我研究美军战法的很多重要启迪。

三、大本营情报部时代（二）

1. 美军战法的研究与情报部

我回到东京后，终于开始钻研美军的战法。

前线视察给我留下清晰印象的是，在美军压倒性火力面前，日军一线部队束手无策，甚至得不到哪怕是一兵一卒和一粒粮食的增援。

寺本中将在纸条中写到的两本书是由偕行社出版的。书的封面上印着“日本将校级军官以外者禁止阅览”，对于研究第一次世界大战时期的军官可谓必备之物。回到东京后不久，这些书就从荻洼的寺本家寄到了我家，幸运的是，作为家父的藏书，我家已经有了这些书和日俄战争史。看来，大正后期到昭和初期的军官们很喜欢阅读偕行社的欧洲战争丛书。 86

1921年6月出版的《欧洲战争中的美国陆军》和1926年7月出版的《世界大战中美军数据记录》两本书的序言中都写道：

> 本丛书的目的在于编辑我部欧洲战争研究者的成果，并为我国军界提供参考。无论叙事或评论，只要是具备研究价值的成果，本丛书均予以录用。（中略）
>
> 本丛书记录主要以《欧洲战争概要》（偕行社出版）为基础，并汇集了最新资料。因此，如果本丛书出现与《欧洲战争概要》

记录不一致之处时，应视本书记录为更接近正确的内容。

参谋本部

根据这段序言可以推断，这套丛书并非保密程度很高。以前在日本陆海军中个人没有著作权，著作封面上不出现作者姓名可谓惯例。从年代上看，由于寺本中将1922—1925年在参谋本部工作，因此中将在纸条上写的“我们”是指寺本中将（当时大尉）等编写《世界大战中美军数据记录》的军官，而《欧洲战争中的美国陆军》则是渡等人编写的。渡是指寺本担任辅佐官时的上司渡久雄驻美武官，随后渡出任第二部长，战争期间出任
87 第十一师团长，并升任中将，1939年1月死于中国北部。这二位都是日本代表性的美国通，如此英才却被调离军队中央的专业职务，没有发挥有效作用，不得不为陆军的人事工作深感痛惜。

家父曾说即使任命他为情报大将也不为过，现在想来或是对的。

除了这两本书外，还有一本题为《秘 美国要览》的白色封面的美军研究资料。这是杉田课长在少佐时期的1934年、1935年编写的，除了美国本土外，还包括菲律宾、关岛、夏威夷、阿拉斯加等地的资料，是一本包罗了历史、财政、经济、国家组织、军事形势等各方面的参考书，但并没有以开战为预期。尽管如此，在当时该书却是唯一且宝贵的参考资料。

从美军战法的角度看，比起这本要览，欧洲战史丛书在各个方面都更具参考价值。因此，杉田课长或许在看到自瓜达尔卡纳尔岛撤退后战况并没有向着对日军有利的方向发展这一现实后，出于补充《秘 美国要览》的意图，想尽快对美军战法进行调查研究吧。

同时这一时期起，在杉田课长的努力下，第6课（美英课）的人员也在不断充实。石井、牧山、阿部等中野学校毕业并曾以民间人士的身份潜伏美国大陆和印度等地、当时已无法继续留在当地而与归国者一同返回日
88 本的谍报人员也加入了第6课。

同一时期，在中野学校接受过情报处理短期培训的庆应毕业生挂川长平少尉、女子大学毕业的堀小姐也加入了我们的美军战法研究小组。这二

位英文流畅，对工作帮助甚大。说是小组，其实只有美国班的土肥耕作大尉、武村忠雄中尉在我这里兼职，所以专门分配给我的挂川少尉和堀小姐的到来让工作轻松了很多。我们五个人在二层一间细长的小屋里工作。

第6课总算成为了超过70人的大家庭，对美情报活动也呈日趋活跃之势。但即便如此，第6课也只是与一直存在的中国课和苏联课规模相同，可见陆军重视苏联之传统的顽固。这一时期，陆军终于从曾一度睨视的苏联与中国转向了美国。大本营是一个反应尤其迟缓的组织，同时，这也证明杉田大佐所说的轻视、无视情报并非虚言。

开战两年后，第6课终于成为拥有课长、高级课员、美国班、英国班、战况班、地志班、特种情报系、庶务等部门的编制齐全的课。尽管可以说成了一个堂堂正正的课，但很多读者会认为，原本而言情报必须较所有其他作战领域先行一步，却在开战两年后才终于成形本身就意味着“战争已经分出了胜负”。非常遗憾，事实的确如此。 89

当时的美国班班长大屋中佐在战后某家杂志上回忆道：

> 军中央部一改长期以来重视苏联的态度，将教育训练、情报搜集的重点、战法研究等方面的重点都转向美国，这是从美军反攻日益激烈的1943年后期开始的。

大屋中佐说的没错。因此，如果知道新几内亚、所罗门群岛方面日本在没有正确地图而使用蜡版印刷的草图进行战争后，读者一定会觉得不可思议。一张征兵令就把人送上这样的战场，应该是血本无归吧。反言之，这也可称为美国有计划有预谋发动太平洋战争的证据，但是，败者为寇无以言表。

我最初被分配到第16课（德国课），两个星期后到第5课（苏联课），过了两个星期又到第6课（美英课），匆忙调动也正是大屋中佐所说的第二部重大转型的这一时期。当时的第二部部长有末中将是以前驻德国武官，地道的亲轴心国派，在担任陆军省军务课长时大力推动三国同盟，甚至流传着“有末难道不是意大利人吗”的笑谈。在有末出任部长时期，德国课脱离了第二部，墨索里尼被杀、意大利无条件投降，第二部可谓风雨飘摇。作为第二部部长的有末坐立不安、感情冲动才会撕掉我的参谋勋章吧。事后，我才理解了这一点。

不管怎样，对美军战法的研究工作尽管不断被耽误，但在第二部终于
90 将视线转向美国时开始启动了。

战后美军发表的调查报告在“战前陆军情报与战时的扩充”一项中写道：

> 战前日本陆军的情报活动针对苏联，预测将在“满洲”和西伯利亚进行地面战。七七事变并不需要精密的情报组织，大部分情报活动是由与日本侵略军合作的中国人和特务组织进行的。其结果，直到偷袭珍珠港时，日本才注意到情报总来源的大本营第二部的阵容居然如此贫弱，此外，第二部没有一人曾接受过特别情报训练……

第二部如此不重视太平洋方向令人哑然失笑。

2. 情报战视角下的偷袭珍珠港

瓜达尔卡纳尔岛战役后美军战法研究最初阶段的工作中，对以往战场上美军如何登陆、如何战斗、陆海空军之间如何联系、如何利用或克服地
91 形和气象条件等问题进行调查尤为重要。当然，由于欧洲盟军已在西西里岛和意大利登陆，因此有必要观察美军在这方面的作战方式。这时从克雷奇默少将那里得到的情报资料也帮了大忙。

由于前线是被大洋隔离的孤岛，因此传来的战况、战法报告中包括一些从情报角度看很简单和不得要领的内容。即使这样，正如在发动自杀式

冲锋前最后时刻发来“（战斗）不要再变成这样”的让人边看边流泪的遗书电文一样，面对这些可称为用鲜血写成的情报资料，必须进行认真判读并从中发现美军的作战模式。

也就是说，发掘真正的事实，而不是用华丽辞藻堆积出来的美文搪塞敷衍。我们的工作结果将会决定日军的成败，绝不允许有任何虚构的成分。不明就是不明，必须没有虚构和假想。

必须要说明一下情报的收集和审查工作，不然极易产生误解。

现在，经常被人们提到的情报战这一词汇既饶有趣味，又魅力十足。首先在情报收集的阶段就会产生对抗。相互间想方设法去获得对手不想让己方知道和不想告诉己方的情报，或不让对方得逞，这种对抗就是情报战。

情报战当然在战争爆发之前就已经开始了。是提前一年？五年？完全 92
不对！按照寺本中将的说法，美国从1921年起就开始准备与日本的战争，而在此之前情报战就已经展开，收集情报的工作早已开始。

试举一例。美国舰队现在在太平洋演习时，一定有固定的苏联军舰或商船在附近活动。它们不会像参观美军舰队活动一样仅仅旁观，首先就是尽可能收集电子信号，还会拍照并调查美军的舰型、火炮、导弹、速度和机动性等。收集到的电子信号等会送回本国通信谍报部门进行研究和密码破解。这样的工作并不是今天才开始的。而战前日本海军演习时，美国的舰船就会或隐或现地追踪，不是海军的人也都知道。

即使在现在，苏联舰船会在日本领海线擦边而过，军机也会从近海上空从北向南飞行，一定是在侦察日本的雷达和电子信号。对此日本自卫队会紧急出动。由于紧急情况时也会使用无线电联系，所以这也成为苏军收集日军电子信号的机会。如果诱使自卫队反复紧急出动，也就会掌握这个基地飞机的数量和飞机呼号。孙子曾曰，“知己知彼，百战不殆”，了解敌人的情报就是靠这样长年累月的收集。国家要进行战争，就需要进行大量的情报准备，而不能被眼前的感情所驱动而兴奋冲动。 93

事前收集的情报不仅仅是上面提到的军事情报，还必须从诸如经济

（探讨国力）、资源（石油、铁矿等组成国力的基本要素）、人口（探讨动员能力）、产业（生产能力）、教育（爱国心的指标）、船舶吨位数量（运输能力）、历史、思想等各个领域的情报中测算出这个国家的战争能力。收集这些情报，除了报纸、杂志、公开文件等文献情报来源外，还必须在这个国家建立充分且有余量的间谍网以防万一。破获间谍网、防止间谍活动就是反间谍工作。日本被称为“间谍天堂”，这是一个负面的称呼，在反间谍工作中，世界上也没有像日本民族这样悠闲自得的国家。

试举一例，第二次世界大战不管是否是日本首先开战，开战后美国做的最重要的事就是立即对日裔美国人进行强制收容。即使在战后，日本人也不知道为何美国要这么做，也不想知道。战争结束40年后，美国议会赔偿了数百万美元，还决定说句“对不起”，很多日本人就觉得美国果然是一个正派、人道的民主主义国家。最近，一位日本经济界名人表示，“这种感性冲动的行动真是岂有此理”，似乎将这一行为理解为美国遭遇珍珠港偷袭后感情性的反日措施。

为什么日本人会这么“容易受骗”呢？在将日本人蔑称为“Jap”的当时，美国采取这种感情性的对抗行动应属当然，而如果看到“里”，为什么就不会认为这是美国为了破坏日本武官在美国国内经营多年建立的日本间谍网（当然这并不是说所有的日裔美国人都是间谍）而采取的反间谍
94 措施呢？美国人是离国境千里之外、数百年间热衷权术谋略的欧洲人的后裔，他们与像日本人这样沉溺于锁国三百年之梦的民族在情报与反间谍领域天生有着天壤之别。比起在战争中的失败，40年后花几百万美元安抚不满实在是廉价至极。孙子曾有句未必被众人所熟知的名言：“而爱爵禄百金，不知敌之情者，不仁之至也，非人之将也，非主之佐也，非胜之主也。”其大意是为了了解敌情不应吝惜人才与金钱，在这方面吝啬的人不可能成为将帅、幕僚和胜利者。这告诉我们，在事前收集情报上应动员最优秀的人才和充裕的资金。

那么，通过什么手段收集必要的军事情报呢？

首先是前线部队直接与敌军战斗获得情报，航空侦察、拍摄照片、监

听通信等作战部队可以实施的行动。其次有谍报、谋略、宣传等秘密战，大本营的第二部第8课（其中第四班）负责其中的大部分工作。谍报是指在对手不知道的情况下公开或非公开地调查文件，通过通信谍报收集在空中交错的电波信号并对此进行分析统计得到情报，组织间谍进行潜伏，组建间谍网或发展并非纯粹间谍的提供情报合作者等。从战前开始，各国驻 95
外武官的重要工作就是从事这样的谍报工作，日本显然也进行了相当的工作。日本的外务省、陆军、海军各行其是，而美国中央情报局（CIA）、苏联国家安全委员会（KGB）、英国联合情报委员会（JIC）、法国对外安全总局（DGSE）、联邦情报局（BND）（二战期间的盖伦谍报组织）等都是负责谍报和反间谍工作的著名谍报组织。

谍报工作最为重视的是解读密码。最近，战争期间美国已破解日本密码的故事路人皆知。的确存在着海军部分密码、船舶密码和外交密码被美国破解或窃取的痕迹。陆军的密码同样存在着因战场上玉碎部队对重要文件处理措施（烧毁）不当而被窃取的迹象。

但不能说日本只是被动挨打，日本也取得了相当成果，实际上开战前后日本已经破解了美国相当重要的密码。从事这些工作的人即使在战后也绝对不会吹嘘自己破解了某某密码和某某密码。尽管有些人感叹美国解密了在战争中破解日本密码的文件——果然是民主主义国家，但没有一个国家会冒着损害国家利益的风险解密文件。谁敢断言解密并不证明美国已经完成了对日本现使用密码的研究并全部破解了呢？情报复杂怪异，怀疑最为重要，这是因为世界上没有像日本人这样“容易受骗”的国民了。 96

这些收集到的情报汇总到第6课，摆在了我们面前。我们先通过课长林三郎的方式对这些情报进行整理、分类、统计、分析，并寻找不止一条，而是两条、三条线的交叉点并进行审核，在此基础上做出判断，这就是第6课情报参谋的工作。因此，第6课除了一些特别事项，一般不会采取自己发动情报战或发出诸如“去找这些情报！”的命令。如果不是在10年、20年前就在世界范围内建立起情报战的收集组织网，就靠眼前是无法收集情报的。

战争中日本破绽最大的情报网正是在美国本土。日本的陆军、海军武官苦心经营、耗资巨大搭建好的由部分日裔美国人组成的间谍网如果在战争中可以有效发挥作用，旧金山船舶的行动、美国国内产业的动向、兵力动员、飞机生产状况等就可以进一步探明。不论如何保密，原子弹是否正在研制，是否已进行试验等，至少到原子弹的“原”这种程度的情报早晚会被察觉的。对于日本最为重要的美国本土情报网漏洞百出是战争失败的重要原因，甚至是最大的原因。美国将日裔美国人全部强制收容对日本而言实在是沉重无比的打击。

日本因偷袭夏威夷珍珠港击沉数艘战舰的战果而狂喜不已，但美国却以此为借口取得了将日裔美国人强制收容这一比珍珠港更具意义的战略性
97 情报战的胜利。必须牢记，在日本人欢呼雀跃之际，美国人却发出了更大但却无声的欢笑。

日裔美国人被强制收容导致日本武官在美国本土构筑的情报堡垒土崩瓦解。是战舰（作战）重要，还是情报（战略）重要？盲目的太平洋战争正是从这里开始的。寺本中将对开战表示不满也是出于这一理由。

3. 情报的审查——空战有问题

在从1943年11月19日起的猛烈轰炸和舰炮轰击后，21日美军在马金岛、塔拉瓦岛登陆，25日5400名日本守军玉碎。从这一时期开始，美军改变了对太平洋各个岛屿上日本守军的进攻战术，由奇袭登陆转为强袭登陆。

强袭登陆是指以登陆为前提，海军使用舰炮对岛屿上的地面目标进行炮击，空军进行轰炸，在给予地面守军沉重打击后才开始登陆的方式，换言之也就是大摇大摆登陆的战术。

以我为中心的美军战术研究小组在收集各种统计数据后注意到了一件事，就是1943年11月5—17日之间发生的6次布干维尔岛海军航空作战，

以及11月21—29日之间发生的4次吉尔伯特海军航空战的战报。 98

根据大本营海军部发表的统计数据，日军共击沉战列舰3艘、航空母舰14艘、巡洋舰9艘、驱逐舰1艘、其他舰4艘，重创战列舰2艘、航空母舰5艘、巡洋舰3艘、驱逐舰6艘、其他舰2艘。

在12月5日的马绍尔海军空战中，日本又发表了击沉中型航空母舰1艘、重创大型航空母舰1艘的战报。

根据当时的计算，美国海军将已经没有1艘航空母舰，美国舰队的活动能力归零且全部沉到了海底。寺本中将的阵中日记在12月3日一栏外写道："布干维尔岛海面上，海军航空兵空战取得重大战果，击沉航母等，隆重庆祝。"在拉包尔的第八方面军司令今村大将也认为"时下正是战机，应立即歼灭在托罗基纳角登陆的美海军陆战队"，并派遣军参谋前往布干维尔岛指挥作战。

> 怎么都看着怪异。要是这样，战争应该已经分出胜负了！

很明显，大本营海军部的战报是多么的应付了事。理应一艘战舰都不剩的美国海军反击却在加速，奇袭变成了强袭，让我感到美军反而更加有意识地夸耀其强大的海空军力量了。 99

日本海军发表的战报随着外电传遍世界。驻瑞典、瑞士、西班牙日本公使馆的公使和武官们都纷纷发来贺电［译者注：作者此处原注：（原文为片假名，着重号为笔者所加），但翻译时未见着重号］：

> 布干维尔岛空战的重大战果可喜可贺。
>
> 当地的美国机构没有发布任何消息，也没有进行各种阻挠日本报道的工作。大部分报纸都大篇幅报道日本的捷报，并称赞日本作战的卓越和部队的精强。（驻瑞士武官）

> 当地报纸也报道了布干维尔岛空战不断传来的赫赫战果。最

> 初诺克斯宣称这些战果是日本虚伪宣传的苦涩声明无声无息，敌方对本方大败只有保持沉默。正在这时，美国国内也似乎开始流传出美军大败的报道……如果日本方面的情报是正确的，那么美国海军的大部分应已被消灭，纽约股市也受到大败的影响，股价显著下跌。右派将大败解释为哈尔西司令的舰队事实上遭到全歼。中西部的报纸攻击政府在向股市交易所而不是一般老百姓提供正确的情报。（11月17日驻瑞典公使）

100 在大本营陆军部内，第二部长（情报）也向第一部长（作战）表示：

> 在美国，有人说只要不去南太平洋，其他做什么都可以，回所罗门太疯狂，疟疾等恶性病人多等，布干维尔岛空战的影响导致股价下跌，出现囤积小麦的现象，市场出现混乱。

日本国内、前线部队、驻外公使馆都沉浸在这个重大战果中。但是，作为情报总把关的大本营第二部长却也这番狼狈相就只能令人哑然无语了。如后所述，在随后的台湾空战中，由于陆军全盘接受了大本营发布的作假的重大战果而匆忙改变作战计划，决定在莱特湾与登陆美军进行决战而自掘坟墓，因此海军空战的战果发表就像是诱导日军走向地狱的门票。其深层原因则是由于陆军和海军双方均不与对方进行任何联系就擅自公布战果，因此陆军只能全盘接收海军公布的战果这一日俄战争后从未改变的日本最高统帅“双雄并立”的组织性缺陷。在一般老百姓看来，大本营本应只有一个，但是在大本营内部，陆军与海军相互之间并没有互通真相，实际上存在着两个大本营。

与日军的兴奋状态无关，美军在新几内亚和中太平洋同时开始了大规模的强袭登陆战，对比之下实在是充满了讽刺。

在研究美军战术的初期阶段，我们小组最大的疑问就是战斗力本应已经归零的美国海军，为什么反而能明目张胆地用大型军舰的舰炮对岛屿进行轰击呢？

与华丽的海军空战战报相比，中途岛海战、所罗门海战、萨沃岛海
战、阿图岛海战等以“海战”命名的战役结果却明显糟糕。海战是军舰之 101
间的战斗。在这一时期，除了我之外的战术研究小组成员通过各种情报，特别是外国新闻等，也了解到了中途岛海战的大致情况。或许是为了掩饰糟糕的海战，海军空战的战报才始终如此突出吧。

前线航空部队是如何审查各战斗机的报告呢？

如果不做这样的调查，就无法了解正确的结果。但是，真的很奇怪——这就是我们的印象（这时候产生的疑问影响到了将来对台湾空战战报的判断）。

我们调查了其中的原因。

情报搜集必须立即进行审查。这是情报工作的初步常识。究竟谁、在何处审查空战结果呢？偷袭珍珠港时有轰炸结果的航空照片，因此战果一目了然。但是基尔巴特湾、布干维尔岛的空战很少发生在白天而多在傍晚或黎明，甚至有夜间发生的。其后的空战结果也无法像珍珠港那样得到确认。尤其是空战，司令官和参谋在接到返回飞行员的报告后除了说“好！辛苦啦！”之外似乎也别无他法。在陆军地面战斗和海军海战中，指挥官会亲临战场视察战斗，但空战中司令官和参谋们都不会在战场，而是在离战场几百千米远的司令部，因此只能相信代替自己进行观察的返回飞行员
的报告了。 102

只要没有参加战斗飞机之外的其他手段，通过照片等情报冷静地对战果进行评估与确认，空战的真相就难免被夸大。其中还有可能存在无法返回的战斗机取得了真正的战果，而返回的战斗机却没有取得战果的情况。处于极限中的人会出现微妙的心理变化，因此情报参谋不仅要研究战术，也要进行这方面的心理研究。

而从陆军特种情报部（特情）监听播放外电的旧金山电台、布里斯班

电台等广播中传来的却是完全相反的战果。为了审查情报而评估敌方的广播，也是够讽刺的一件事。

夸大的战果报告对所有领域都产生了重大影响。第八方面军的今村大将据此做出了“鉴于海空军数次重大战果，若丧失如此良机，则难以期待歼灭当面之敌（在布干维尔岛托罗基纳角登陆的美国海军陆战队）”的判断，并紧急派遣原四郎中佐作战参谋前往布干维尔岛，向前线传达“必死敢斗”的大将训示，命令第十七军司令百武晴吉中将迅速歼灭托罗基纳角登陆美军。

夸大的空战战报实际上如同犯罪。虚报不仅让世界各国的日本大使、公使、武官和日本国内所有老百姓欢呼雀跃，更是让今村大将用难以置信的大棒将布干维尔的百武中将及其部下赶上了战场。悲惨的是驻扎在布干维尔岛的第六师团官兵们。他们只是被赶上了战场，别说没有部队的增
103 援，就连一个饭团的支援都没有得到。

4. 缺乏对敌军战法认识的高层领导

当时负责防守布干维尔岛托罗基纳角的是堀之内正义中尉指挥的步兵第二十三联队一中队（约150人）、联队炮一分队（1门）和无线通信一分队共计220名官兵。

托罗基纳角原本属于神田正种中将指挥的第六师团防御地区，但由于主力部队被置于布干维尔岛东端的布因后勤补给基地。而从岛的东部到托罗基纳角的距离有近140千米，其中包括当地人在丛林中走出来的80千米小道，这些小道要么只能容一个人通过，要么是只留下脚印的小路。其后就是60千米需要一边砍伐一边前进的似路非路的密林路线，部队只能背着粮食、弹药等前进。美军飞机会来骚扰，还会有暴风疾雨，如果把这些障碍计算进去，尽管说起来只有140千米，但却是单程也要花费1—2周时间的距离（在作战要务令中，军队一天的行军距离通常被定为24千米）。

由于这个距离之外无论如何也超过了第六师团的防守范围，所以神田师团长将托罗基纳角作为防御的最西端，再往西的地区只能忍痛割爱了。

但讽刺的是，11月1日，美军果然在托罗基纳角以西日军没有部署一兵一卒的地区登陆了。讽刺是针对日军而言，对于美军而言却是经过对航 104
空照片进行研究调查的结果，选择完全没有日军部署的地区实属当然。有和没有制空权才会产生讽刺与当然之间的差距。

由于在巡洋舰、驱逐舰共8艘军舰、50架飞机支援下登陆的美军达到2万人，因此只有220人和1门大炮的堀之内中队就算竭尽全力对美军也完全构不成问题。战斗开始两个小时后守备队的通信即已中断。根据计划，美军在傍晚就轻松地建立了从海岸起进入腹地2千米纵深和正面7千米宽的桥头堡（在登陆地点建立的半圆形阵地）。

登陆时间越长，桥头堡就越为坚固。11月2日，第六师团司令部得知了美军在托罗基纳角登陆的情报。由于电波不可能在通信途中走神玩耍，因此就算离着140千米，为何要花上一天才得到登陆消息实在是不可思议，至今也没有人能够探明真相。

登陆部队一定会不断将大炮、车辆、弹药、阵地资材和粮食运上海岸。在登陆部队立足未稳之际尽快向大海方向击退敌军，是自古以来防守一方迎击登陆之敌的铁则。这些作战也被称为水上歼灭或水上战斗。

第六师团长神田中将以速度为重，由于大部队行动迟缓，于是命令离美军登陆地点最近的浜之上俊秋大佐的联队［尽管称为联队，兵力只有步兵三个中队、炮兵中队（4门）速射炮部队在内共约1200人］“以最快的速度击退托罗基纳角登陆之敌”。浜之上联队在没有道路的丛林中一边 105
砍伐一边前进，终于抵近了敌军。此后的状况将以战史丛书为基础予以记述。

> 11月6日下午6时止，在贯哇（音译）以东密林中集结完毕的联队开始夜间机动行军。但是，没有前往托罗基纳角的道路。由于进入内陆后均为密林，因此部队沿海岸步行前进。在小河和

湿地地区部队会踩着齐腰的水前进，而河口附近却是鳄鱼出没之地。

由于贾哇河水位较深，部队泅渡困难，因此工兵队使用了橡皮艇运送部队。在渡河过程中，工兵与渡河部队各一名士兵被鳄鱼咬死。

下一条渡过的克洛基河也因无法泅渡而使用了橡皮艇。尽管是夜间机动，但部队仍然在6日晚上10时左右在克洛基河（音译）右岸被称为那泼依（音译）的村落北部密林中完成了集结。

11月7日进行了进攻准备工作。8、9日对美军阵地一角发动进攻，但遭到敌军迫击炮集中射击后又遭遇美军增援部队的进攻，损失惨重。9日联队长亲自带队进行夜袭，由于进入齐腰水深的湿地，在遭到迫击炮猛烈的集中炮击后进攻失败，不得不撤
106 退到美军迫击炮射程之外的地带。

以上是浜之上联队长对第一次托罗基纳角反击战的描述。若从战术角度看，可以发现以下若干问题。

首先，如前所述，第6师团防守地区从师团司令部所在的布因到托罗基纳角共140千米，同时实际上负责的海岸线则有240千米。如果参照师团通常作战地区进攻时为4—5千米、防御时6—8千米的一般概念看，第6师团被赋予了过大的正面防御地区，其距离正好相当于从东京到丰桥。而且这一地区的地形包括丛林、遇到狂风暴雨就会泛滥且有鳄鱼生息的河流，从浜之上联队接受命令到抵达托罗基纳角开始进攻，50千米的路程花费了一周时间。同时，由于补给困难，这还是一支全员随身携带弹药粮草踏破密林的部队。

如果这样看，托罗基纳角在地图上确实是连续的陆地，但却与师团主力有一周时间的隔绝，也就成了战术上的海上孤岛。大本营和第八方面军司令部在办公桌地图上画出的防线，却因为密林的地形障碍和制空权、制海权等人为技术性障碍而不能被称为陆地毗邻，正是寺本中将所言的被

“点在化”了的孤岛。

在部署堀之内中队时还使用小船运送。但美军登陆之后，海上联络已经被美军的制海权封锁。神田师团长在派遣堀之内中队时也做出了“为托 107
罗基纳角提供补给无论如何无法做到，因此只需部署满足监视程度的部队即可”的指示。而拥有制空权的美军通过对侦察照片的充分研究后在日军防守最薄弱的这一地区登陆，因此要保住这一地区实为困难。

其次，神田师团长得知美军登陆后立即命令浜之上联队击退登陆美军的做法尽管是适时的措施，却未必是适宜的措施。

> 越快越好，为此，小部队比大部队更合适。

这是神田师团长的最初判断。师团长首先想到的是地形与补给，但是到底有多少美军登陆，浜之上联队1200名官兵面对的美军兵力如何，却没有在考虑之中。可能神田师团长想的是，即便只有这些兵力，如果是在中国中部的战斗中以勇猛成名的第6师团官兵，也可以击破登陆不久的美军。

我们再次引用浜之上联队长在战史丛书中的记述。

> 敌人的抵抗十分顽强，战斗愈发激烈，部队寸步难行。在以前的中国战场上，最初的抵抗十分强烈，但如果强行进攻，抵抗就会变弱。但是我当时感到，这次的情况与和中国军队的作战大相径庭。

在描述9日的战斗中更是写道： 108

> 敌人迫击炮的集中炮火割裂了日军战线。美军在地图上用数字标出适当的宽度与纵深，在极短时间内将数百发炮弹倾泻在这些标上数字的区域内，并反反复复地进行连一只老鼠都难以存活

> 的猛烈炮击。其气势之猛、规模之大（中略），即使想前进也无力拔足，而待在原地则会损失剧增，必然全军覆没。万般无奈中只能忍辱将部队移动（作者注：意即后退）到敌军迫击炮有效射程之外，准备重新建立进攻态势、补充弹药再行进攻。

在中国中部以作战勇猛驰名的部队在美军猛烈炮火面前下定了撤退的决心。

“七七”事变后，在与二流、三流的军队战斗时，通过强行进攻的战术迫使对方屈服的经验在连一只老鼠都无法存活的美军迫击炮集中炮火下完全发挥不了作用。而且在兵力上，三个中队（1200人）的对手是海军陆战队的一个师（20000人）。师团长与联队长都还在用“（越快越好）以快制胜”这一对付中国军队的作战方法，但这在美军的“铁量战法”面前却成了“蒙眼剑术”。“击破铁量者唯有铁量”——在1937年上海战役、1939年诺门坎战役（译者注：此处原文为第二年，即1938年，经核对，应为1939年）中已经得到了验证。日军中央部的精神第一主义尽管在与大陆的二三流军队作战时可以通用，但在现代化的美军面前，其惨状则暴露
109 无遗。

尽管如此，当时在拉包尔参与作战的参谋和大本营作战课却斥责浜之上联队长为卑鄙怯懦、胆小怕死之辈，并最终解除了其联队长的职务。

最可怜的是前线。上级司令部和大本营既不掌握有关敌人战法的情报，也没有对“点在化”的密林孤岛的正确认识，更谈不上派遣增援部队甚至补给一个饭团，他们怎么就能做出决不允许后撤一步的无情指示呢？总之，大本营作战课与上级司令部在没有掌握美军能力、战法以及地形情报等情况下，就在办公桌上抱着与对二三流军队作战战果同样的期待指挥作战。而长官的命令就代表着天皇的命令与敕谕，所以如果后退就是大罪。

5. 空域的思想——蛙跳（tobiishi）作战

在这一时期之前还比较慎重使用的麦克阿瑟的蛙跳战术从1944年起急速增加。所谓的蛙跳战术是指像跳过庭院小径上的石板前进的战法。这个战术不是滚筒式地一路前压，而是像青蛙跳一样只占领必要的地区。当时的日军将美军这种战术起名为“跳石作战”或“蛙跳作战”。 110

在新几内亚方面，1944年1月格林岛、2月末的阿德默勒尔蒂群岛、4月的霍兰迪亚、艾塔佩、5月的瓦克德岛、萨米、5月末的比亚克岛、7月的农福尔岛、7月末的桑萨波尔、9月的莫罗泰岛、贝里琉岛等，美军都是像在庭院铺路石板间跳跃那样实施着登陆作战。

那么，蛙跳战术到底是什么？

如果不对此加以理解，就无法明确美军的战法。

我们小组将蛙跳战术作为重点，从三个方面开始进行思考。

第一个问题是蛙跳战术的目标何在。

（1）蛙跳作战的目的

新几内亚岛的北岸是离赤道较近、东西海岸线长达1300千米以及海拔超过两千米的脊梁山脉之间、被丛林覆盖的前人不曾走进过的土地，这个地区与其说是土地，更可被称为大海，它顽强地阻挠着部队的前进。在这片原始森林的大海中，零星点缀着可以部署军队的平地，正如林海中的孤岛。

正在日本将新几内亚视为东西相连的陆地之际，作为统治新几内亚的澳大利亚军队之友军的美军却在战前就已经得到了新几内亚的地理资料，并得出了“这里并不是陆地相连的地区，而是大海。散布在各地像猫额头

111 一般小的平地就是林海中孤岛”的研究结论。

因此，美国判断只有航空力量而非步兵方才可以支配这一地区。

而日本的大本营只是像地图上显示的一样，将其误认为是可让步兵驰骋的一般陆地。或许也是这个原因，于是日军命令驻扎在东部新几内亚布纳地区的南东支队越过未曾进入过的超过3000米的脊梁山脉，去占领南岸的主要城市莫尔兹比港。

这时南东支队的敌人既不是美军也非澳大利亚军队，而是没有道路的丛林、欧文斯坦利山脉和在雨季水量大增的无名河流的泛滥。因完全没有任何补给而导致了饥饿、疲劳、寒冷与疾病，疲惫不堪的部队只剩下了撤退这一条路。

即使在地图上布纳和莫尔兹比港看似是连接在一起的陆地，但欧文斯坦利山脉就像严酷的大海挡在了日本步兵的面前。停止作战、只剩下十分之一兵力才终于回到布纳的南东支队，随后遭到了从海上迂回登陆的美澳联军的进攻，一步步被逼上了玉碎之路。

日军最高司令部在东京的大本营，美军最高司令官则在莫尔兹比港，
114 即使仅从这一点看，哪一方对战场了解得更为透彻也已经不言而喻了。

美军占领布纳的机场后迅速加以利用并获得了制空权，并开始夺取下一个蛙跳的目标萨拉马瓦和再下一个目标芬什港的制空权。在丛林大海中美军的目标只有一个，就是确保机场的控制权。只要占领并确保了机场的控制权，下一次蛙跳的目标就进入了战斗机的作战半径之内，也就占领了下次蛙跳目标上空大面积的制空空域。

就在孤立无援中的日本舍生忘死般地占领土地之际，美军却通过蛙跳战术占领着空域。

第一次世界大战时，“炮兵耕耘、步兵占领”作为讴歌步兵作用的代名词被广泛使用，而美军的蛙跳战术则可被称为“陆军占领机场，空军拥有空域”。

但是日军中也不是没有类似的思想。在太平洋上的多数岛屿、即便是瓜达尔卡纳尔岛和所罗门群岛，只要有日本守军的地方就一定会有机场。

日军的守备队全部被用来保卫这些机场。这是为什么呢？在机场的使用上，日军与美军并不相同。日军守备队保卫的机场是为了当美军舰队出现在岛屿附近时，保证轰炸机和鱼雷轰炸机代替航空母舰出击，而不是像美军那样占领制空空域。

两者在战略认识上的巨大差别导致了一方走向玉碎，另一方推进空域，并决定了日美战争的胜负。 115

战后，众多被称为战史家与军事评论家的人都在写“日本败于蛙跳战术”，但是，美军的蛙跳战术旨在推进占领空域，而日军保卫机场是以攻击美海军舰队为主要目的，并没有占领空域的思路，提到这一点的记述并不多。其结果，日军的大量机场完全就像是为美军准备而建造的一样。

（2）蛙跳作战的距离与配列

蛙跳战术的距离。

在东部新几内亚，蛙跳战术的距离最初最多只能勉强达到300千米。但是随着日本战斗机处于劣势、美军战斗机性能的提高以及P-38的出现，从新几内亚西部出击的美军军机行动半径达到了1000千米，导致蛙跳距离跃升。也就是说，使蛙跳战术成为可能的是制空权，寺本中将“航空为军之主力”实乃箴言。

占领土地是陆军的任务，而对于美军，只有通过占领空域的手段来实现，因此，航空部队成为美军主力，陆军只是辅助性兵种，因为陆军占有的土地面积只有陆军所在地区的面积和炮火射程内的土地，在浩瀚的太平洋中只是一个一个的点。与此相比，占领空域时，由于空域按照战斗机作战半径$^2 \times 3.14$计算，假定战斗机的作战半径为500千米，那么其占领空域 116
实际上就是令人吃惊的78.5万平方千米。这也就是以航空兵为主力的美军和依然以步兵为主力的日军在太平洋战场上战斗力之不同。战略思想的落后就表现在如此巨大的数字差距之上。

蛙跳战术的配列。

当然，在大战略目标下，朝着这个方面配列战术。美军的大战略目标是由新几内亚指向菲律宾和由中太平洋指向菲律宾两大箭头，因此只要选择实现大战略目标所必要的据点即可，不需要关注与大战略目标无关的据点。

这也就是寺本中将所说的，由于岛（据点）和岛（据点）并不是线，也是点，因此没有必要消灭没用的点。关键是推进实现大战略所需的空域，不需要的点放置不管即可。

我们看看太平洋上的岛屿。当时包括日本的小笠原群岛在内，日本在太平洋上部署守备队的岛屿一共有25个，其中美军登陆占领的岛屿只有8个，其余的17个不予理睬。对美军而言，不必要的岛屿上的日本守备队
117 早晚会在没有补给的孤岛上饿死，作为美军没有“交战”的必要。

根据战后的调查资料（数字都是推测值），上述25个岛上部署的日本陆海军部队为27.6万人，其中在8个岛上战死者为11.6万人，还有16万人残留在孤岛上，而战后生还并返回日本者为12万余人，也就是说约有4万人在孤岛上不是死于和美军的战斗，而是死于饥饿、营养失调和各种热带疾病。

再看看新几内亚的情况。安达二十三中将麾下第十八军最初的兵力是以三个师团和海军守备队为基础的约14.8万人。当第十八军在被认为是陆地相连的原始森林中，砍伐丛林进行800千米以上死亡行军并不断向西挺进时，美军蛙跳战术却前进得更远。等在艾塔佩完成兵力集结时，第十八军已经完全被美军甩在了身后，从日本船运而来的补给被彻底阻断，在美军看来已经不再是战斗力。第十八军置身于像太平洋一样的丛林海洋中的孤岛上，站在他们面前的只有饥饿和热带病。

根据战后的资料，第十八军生还并回到日本本土的官兵只有1.3万人，实际上90%的官兵悲惨地失去了生命。

最后从布干维尔岛撤离的神田正种中将在上述浜之上联队进攻失败后，又指挥第6师团的全部力量进攻托罗基纳角，再次以失败告终，随后留在了布干维尔。

这位将军后来回忆道：“在饥饿面前，军纪、敕谕、战阵训、百万遍

的精神训话都变得没有任何价值。” 118

大本营作战的当事者们在对太平洋岛屿战斗所呈现的极限状况连预想都没有的情况下，指挥着这些战斗。

（3）蛙跳作战的轮换

最后是实施蛙跳作战的时间间隔问题。如前所述，麦克阿瑟在新几内亚的蛙跳战术中，跳跃的距离最初大约300千米，最终在靠近菲律宾群岛后达到了1000千米，这与美军战斗机的续航距离不断提升关系密切。现在看看蛙跳战术的时间间隔问题。

1942年9月到1943年2月美在瓜达尔卡纳尔岛的攻防战中，美军战力也遭到了相当程度的损耗，因此直到1944年年初，美军蛙跳作战的时间间隔在3—4个月，换言之，这一期间美军行动较为谨慎。 119

而1943年12月26日在新不列颠岛的格鲁彻斯特岬、1945年1月2日在新几内亚东北部的塞多阿（Saidor）登陆，这一期间突破丹皮尔海峡抵达新几内亚北海岸的蛙跳作战中，美军行动大胆果敢。跳跃的时间间隔达到了一个月到一个半月。

日本海军零式和陆军一式等战斗机尽管最初在与美军战斗机的战斗中处于优势，但这种优势只保持到1942年年末左右。1943年年初后，美军的P–38战斗机性能飞速提升，日军战斗机无论在战斗性能还是后续补充等方面均处于劣势，这都成为美军突破丹皮尔海峡以及随后蛙跳作战开始加速的原因。用通俗的话说，就是美军开始吞噬日本了。

关于蛙跳战术的时间间隔，用读者易于理解的表示就是现在职业棒球中投手的轮换。在日本，士兵一旦被动员走上战场则会在前线一直到战争结束，而美国对野战部队的使用方法却与日本不同。

从寺本中将告诉我的欧洲战史丛书中可以发现，在第一次世界大战时的欧洲战场，与敌军战斗过的美军师（约2万人）经过一段时间的战斗后会与其他师换防，到后方进行为期两个月的兵员补充与教育训练，随后再休养4个月（即棒球中的换人）。

因此，一旦战斗过的师要参加下次登陆作战，最少也要6个月，加上前后的准备期间，一般会有6—8个月的轮换时间。也就是说，如果平均以1—2个月的作战间隔进行蛙跳作战，5次蛙跳大约6个月，在第六次作战时第一次使用过的师的战斗力就已可能恢复并再次被投入战斗。在这样的机制下，如果一次行动投入两个师，那么有10个师即可进行作战轮换。此外，在后方的休养地区，为了补充兵员，还会大致为4—5个师再保留1个师，因此为了维持前述一个半月的轮换，则需要总数12—13个师
120 的兵力。

大本营当时判断麦克阿瑟在新几内亚方面拥有13—15个师的兵力，因此，美军有可能一个月到一个半月就开展一次新的蛙跳作战。

日本只有安达第十八军一名投手在没日没夜地连续比赛，与此相比，美军却在使用每六场比赛出场一次、充分休整过的投手。尽管万般羡慕，但轮换只有进攻方才可做到，防守方则无此可能。

在此基础上，如果没有运送这些部队的船只，蛙跳战术也不可能成功。因此，运输船和登陆舰艇的数量也十分庞大。根据测算，为了在海上运送一个师的兵力，需要大约16万吨吨位、40艘左右的运输船和登陆舰艇。实际上，可能是为参战部队增强了炮兵的缘故，进攻贝里琉岛和莫罗泰岛的舰队的船只大约都在50艘左右，而由于仅仅这种规模的轮换作战最小限度也需要保持3个师的船只，因此在后方会始终保持120艘的规模。如果是莱特湾海战和林加延湾这样的大型战役，则没有300艘以上的船只是不可能的。想到日本总算能凑出四五艘船组成船队带着祈祷般的心情向塞班和帕劳运送部队，就会痛感这种规模上的差距似乎已经决定了战争的胜败。

蛙跳战术旨在推进制空空域。在太平洋进行战争时，岛、海域还是空域重要？事前没有研究这个问题就执着于土地和海域的日军尽管一滴血没流就登陆各岛，却随后陷入疲于防守的境地。日本并不知道太平洋是易攻难守的战场。因此，罗斯福得知日本偷袭珍珠港后十分高兴并不仅仅是因为得到了对日战争的大义名分，也是由于他明白美国在太平洋战场上由此

处于进攻的一方了。

美军情报部门一定在战前就分析了太平洋作为战场的特点，所以当看到日军举着军旗毫无忌惮地在太平洋各处无血登陆、把战线全面铺开时，美军应该是在暗自窃喜：“日本作茧自缚，让美国站在了进攻的一侧。” 121

我们的战法研究小组做出了这样的观察，并且也联系了与作战相关的人士。

那么，为什么日本会在美军面前全军覆没，并进行悲惨至极的战斗呢？——这是下一个必须研究的问题。

也就是说，需要研究美军的登陆战法。

6. 美军登陆战情报的解析

（1）塔拉瓦战役型 122

在1943年11月25日的广播中，美国宣布在马金环礁、塔拉瓦环礁岛（位于马绍尔群岛的南部，属于吉尔伯特群岛的一部分，靠近日界线的英属岛礁）登陆的海军陆战队第二师于25日完全占领了两个环礁岛。

美国海军陆战队第二师于21日黎明登陆。这个岛是第二次世界大战前日本委任统治领之外的英领岛礁，正是战争的最前线。守岛部队尽管包括柴崎惠次海军少将指挥的海军陆战队2700人、海军的航空基地设定队（负责建设机场）2000人、大炮30门、机关枪32挺，但真正能打仗的只有陆战队，航空基地设定队实际上就是所谓的镐头部队。

这些岛礁都是遍布椰林、完全没有地形起伏的四面环海的平坦孤岛，即便其中较大的塔拉瓦岛也只是东西长2.5千米，南北宽500米，岛的核心地区最多也只有1平方千米，在太平洋中可谓典型的一个点。

而包围这些岛礁的是以4—5艘航母为核心的美国海军舰队，其中3艘巡洋舰、4艘驱逐舰进行登陆前的火力支援射击，航空母舰的舰载机从19日开始对吉尔伯特群岛的马金环礁、塔拉瓦岛和其后方的马绍尔群岛进行了彻底的轰炸。

针对美军的进攻，日本海军基地的攻击机从21日至29日进行了4次吉尔伯特湾空战，仅仅根据当时《朝日新闻》（大本营海军部发表）的报道，日军取得了重创战列舰1艘、击沉航空母舰7艘、击伤航空母舰4艘、击沉巡洋舰2艘、重创巡洋舰2艘、击沉驱逐舰1艘以及其他2艘的重大战
123 果，这在叙述布干维尔海湾空战时已经向读者介绍了。

19日以后的轰炸和20日的舰炮射击后，塔拉瓦岛椰林所有的椰树叶都被炮火炸飞，像一根根矗立在地面的火柴棍。陆战队的阵地和小岛都布满了弹孔。

此后登陆的是2万兵力的美海军陆战队，也是日本的陆战队终究根本无法抵抗的敌人。

柴崎惠次司令于21日13时30分发出了“敌人在舰炮和轰炸的支援下已将人员与物资运上海滩，通过栈桥在南北线上与我军作战”的最后一封电报，22日后通信中断，我们认为该部队24日夜已全军覆没。

仅仅地面战部队就有6—7倍，并且是美军最精锐的海军陆战队，而日本方面则是所谓的陆战队，美军可谓采用了杀鸡也用牛刀的方式。

由于这是中部太平洋日美间的第一次攻防战，我们的战法研究小组自然给予了充分的关注，很遗憾，除了上面提到的一份电报外，我们没有办法获得其他任何更为详细的有关部队玉碎的情报。但是，比起地面战斗，战法研究小组更为关注轰炸和舰炮对岸射击。

根据监听的旧金山广播的战报，美军向塔拉瓦岛发射了360吨炮弹（战后美国发行的战史数据为365吨），此外轰炸马金环礁、塔拉瓦岛使用了173吨弹药，假定其中的一半约90吨被用于塔拉瓦岛，这样登陆塔拉瓦岛之前舰炮射击和飞机轰炸使用的弹药就达到了450吨。由于没有日军的
124 情报，我们只能将美国的广播作为资料。

根据这一数字，战法研究小组进行了以下的计算。

如上所述岛上重要地区的面积大约1平方千米，单纯计算美军在每一平方米投下了0.45千克，也就是3.3平方米（一坪）约1.5千克的炮弹，

2000平方米（每边约45米的正方形）内有1吨的炮弹落下。这是非常不得了的一组数据，而在此之前日军甚至没有人进行过这样的计算。我们多次在每天的战况说明中提起这组数字。

我们仅以舰炮射击为例。

尽管巡洋舰与驱逐舰的火炮口径不同，但可以假定平均一发炮弹的重量是80千克。前述的舰炮射击360吨则大约可折算为4500发。美军正面登陆的宽度为1500米（由于纵深只有500米，因此不是问题），等于日军正面会遭受1平方米3发炮弹的轰击，一发炮弹的有效杀伤半径为100米，这完全就是地狱景象。而在如此猛烈的炮火攻击下，谁又能生存呢？因此在发出上面那封电报后不久，柴崎司令官等全体参谋和作战人员所在的阵地很可能一瞬间就不复存在了。 125

当时大本营的战报却以鼓吹了一通精神万能论、夸赞守卫部队的勇猛了结了这次战役：

> 11月21日以来，塔拉瓦、马金岛守备队以寡敌众，以3000之兵力迎击5万余登陆之敌，面对敌机猛烈且不断的机枪扫射和舰炮炮击，我军连日奋战，给予了敌人数倍于我的沉重打击，（省略）25日发动了最后冲锋并全员玉碎。

日本的守岛部队恐怕以往连想都没想到过舰炮射击和炸弹的威力。毫无疑问，脆弱平坦的珊瑚礁孤岛上所有的阵地、设备都将灰飞烟灭，唯一留下的是覆盖全岛的弹坑。

在此还有一个不能忽视的情报和事实。

1943年9月后，美军在距离马金岛和塔拉瓦岛只有400千米的英领菲尼克斯群岛建设了大型飞机使用的机场。具体而言，9月后美国海军的特混部队屡次空袭马绍尔群岛，在日本海军应战之际，美军在菲尼克斯群岛建成了大型飞机机场，使其成为在中部太平洋展开攻势的前进基地。换言之，当美军舰队出现在眼前时，大洋深处孤岛上的守卫部队大吃一惊。而日军的上级司令部也不知道前线部队前方400千米的情况。阿图岛全员阵亡、瓜达尔卡纳尔岛战役失败，这些都是大洋深处独守孤岛的守卫部队对从海岸以肉眼观察范围之外的情报一无所知，导致前线部队经常像盲人一般打仗的结果。

海军的侦察机的确数次尝试过进行侦察，但都在美军拥有制空权的空域被击落，导致其无法收集到岛屿防御所必需的极为重要的战略情报（上级司令部必须收集的情报），这可谓太平洋上地面战斗开始阶段令人懊悔
126 至极的愚策。而不去进一步探讨侦察机为何没有返回，则可谓极为严重的情报麻木症。

无论如何，有必要对舰炮射击和轰炸进行进一步的数字分析以明确双方真正的战斗力。

（2）塞班岛战役型

接着必须提及1944年6月塞班岛的战斗。

大本营决定的太平洋绝对国防圈的中心就是塞班岛。塞班岛面积120平方千米，与像点一样的塔拉瓦和马金岛相比，是日本委任统治领的政治中心。作战课的人们更倾向于将塞班岛视为大陆而非点。在这个意义上，可以部署一个师团（3个步兵联队、炮兵、工兵、坦克部队）以上战略性兵团的岛屿，与以往只部署极少数部队进行防御的岛屿是不同的。

决定绝对国防圈是前一年9月。而其中心、也被称为对日本最重要的塞班岛的兵力部署却从这一年3月起屡次变更，最初是第29师团的一部分，随后改为第14师团，4月终于决定部署第43师团，这种拖拉总是遭到后世史学家的批判。

本书的宗旨是从情报的角度记述美军战法，故省略大本营作战课变来
127 变去的过程，但一个事实却是，当时在陆海军大本营中枢部存在着“美军绝不会攻到塞班岛”的奇妙的安心感。在情报方面对美军的认识居然如此乐观。

大本营逐渐认真讨论对策是在美军1944年2月17日对特鲁克群岛、23

日对塞班岛进行大规模空袭，2月29日美国海军陆战队在阿德默勒尔蒂群岛登陆之后。前一年9月就得到天皇裁可的作战计划却一再拖延，作战课受到指责也是不可避免的。

在决定派遣第43师团之际，陆军作战课长服部卓四郎大佐在回答东条英机参谋总长的质疑时称："在马里亚纳（塞班与提尼安岛）绝对有信心。"而主导这一方面作战计划的主务参谋晴气诚少佐在向海军的说明中也表示："即使海军航空兵为零，如果第43师团到达，一般情况下正面一千米配备3.3门火炮即可，而这次将配备5门，故绝对可以击溃敌军。"

作战课长也好，主务参谋也好，实际上即使在当时的情况下依然语气强硬。

再谈谈第43师团，这是一支1943年7月新组建，以保卫名古屋附近要地为任务，即所谓新出炉的部队。而在调往塞班岛动员令下达前夕，皇族 128
的师团长突然被调职，担任军马补充部本部长这一旧时代职务的斋藤义次中将仓促出任师团长并被急忙派往前线，真是令人瞠目结舌的人事调动！这与在此之前历经战斗的师团或有传统的师团完全不同。此外，大队长以上的军官基本上是现役军人，但中队长以下者很多都是被一张"赤纸"（译者注：即征兵令）召集的军官，仅仅训练了不足一个月就奔赴了战场。

第43师团主力于5月9日秘密从名古屋港出发，5月19日在塞班岛登陆，据说担心途中遭到美军潜水艇进攻的大本营作战课情不自禁地喊起了万岁。

但是，第二波部队（一个联队4000人）却屡次遭到攻击，运输舰被击沉，6月7日到达塞班岛的只有漂浮在海面上得到救助却没有了武器装备的1000名官兵。结果第43师团兵力由1.6万名降到了1.3万名，其中还有1000人没有武器装备。

即便是这样，第43师团抵达后马上投入到修建阵地的工作中。日军判断美军正面登陆的海岸是珊瑚礁，土质脆弱且易于崩塌，并且轻轻一挖就会涌出地下水，挖掘简单的战壕已是极限。由于既不能用水泥修建阵地，也无法铺设铁丝网、挖掘反坦克战壕，因此塞班岛反登陆阵地可谓离

129 现代战争的标准相差甚远且极为粗糙。

大本营作战课其后也是一贯如此，尽管部署任务，却没有充分提供对美作战所必需的阵地用的物资、粮食和弹药。还忘记提供最为重要的一点，就是“时间”。从决定绝对国防圈到派遣第43师团进行防御，前前后后花费了8个月的时间。防御优于进攻的要素包括利用地形、资材的准备和时间。而日本无论在哪个方面都是“零”。

师团第二批次没有装备的部队抵达后的第四天，6月11日下午，美国200架舰载机即对塞班岛进行了猛烈的轰炸。同时各有140架飞机分别轰炸了塞班岛邻近的提尼安岛和关岛。很明显，这些迹象都预示着美军的登陆已迫在眉睫。

第二天（12日）从清晨到9时左右为止，共计480架飞机对塞班岛进行了空袭，塞班岛首府加拉班的大部分在11日就已经变成了灰烬。

塞班岛的第31师团司令部、第43师团司令部在这一天均判断美军即将正式开始登陆作战。

13日，总计220架美军飞机再次进行了轰炸，港口设施、机场等仓促间修建的工事被破坏得满目疮痍。就在日军的注意力被空中的美军飞机所吸引之际，塞班岛已经被8艘战列舰、2艘巡洋舰、22艘驱逐舰完全包围了。

就在轰炸机场结束后不久的9时45分，美军立即开始了太平洋战争迄今为止未曾有过的大规模且彻底的舰炮射击。射击目标包括日军海岸炮台、高射炮阵地、物资集散地、防御阵地等。炮击持续了三天。塞班岛的
130 椰林完全烧毁，裸露在地表的阵地100%被摧毁，司令部与各部队之间的通信线路被破坏，指挥机能麻痹，岛屿主要部分的地形如同遍布着陨石坑的月球。

根据我们战法研究小组的计算可以明确得知，当时美国一艘战列舰拥有的炮弹量为1900吨，如果一半用于对地面目标进行舰炮射击，其杀伤力和破坏力相当于地面部队5个师，因此11日后第43师团已经处于40个师（8艘战列舰）的包围之中，注定了被毁灭的命运。

综合当时美军战报和外国通讯社的报道，来自美军舰炮1.4万吨、轰炸机6000吨，总计2万吨的弹药被投到了塞班岛，只能说是有史以来最大规模的火力准备。如果将其与美军登陆的正面宽度10千米相结合，一米的正面平均遭到2吨炮弹的轰击。当然，由于阵地都有纵深，即使上述计算未必准确，但1发舰炮的杀伤半径为800米，如果舰炮与炸弹覆盖纵深2.5千米的阵地带，美军的火力威力将下降到先前提到的1/3。即使如此，3米的正面阵地也会摊上2吨弹药。而用一个星期、两个星期修建的散兵壕程度的阵地是不可能承受这种攻击的。比如，如果将两万吨的火力平均分摊到全岛120平方千米上，每38米见方（译者注：原文如此，经核算，约为每78米见方）就会摊上一吨弹药。 131

如果1千米正面部署5门大炮，即使没有海军的航空兵力……

这种感觉用事实证明了日军对美军的无知程度，以及带着与中国军队战斗中形成的对待二三流军队的情报麻木症来纸上谈兵。

即使仅仅是相当于40个师火力的舰炮射击时天崩地裂般的轰鸣声，恐怕就会让完全没有战斗经验的第43师团官兵产生恍如身处地狱的心理。尽管很遗憾至今仍没有死伤率的正确数字，但按照战后美军战史的记载，似乎死伤率很意外的没有我们想象的那么大。不过，舰炮和轰炸恐怖的炸裂声理应切切实实地增加了日军前线官兵的失败感。

我们通过当时海军专家的计算调查了战列舰主炮的穿透力。

调查结果显示，战列舰主炮炮弹射程10000米，可以穿透3米厚的钢筋水泥和5米厚的普通水泥。即使按照旅顺要塞的标准修建塞班岛海岸的防御设施，也无法保证足以抵御。

6月15日凌晨4时40分开始的猛烈舰炮射击两小时后准时停止，随后舰载机开始了足以遮蔽塞班岛天空、对从即将登陆海岸到日军第二线阵地的丘陵地带的大编队的地毯式轰炸。在这种舰炮射击和轰炸下，日军仅存

132 的零星阵地也已荡然无存。

几乎一个半小时的轰炸行将结束的瞬间，以水陆两栖坦克为前锋的海军陆战队第二师和第四师两个师乘坐登陆艇一起向登陆正面海岸进发。第二师在7个月前的马金岛、塔拉瓦岛登陆立下战功。第四师则在4个月前登陆瓜加林环礁，尽管环礁当时只是日本的委任统治领，但却是开战后第一次在日本领土升起星条旗的部队，士气高昂。两个师都是战斗后完成了4—6个月补充及休整的满员师。在经过上述的猛烈炮击轰炸后，这两支精锐部队登上了塞班岛。

当时，我们推算海军陆战队一个师的兵力为20000人（战后判明的战史调查为19514人），海军陆战队两个师40000人，此外加上美国陆军第27师共6.3万人，其对手日军第43师团拥有实战人员1.3万人，即使加上海军特别陆战队和非战斗部队的航空基地和港口部队，日军的战斗兵员也只有2.2万人左右。仅仅是人数，美军也是日军的3倍。而战斗经验丰富的部队与没有战斗经验的部队、杀鸡用牛刀的战术在塞班岛也没有改变。战列舰相当于40个师，海军陆战队两个师和陆军一个师，共计43个师团团围住塞班岛，日军第43师团在被完全包围的战场中展开防御，胜负一目了然。

第43师团以师的作战态势进行实质性防御作战只有6月15日和16日两天，在随后发动夜袭以及美军从水面海边进行反击的战斗中遭到毁灭性打击，7月7日实质性战斗结束，师团长率领各军官自杀，残存兵力喊着

133 万岁进行自杀冲锋，塞班岛战役至此结束。

号称世界最强的日本陆军辜负了全日本的期待，仅仅两天时间精强日军的神话就在塞班岛土崩瓦解。

暂且不考虑谁应该对此负责和如何负责，笔者尝试从战法侧面对日军神话瞬间脆败的原因进行浅析与探讨。

当然，如前所述，第一，轰炸和舰炮射击中体现出美军火力巨大（即铁量）。

第二，日军没有足以与美军火力相对抗的阵地。

当时第31军的阵地计划为，第一个月（第一期）在海岸附近构筑阵地，第二个月（第二期）加固第一期修建的阵地，主要部分实现混凝土化，构筑第二、第三线阵地。第三个月后（第三期），在第二期完成起两个月（10月前）内实现重点部分的要塞化，完成混凝土化和洞窟阵地。

第43师团先遣队按照计划抵达塞班岛已是5月19日，即使按照计划进度也只能完成不到一半第一期工事的时候，就迎来了美军登陆。实在是遗憾至极。这个责任应由第43师团负，还是由大本营的战略制订者承担，还是不说为妙吧。134

塞班岛战役与其说是防御战，不如被称为遭遇战更接近事实。将这场完全没有准备的战役的责任推给第43师团太过残酷。很明显，第31军10月前将阵地要塞化的计划当然是事先与大本营作战课周密磋商的结果，悲剧的起因就在于大本营作战课首先认为“美军会来塞班岛吗？”，随之又做出了“美军进攻最早也要在9月以后”的判断。

可以说，大本营作战课即使在这一时期也缺乏对蛙跳战术本质的认识。

第三，日美两军的火炮数量悬殊。

以第43师团为骨干的塞班岛陆海军守岛部队总共只有108门77—150毫米口径的野战炮。与此相比，美国海军陆战队两个师和步兵一个师有228门火炮，加上军舰提供火力支援的350门火炮，合计578门火炮，对日军处于压倒性优势。如果加上8艘战列舰（40个师的火力），火炮的差距只能用无语来形容了。

第四，则是自动步枪。

日本陆军的冲锋曾驰名世界。但是在瓜达尔卡纳尔岛战役后，日军最得意的白刃战冲锋有过成功的案例吗？再往前追溯，自诺门坎战役后日军的冲锋就没有成功过。135 其原因有很多，铁丝网、使深夜如白昼般的照明弹、声音探测器、在局部地区迫击炮和炮兵的集中炮击等在各个方面阻击着日军的白刃战冲锋。但是，非常重要的原因之一则是自动步枪。

日本发动最后冲锋时与敌军的距离大约为五六十米，近到可看清敌军的脸和表情。在这一至近距离上，日军会趁着美军射击的间歇，在“突击！”的号令下发动冲锋。但是，即使是经过训练的士兵，也无法端着装上弹药且佩带刺刀的沉重的三八式步枪在满是弹坑的土地上一口气跑完这段距离，途中会停下来一到两次，因此这段冲锋距离需要一到两分钟的时间。

这期间美军会用自动步枪对奔跑的日军进行从左到右、从右到左的扫射，也就是竖起“弹幕”。当时判断自动步枪的射击速度为每分钟350发左右，根据计算可知，如果一支自动步枪的扫射正面为30米左右，则日军在冲入敌军阵地前就将全部被击中倒地。当时美军海军陆战队一个团拥有162支自动步枪，如果一个团防守正面为2000米，1000米正面一个营54挺，即全团2/3的自动步枪在前沿阵地，那么一支自动步枪扫射的宽度正好是30米。为了封锁世界闻名的日军冲锋，美国海军陆战队已经预判到太平洋战争的到来而装备了足以形成弹幕所必要的自动步枪了。

毫无疑问，美军在战争10年前、20年前已经预测到在太平洋上将以这种形式与日军展开战斗，并做好了准备。与美军相比，日军却以将二三流军队为对手的编制装备与现代化美军进行战斗，这个债只能以前线部队
136 官兵的鲜血来偿还了。

在塞班岛上发动最后自杀式冲锋的前一天，第31军参谋长井桁敬次少将向大本营参谋次长发出了最后的诀别电报，也被转发到我们的办公桌上，电报句句肺腑之言，令人泪流不止。

在电报中，井桁少将对第31军拙劣的作战指挥表示道歉，并为失去了众多天皇的忠良官兵而谢罪。随后留下了自杀前给后世的辞世警言：“已将密码书及其他机密文件等妥善处理，未来战争没有制空权就没有胜利，衷心希望大力生产与发展飞机。”（译者注：原文为片假名，着重号为作者所加）。

“没有制空权就没有胜利”，这句话不仅是井桁少将一人，更是在塞班岛战死的陆海军3.9万人（包括所有从军人员）和1万名岛上日本居民以死相诉、饱含血泪的警世遗言。

塞班岛失陷意味着绝对国防圈的瓦解，日本的战争前景出现了极大的不稳定因素。

如果美军在塞班岛建造大型轰炸机机场，日本本土就会轻松地进入美国战略空军的轰炸空域。1943年4月起，外国通讯社就开始报道“美国空 137
军司令阿诺德中将正在筹划获得轰炸日本心脏地区的基地”，可日本在丢失塞班岛后才第一次理解了这一可信度很高的情报的战略意义。日本的战略就是这样不断处于落后一步的境地。

6月15日美军在塞班岛登陆后，据说大本营作战课大骂井桁少将和斋藤师团长“胆小如鼠”，一位参谋在战后的记录中也提到过这件事。我由于没有亲眼目睹这一幕，无法断言。但是和作战课怒斥托罗基纳角的浜之上联队长一样，或许不是空穴来风吧。

7. 制定《敌军战法速读》

（1）战法研究的深层

在接到杉田课长命令开展研究半年后，1944年5月我们完成了“美军战法”研究的基本工作。以何种形式总结这一成果，如何在前线部队进行普及，以杉田课长为首的高级课员矢野连中佐、美国班班长大屋角造中佐等经过探讨后决定，将成果汇总成书发放给与美军正面作战的前线各部队和今后将参加对美作战的部队。在这期间，培养了我的杉田课长从4月1日起转任作战课作战班长，取代杉田课长的是从驻扎在苏门答腊的第25
军调来的江湖要一大佐。大佐待人温和，是完美的南美通。 138

为了印刷并发放前线部队，经过大屋班长检查后，我向江湖课长提交了《美军战法速读》。作为战争中的军队读物，这本书具有崭新的创意，书名是我们这些军人无法想到的。书名来自辅佐我工作、毕业于庆应大学文学部的应召军官挂川长平少尉的建议。挂川是文学青年，对出版也很熟悉。

让每个人都愿意看很重要啊。

这就是挂川的意见，所以没有采用诸如战法要览、战法概要等军味十足的书名。“速读”的题名的确很有意思。如果因此哪怕只多一个读者，也可以增加与此相应的一份战斗力。

我觉得庆应男孩儿这句普普通通的话对我是一种启发。到现在我都能想起在中国东北时苦于记不住集团长姓名的冈野二等兵。重要的是增强日军的战斗力，而不是名字和形式。

我向江湖课长提交了《美军战法速读》。

“速读”的说法很有意思，课长在表扬了我之后说道：“什么叫美军？”

139 接着用更强的语气说：“难道还有橄榄球比赛吗？”

课长的话吓得我出了一身冷汗。我们正在进行一场以国家命运为赌注的战争啊。

改名为《敌军战法速读》的过程体现了安坐在东京办公桌旁工作的参谋们所容易出现的缺点。我在从情报和战法方面对各种作战进行批判的同时，却没有处于枪林弹雨之中。江湖课长的语气深深地刺痛了我。

《敌军战法速读》即将完成。

这时发生了在塞班岛、关岛、提尼安岛各岛上的战斗。如果不将这些教训写入书中，则如画龙却不点睛，因此推迟了印刷。

在编写《敌军战法速读》的过程中，我们用冷静的眼光重新审视了太平洋战场上日美两军的战斗情报。而留下最后一个惨痛教训的就是日本陆军神话土崩瓦解的塞班岛。

“与在此之前的小岛不同，塞班岛是可以投入战略性单位部队的广大陆地。”这一大本营陆军作战课的期待也随之灰飞烟灭了。

这里存在着塞班岛是如陆地般的大岛还是如点一般的小岛这一军事认识判断上的重大问题。

上文已经提到，在日军被舰载机的猛烈轰炸分散了注意力的同时，塞班岛已经被8艘战列舰、2艘巡洋舰、22艘驱逐舰团团包围，并遭受到了猛烈的舰炮射击。大本营陆军作战课区分大岛、小岛的根据并不是基于数 140
字分析，而只是简单地将120平方千米和诸如马金、塔拉瓦等远在大洋深处的孤岛进行了情绪性的比较分析。其结果，美军在登陆前进行的炮击就已经分出了胜负，登陆两天后第43师团的主力就已遭受了毁灭性打击。即使塞班岛拥有120平方千米的广大区域，但却是一个东西只有4—6千米宽、从表到里无处不在舰炮轰击范围之内的岛屿。从美军战法的角度，无论是塞班岛还是关岛，都是和马金岛、塔拉瓦岛一样的与大陆隔绝的小岛。而日军的中枢部门却缺乏这样的认识。

但是，使塞班成为小岛的最大原因当然就是制空权。

未来战争没有制空权就没有胜利！

没有比说完这句话就走上自决之路的井桁少将一行更能理解太平洋上战略战术的深奥之处了。

即便这样，战争期间和战后对制空权进行的反省中，仍然还有很多日本人特有的观念论。更何况当时的大本营中，在注意到美军蛙跳战术的目的在于占领机场和快速推进的同时，却没有人关心蛙跳战术中美国令人恐怖的各项数据，这是因为直到最后大本营的脑海中还是没有清除“军队主
力乃步兵”思想的残渣。 141

寺本中将从高度的角度主张制高，我们研究小组将制高进一步细化为面积的扩展，即对空域的重视。塞班岛从大岛变成了小岛，正是因为美军的制空权保证了美军军舰在我方面前肆意横行的结果。所以制空权才是根本。

但是，制空权到底是什么？这是我们在编写《敌军战法速读》过程中最重要的思考内容。如前所述，美军的蛙跳战术占领土地是手段，占领空域才是目的。那么获得土地者和获得空域者究竟会产生什么差别呢？

占领土地者能够支配的面积，即使占领了全部塞班岛也只有120平方

千米以及在大炮射程内的极为有限的沿岸海面。而马金岛、塔拉瓦等孤岛和韦瓦克、霍兰迪亚等“陆地中的孤岛”则只有机场周围很小的一部分面积才是支配地区，这就是陆军的战斗力。

与此相比，占领机场并由此起飞战斗机，确保制空权而占领空域者，就可以占领相当于战斗机作战半径的圆形广阔领域。1943年年初美军战斗机的作战半径为300—500千米，但1944年7月左右出现P-38后，作战半径
142 径达到了1000千米。因此，美军的占领空域就变为$1000^2 \times 3.14=3140000$平方千米，实际上是塞班岛的2.6万倍。只要美国可以在如此广阔的面积里不让日本任何运输船只和军舰航行，以此为基础运用蛙跳战术，以占领机场为前提不断将其控制空域向前推进，并近抵莱特岛附近空域，则日本联合舰队藏匿的港口将不复存在，唯一的出路就是发动自杀式攻击。所以，美军在太平洋上创造了一座制高的人工大山，并不断向前推动大山。

海军的大舰巨炮主义、陆军的步兵主战兵种主义谁也不该指责谁，两者都是止步于日俄战争时代的前现代军事思想的信奉者。

日本人，不，是日本大本营指挥作战的当事者们的观念性思维在以数字为依据的美军科学性思维面前，从战前就已经败下阵来。

就是在这种情况下，尽管海军已经坦率地理解了战局之不利，但陆军即使对以一个师阻挡43个师的塞班岛战役也抱着胜利的希望与期待。其结果就是太平洋各处日军一个接着一个的“玉碎”。其中有一场惊心动魄、在世界战争史中足以值得“赞叹”的战役，即1944年9月15日美军登陆贝里琉岛后，由中川州男大佐（战死后特批晋升2级，成为中将）率领的守岛部队步兵第二联队（水户）进行的反登陆作战。

首先值得庆幸的是，这场战役前，尽管时间短，但也给了守岛部队4
143 个月的准备时间。因此，守军在孤岛上构建了几条线的阵地，第二线阵地还覆盖着2.5米厚的水泥顶盖并在其下部署了大炮和机关炮。此外，守军放弃了在海岸快速冲锋而采用了彻底在内陆纵深抵御敌军的战术，美军进入内陆越深，遭受的损害就越大。其结果，从9月15日到11月24日中川州男大佐自杀后的两个月以上的时间里，以一个联队为骨干的防守部队

（约5000人）与美军两个师反复进行着拉锯战，不仅让美军哀声一片，以山口永少尉为首的34名日军还利用事先修建的地下战壕和洞窟作为最后堡垒，转入游击战并一直坚持战斗到1947年4月21日。

终究是敌众我寡，且美军掌握制海、制空权，大部分官兵都战死沙场。但中川大佐率领的这支水户部队以勇猛善战震撼当时的世界，这足以令人欣慰了。

这次战役后，陆军与海军考虑问题的思路明显出现了差距。这里没有孰是孰非，在漫长的历史中海军、陆军各自形成自身的特性也属自然。

海军将一望无际的平坦且无处躲藏的水面作为战场，自己的大炮口径为多少英寸，敌人的大炮口径为多少英寸，从大炮射程可以推算输赢，即在与敌军距离很远之处就可由数字决定胜负。因此海军在作战前就会计算美军和日军的战斗力。只要没有特别恶劣的天气和夜战，推翻这些数字是
不可能的。 144

但正如桶狭间战役所代表的，在陆军，并不是兵力多的一方就一定可以获胜。暗夜、浓雾、地隙、森林、山岳等，在现代战争中也有很多可以利用并所应利用之条件，通过奇袭获得成功的战例。因此容易形成一种最重要者乃必胜气势而非兵力多寡及武器优劣的教育。

这些不同导致了陆海军各自的传统思想。海军可以进行合理的思考，陆军则无法进行合理判断。海军在看到数字后很快就放弃了，但陆军却丝毫不愿放弃，直至战斗到最后一兵一卒。这是陆海军传统长期以来形成的战争哲学，上文提到的中川联队的战斗可谓陆军式的典型代表。

但是，最后必须说明的是，通过战法研究所观察到的在太平洋和新几内亚的战斗表明，中川联队及其他各战场上的部队尽管被赞誉为勇猛善战和有殉国精神，但通过战术与战斗终究无法挽回战略上的失败。

从情报的视角看，此时的战略应该就是明确太平洋的战场特性，在十余年前就已转型为“以航空兵为主要军种”且“以铁量对铁量”。

这不仅是军事问题，在政治、教育、企业活动中也是通用的。简言
之，运用战术和战斗不可能挽回极少数领导者的战略失败。为此，就必须 145

去探查被供奉在领导者岗位上的极少数权力中枢者的心理了。仅仅为了自己出人头地导致国家破败、企业衰亡，即使反省也为时已晚，所以领导者应在败退之前就进行自我修正，而其中重视情报、从正确的情报视角窥测事物本质并据此实施政策，就变得十分重要。但现在日本各界的领导者们果真是这么做的吗？

（2）与美军教令相差悬殊

在研究美军战法的过程中，我们看到了美军的各种教令（类似于指导军队战斗要领的教材）。在此介绍其中的一二项内容以为读者与日军进行比较提供参考。

美军的补给。

《世界大战中美军数据记录》中的一节说明了美军对向战场前线部队提供补给之重视程度，这种重视是日军无论如何也难以想象的。其中写道：

> 从后方向军队提供军需品就如同用水桶救火的老式消防队灭
> 146 火一样，为了不间断地一桶桶向大火泼水，有必要装备大量可从水源地取水和途中运水的水桶。军队的补给也是如此，随着与集散基地距离的拉开，需要在运输途中储备大量的军需品。因此，如果军队离集散基地3000海里到4000海里，那么补给预备品和处于运输途中的数量将比处于战场上部队的实际消费量有显著增加。

在这一原则下，该书列举了军服补给的例子。

> 一般而言，军服的补给情况如下。有必要为每一名士兵在法国国内留有3个月的预备，在美国国内2—3个月的预备以及运输途中1个月的预备。比如以军上衣为例，由于军上衣在战场上的

> 寿命为3个月，因此为战场上的部队提供的预备品需要经常性地在法国国内保留一件、美国国内一件、运输途中一件。换言之，如果将一名士兵送到战场，有必要为其准备包括正在穿用在内的4件上衣。200万人的部队即应立即准备800万件上衣，由于一件上衣只有3个月的寿命，因此还必须每三个月调配一件新的上衣。

以上仅仅是军服，从一到万，美军将平时在战场附近维持45天的弹药、武器、粮食、卫生用品与药品等作为最低补给标准。在此之上，战争初期由于后勤联络线经常伴随着受到敌军潜水艇威胁这一危险，所以此时美军设定的目标是在战场附近囤积90天的战争物资。147

与前线部队衣衫褴褛，甚至连一顿饭的粮食补给都被切断的日军补给相比，这可谓天堂地狱之别。战争初期美军最为警惕的是日军潜水艇对美军后勤联络线的反复进攻，但是以勇猛驰名世界的日军潜水艇经过协助基斯卡岛、瓜达尔卡纳尔岛撤退、对一部分岛屿和新几内亚残存部队实施夜间补给、经印度洋与德国联络、运送重要物资等作战后实力不断削弱，逐渐无法完成切断美军后勤联络线、攻击登陆部队运输船队等本应是主要任务的作战。总之，没有对美军如此重视的补给造成任何威胁可谓遗憾之至。

作为参考，有关日军补给问题，我调查了参谋本部的幕僚手簿、大东亚战争陆军给与令细则等文献，并且询问了曾从事补给工作的前辈，尽管从防卫厅战史部的资料中发现了为南方军队准备的夏服、每两年一件棉麻军服和一件防暑服等数据，但却没有发现为何一件军服有几个月或几年耐用寿命的证明资料。

也就是说，似乎在日本陆军中，被派遣到战场的部队对军服进行修补并继续使用是个原则，并没有诸如美军一样的更新军服的计划。因此，真实的情况是当新的军服因前线部队要求会追加送往前线，但由于海上运输被切断，前线部队只能处于衣衫褴褛的状态。

总之，制空权是基因，尽管日军战局告急是动机，但战端开启伊始，148

日本就没有研究出美军眼里最大的威胁与关注在于补给这一结论，这可以说是重大的错误认识。与日军相比，美军潜水艇彻底将日军运输舰船（运送兵员与物资）作为目标，从而将太平洋上的日本守军逼到了饥饿和热带疾病的绝境。

如同日本有各种各样的作战教令一样，美军也有自己的教令。我在研究美军战法的过程中认真阅读了大屋中佐翻译的《美军野外教令·登陆作战（极秘）》。这本书可谓美军战法的基本，详细介绍了美军登陆作战的方法。想必这是某位日本驻美武官或辅佐官在美国国内秘密获得并带回战前参谋本部的。而这样宝贵的文献情报却没有被积极利用也令人遗憾。本书仅记述在阅读美军这份教令时想到的两个重点。

首先，美军自登陆瓜达尔卡纳尔岛后，始终忠实地按照这份教令的内容实施作战。

其次，尽管这份教令写于哪年不甚清楚，但很明显，是以登陆太平洋各岛屿，特别是日本委任统治领的各珊瑚礁岛屿为假设的。

比如，在选择登陆地区的问题上该教令写道：

> 一连串的小型岛屿（注：南洋诸岛都是一连串的小型岛屿）
> 149 作为登陆地点十分有利，在主力部队登陆之前首先占领一两个小
> 岛，既有利作战又十分必要。一般而言，这种作战方式较之其他
> 登陆方式更为容易。

美军在登陆瓜达尔卡纳尔岛之前，先在瓜岛附近的小岛图拉吉岛登陆。在登陆新乔治亚岛蒙达前占领小岛伦多瓦岛，在登陆布干维尔的托罗基纳角前登陆其前方1千米的普阿塔岛（音译），在阿德默勒尔蒂群岛登陆战前登陆小岛洛伦高岛后才开始使用主力部队大规模登陆（随后莱特岛战役时先占领苏鲁安岛，冲绳战役时首先占领庆良间、伊江岛等战例同样如此）。

一般而言，这种作战方式较之其他登陆方式更为容易。

事实证明的确如此，美军的登陆都很顺利。

无论从什么视角解读《美军野外教令·登陆作战》，都会发现其假想战场就是太平洋。

该教令中还有如下记述：

在实施登陆作战的数天时间里，海面风大浪高、迎风且没有遮挡物的海岸对登陆不利，有岩石、珊瑚礁的海岸更是如此。此外，珊瑚礁海岸由于汀线的存在，使登陆艇在距离海岸很远的地方就会触礁，从而增加敌军炮火的效力。岛屿之间狭小的入口、环礁内的水道都会阻碍登陆部队的尽快分散。 150

这段记述表明，由于进攻珊瑚礁环绕的岛屿十分困难，因此必须探讨特殊的方法。在太平洋战场的实战中，美军会在登陆前舰炮对岸射击期间，趁着炮火造成天空变黑，派经过专门训练的部队破坏珊瑚礁，使随后舰艇群更容易登陆。正如上述文字所述，美国将太平洋视为未来的战场，并且优先考虑如何展开进攻。

我当然无法了解美国从何时开始考虑将在太平洋进行战争的详情。寺本中将根据他在美国的工作经历在韦瓦克对我说开始于“1922年后”，这一时期恰好与华盛顿会议上在美国压力下日美双方达成海军战力3∶5比例的那一年相吻合。

但是，在《美军野外教令·登陆作战》中却留下了一个可以判断美国何时开始准备对日作战的关键信息。

在该教令中有一项关于美军“装卸马匹”的规定，包括用长8英尺、宽2.5英尺、高6英尺的木箱将军马运下运输船，如果军马会游泳，则让军马自行游到海岸，但距离不能超过500米等内容。从这些规定中可以发现，美军在完成这份教令时尚在使用军马，还没有进入今天的机械化和汽

车化时代。因此，寺本中将关于美军准备对日作战大致开始于20世纪20
151 年代上半期的判断是值得肯定的。

总之，即使仅仅阅读了这一份有关登陆作战的美军野外教令也可看出，日军作战的当事者们居安却未思危，20世纪20年代后懒政倦怠，从而在日美两军之间形成了20余年的差距。

“作为军人，研究军事本是非常重要的工作，但是位于军中枢部的大人物们却意欲在权力中获取一席之地，而热衷于权术这个工具。”寺本中将在韦瓦克对我说的这句话可谓一语中的。

（3）没有走在作战之前的情报

如前所述，经过各种曲折终于完成了《敌军战法速读》（简称《速读》），正如前线部队在战场上极端情况下发出“不能再如此战斗！”的血泪控诉一样，《速读》中包含了我们同样悲切的愿望。

完成印刷已是1944年9月，比预期推迟了3个月。

在《速读》序言中，美国班长大屋写道（原文为片假名）：

> 本手册为我部一名成员的工作成果，在痛感必须研究美军战法的今秋之际，我们认为有必要编辑一本通俗易懂地了解敌军战法的资料，因此在最新情报的基础上编写成册。当然，本手册的目的在于尽快成书并作为参考资料印刷下发，内容尚可推敲，由
> 152 于资料的关系，一部分内容也存在推断的成分。
>
> 鉴于**美军本质上仍有各种弱点**，存在很多于我可乘之机，**因此尤其希望不应过大评估敌军实力**（以下省略）。

笔者加上着重号的部分表述十分含蓄，是因为即使是情报，但如果将完全被敌军夺走制空权并遭受成千上万吨弹药的舰炮轰击与空袭，却束手无策的印象留给即将与美军战斗的前线部队，将会对前线部队产生严重的心理影响。

资料的目的是让读者一看就容易理解敌军战法，全书尽可能多地使用了图表和照片，全书共9章81页，11张附表和1份附录。

9章的顺序与《美军野外教令·登陆作战》的目录顺序相同，分别为：

概论
作战部队的编成
登陆舰艇
登陆前的侦察
登陆前的炮击
运输船队
登陆部署
登陆战
杂件（其他） 154

9章分别附有战例予以说明。附表则包括：

以往作战中敌军参战兵力
美军现用登陆舰艇的种类及主要数据
以往作战中航空作战形态表
舰炮射击各数据一览表（一）
舰炮射击各数据一览表（二）
美军现用运输舰只的种类及主要数据一览表
登陆顺序（美第15步兵团）之战例
法国北部登陆顺序之战例
水域分担之战例
扩展桥头堡之战例
以往作战中敌军登陆后地面作战进展情况一览表
附录（参考）

154 美军步兵一个师所需舰船当量推算表

我们很认真地把《美军野外教令·登陆作战》的翻译内容整理了一番，并将其中很多内容变成了有利于前线部队理解的浅显易懂的表述，同时也充分增加了很多美军在太平洋战斗中的实际内容，是一本有利于实战的实用性读物。特别是附表整理分析了从瓜达尔卡纳尔岛到塞班岛、关岛战役期间美军作战的第一手情报并制成了一览表，这些前线部队用鲜血换来的战场报告附表是该书最重要的部分。

1944年3月16日，在《敌军战法速读》尚未问世之际，奉实战经验丰富的杉田课长之命，我和作战课的朝枝繁春参谋一起飞往大连。

不管这本书能不能出，哪怕只有一点点知识也可以，都要告诉即将奔赴战场的部队！

这是课长的理念。杉田课长只有命令我的权限，而可以和作战课朝枝参谋一同行动，这意味着服部卓四郎作战课长和杉田情报课长之间有过接触并已经达成了共识。

作战部和情报部总算发挥了合作伙伴的作用，而在此之前居然没有合作真是不可思议。这也是杉田课长的功劳。

正在此时，关东军精锐部队第14师团为了部署马里亚纳群岛而秘密
155 从齐齐哈尔集结到了大连、旅顺地区。

在一座类似学校的建筑里，大队长以上的干部坐在一起，首先由朝枝参谋汇报了与作战有关的话题，随后由我就美军登陆的预测地点、以往美军登陆的常用战术，特别是轰炸和舰炮对岸射击的情形及其应对做了详细说明。

所有参加会议的军官们或许清楚自己即将面临枪林弹雨，都在认真、紧张且一言不语地做着笔记。

在说明中我特别强调的是，在土质疏松且珊瑚礁起伏较少的孤岛上，

如果火炮和机关枪的掩体顶盖混凝土厚度小于2米，是无法抵御舰炮，特别是战列舰主炮轰击的。此外，向海边敌军过早发动冲锋的歼敌方式很大可能会变成自杀，只要地形允许，就有必要准备第二线、第三线的阵地，或在躲避舰炮的同时寻机决战，或根据任务最大限度地准备最后据守的阵地和洞窟阵地。当然，我也没有忘记提醒大家，由于美军通过声音探测器、探照灯、铁丝网等对付日军的夜袭，因此轻率地发动白刃战冲锋而消耗实力并非上策。

朝枝和我随后又飞往青岛，访问了将从中国北部调往南方而集结中的第35师团，进行了与第14师团同样的有关美军战法和其他注意事项的说明后返回东京。

不知为何，从那时起我和朝枝参谋组队活动的情形多了起来。我们为 156
了派往千岛群岛的部队两次出差北海道，还一起去过冲绳。想来是杉田课长把这样的机会给了我这个年轻的新任参谋，尽量让我抛头露面，在把我培养成实战型情报参谋的同时，也让我将来可从事作战与情报一体化的工作。

杉田课长认为，正是由于之前没有过这样的做法，才导致开战后日本对战争的指导始终被动。

事实上，我和朝枝在这一年的10月再一次组合，分别成为菲律宾岛山下兵团的情报参谋和作战参谋，实在是不可思议的巧合。

尽管这样，《敌军战法速读》真是应该早出半年、一年，如果在开战之前就出版……如果看了这本书，部队就可以通过图表一目了然地了解美军舰炮射击的威力、破坏力、军舰拥有的弹药量、登陆之前进行炮击的天数、程度、目标、美军登陆部队的登陆行程等情况，至少可以与美军展开更加强韧的战斗。

至今让我难以忘怀的是，贝里琉岛保卫战的第14师团中川联队长在大连我们的说明会上热心做笔记并不时提问。正如前文所述，在仅仅四个月的时间里，中川构筑了足以抵御美军舰炮射击和空袭的强固阵地，并在孤军奋战中取得了只能以惊叹来形容的战绩。尽管是极少数战略制订者的

过失，却对此毫无怨言，在清楚地知道通过战术和战斗无法挽回战略失败
157 的同时，他们前线部队做出了最大限度的努力并最终战死沙场。

情报必须始终走在作战之前。在这个意义上，《敌军战法速读》应当从1922年就开始着手了。而日本的情报部门直到战火爆发的前夜还只关注北方的苏联，忽视和倦怠于太平洋。

由于这种怠慢，数十万人战死在太平洋，每每想到这一点，情报部门
158 就不能以无足轻重的后悔和反省对待此事。

四、成为山下方面军的情报参谋

1. 台湾空战的“重大战果”

1944年10月，为了在前线部队完成普及《敌军战法速读》，我接到命令前往在菲律宾的第十四方面军出差。

如果是作战参谋，一般会在立川一带的机场乘坐专机出发，但当时的情报参谋却没有这样的待遇。作战和情报在与权力的距离上相差甚远。我要先坐火车到宫崎，然后再找从新田原机场前往南方的航班飞往马尼拉。

12日夜出发，在火车中迎来了黎明，中午时分终于到了佐土原车站。车站前正好抓到一辆军队的卡车，把我拉到了新田原机场。我希望尽早、尽快地搭乘前往马尼拉的航班，但很令人意外的是，机场闲散且安静。

通过火车上看到的报纸、乘客们兴奋的交谈得知，台湾附近日美两军正在进行着空战。在机场指挥所的入口贴着这样一张告示： 159

> 目前在台湾附近正在进行空战。鉴于冲绳、台湾发布了空袭警报，前往南方的航班全部停飞。

即便如此也要出发，本着这样的想法我找到指挥所主任，询问如何预定一架前往马尼拉的运输机。主任却说只要有空袭警报就没有其他办法，并且冲绳附近被低气压控制，因此两三天内不可能有南方航班，让我当晚先到旅馆休息。就在想说“是吗？”的瞬间，从我的口中却飞出了不一样的话：

我是大本营的情报参谋！这样一场大战就在附近展开的时候，为什么让我到旅馆去悠闲？再破的飞机也可以，马上把我送到鹿屋！

在我的脑海中，突然像电光一样闪过一个念头。

——这就是空战！就是在战法研究中始终抱有疑问的空战。我要亲眼去看一看。

这次正是绝好的机会。“我是大本营的情报参谋！”——现在想起来还觉得这是初来乍到、涉世不深的小参谋足以惊出一身冷汗、可能一生只用一次的台词。在从战法研究中体会到的危机感和对战局忧虑带来的使命感的驱动下，我无论如何都不能允许自己坐以静观。

坐着航空指挥所提供的破旧的侦察机，下午一点多我降落在了鹿屋的
160 海军机场。在机场旁边的大型指挥部前，十几名下士和士兵来回忙碌着，以坐在大块黑板前貌似司令的将军为中心，数名参谋在汇报着战果。

某某机击沉亚利桑那号航母！

好！！辛苦啦！

战果马上就写在了黑板上。

某某机击沉企业号！

大成功！好！辛苦啦！

又写在了黑板上。

这一期间接到了电报。其他军官念了起来。

成功！大成功！击沉战列舰两艘、重型巡洋舰一艘。

黑板上的战果越来越多。

“哇喔”的欢呼声洋溢在指挥部的里里外外。

而在我的脑海中却存在着若干疑问，即自研究敌军战法以来就始终在脑海中的想法：“空战很诡异。”验证这种想法的机会就在面前。

——总之，谁、在何处、如何对战果进行了确认？

——现在的景象难道不是和吉尔巴特岛、布干维尔岛空战的虚假战报一样吗？那一次的虚假战报成为今村大将托罗基纳角反登陆作战的败因，那么这次呢？

我把在指挥部汇报完走出来的海军飞行员们挨个叫到一边，对他们进行了询问。 161

“怎么知道是击沉了？”

“怎么知道是亚利桑那号？”

“亚利桑那号的舰型是什么？”

“在漆黑夜晚的海上，怎么可以确信是自己的炸弹炸沉了敌舰？”

“云量是多少？”

“友军飞机和僚机怎么样了？”

在我直奔主题的不停追问下，飞行员们的回答越来越奇怪了。

在编写《敌军战法速读》时，通过了解舰型识别美国军舰的知识深深印在脑海里，所以非常清楚飞行员们的回答是多么的模糊。

“确认战果的战斗机飞行员是谁？”

“…………”

没有人回答。这时，一位穿着陆军飞行服的少佐在离指挥部稍有点距离的地方垂头丧气地打断了我。陆军也有俯冲式鱼雷攻击机。

参谋！可不能过高评估战果！我的部下一个人都还没有回来呢。那可是吓人的防空弹幕。回都回不来，怎么能报告战果啊。

少佐脸上写满了对部下的担忧。

堀参谋！没有亲眼看见弹幕的人是不会明白的，成功突破那
162 种弹幕的飞机十架中应该不会超过一架。

果然和寺本中将在威克岛时对我说的一模一样。

——战果不会有这么大。视情况只有1/3、1/5，甚至可能更少。最大的问题在于没有人知道谁确认了战果、谁审核了确认后的战果。当时我的直觉告诉我，这才是现在某某岛海军航空战取得梦幻般战果的实情。根据后来知道的情况，布干维尔岛空战的实际战果不到大本营公布的1/10。

航空部队的心情不是不可以理解，空战，特别是夜战中，仅仅通过月光和星光是无法一一观测战斗情况的。

还有一点很重要，与外国指挥官相比，日本的指挥官如果不是更具泰然处之的大将风范，则部下不会追随。追求细节和挑毛病会让部下耻笑。很多军官将日俄战争中大山元帅式的大度态度视为指挥官的理想。

好！明白了！辛苦啦！

在让司令官说出此话前，参谋有必要进行细致认真的审查。但是，在指挥部内没有一个人在进行这样的审查工作。除了飞行员外没有人可以亲临战场，这就是航空部队。

回到指挥部后，指挥部内的兴奋更加高涨，每当在黑板上写上“炸沉、击沉”时，欢呼声就会增加一分。 163

当天晚7时左右，我向大本营第二部长（原则上，参谋应向其所属的部长提交报告）发去了紧急电报。草稿是天色渐暗时在机场草坪上写的，写完后已经一片漆黑了。

本次战果不可信。最多二三艘，且是否包括航母应存疑。

这就是电报的内容，因为针对我的问题，只有一两名飞行员的回答能够让我接受。

这个结论来自作为一名情报参谋对太平洋战场空战结果进行了一年研究以及对一直困扰我的“？”的职人直觉。当然这也是有相当基础的直觉。在我厚厚的笔记本上，详细记录着美军舰船的数量、舰炮数量和舰型、特混部队的构成等数据，以及以往发表的空战结果与真实战况的误差等。“直觉”实际上是重要的洞察力，而不是任意的编造。基于研究基础资料不断累积之上的研究，并从中分析剥离出需要与不需要的部分，这是情报直觉。当前局势的观察线与以往积累的知识线之交叉点就是职人的直觉。如果说直觉听起来不够现代，那么也可称为专业人士将不断积累的知识转化为能力并做出的判断。 164

我对海军空战结果的质疑已有一年，为何战果总是被夸大？夸大机制的真相是什么？我想此时我有了答案。

现在做什么最为重要？

——这是土肥原将军给我的教导。

当时日本正处于决定是否要发动集国运于一身的“捷号”作战的十字路口。在做出这一重大决断之际，提供判断资料是我作为新人情报参谋的使命。绝不能让东京的作战决策者们再次重蹈今村第八方面军司令的覆辙，今村司令因为相信了布干维尔岛海军航空兵空战战报而命令发动托罗基纳角反击战。我脑子里只剩下了这个想法。

另一方面，我也觉得“在这种重大时刻，作战参谋为什么不急着到鹿屋来呢？陆军的作战参谋中也应该有兼任联合舰队参谋的人啊”。作战课没有这种想法可谓情报麻木症吧。

情报工作者非常像职人。就算是请别人教，别人也不会传授于你，更不会有专业教材。只有自己将其视为老天爷交托的工作投入其中，方可听到经历者的经验，加以咀嚼并在工作中加以活用，然后从上司的只言片语中培养自己。除此之外别无他法。中野学校的确有一些关于情报的教材，但那些只是有关情报分类、整理、统计要领的指导性书籍。

现在，站在这个立场上如何判断，如何处理，这不是别人一教就能会
165 的事情，反而研究战史并从中寻找启示倒是捷径。“布干维尔岛空战与今村方面军司令的决心”，正是当时闪过的这个念头才让我去了鹿屋，并发了那封电报。

“战果不可信”这一职人直觉是通过一年的战法研究，从各种情报、战例、战斗实际情况、日美两军的战力比较、制空制海的战斗理论、飞机性能等所有知识总积累中的灵光闪现。关键是在这一瞬间决不能夹杂任何感情因素。作战决策者的错误在于，尽管知识十分丰富，却在判断中加入了感情和期待。因此，作战与情报从百余年前就产生了分别实施的制度。

对于情报的专业人士而言，经验与知识、冷静且彻底地观察深层和本质的使命感非常重要。后世的史学家们很多都倾向于批判陆大教育中情报教育的不足，但是实战中的情报工作却十分微妙。

台湾空战结束后，我乘坐的运输机15日清晨从新田原出发，下午到达马尼拉时，在离马尼拉不远的克拉克机场降落。

途经台北上空看到的台北机场的光景惨烈至极。大型机库被炸得宛如
166 死者的肋骨，日军飞机的残骸随处可见。美军进攻的威力一目了然。

终于到了战场。

充满紧张感的同时，也在想美军制空权竟然已经扩大到了台湾，这才是美军的常套战法。在整个太平洋上，美军都会在登陆前彻底进攻有可能增援登陆地点的空域内的日军机场、港口和舰船，以使登陆地点的日本守卫部队变成“点”，处于孤立无援的境地。这次一定也是这样的战法。我们的军事专业用语称之为航空歼灭战，通过这一战法，日军所有的运输补给、飞机和部队增援都将被完全阻断。现在，美军正在盯着菲律宾！

菲律宾危险了。

与惯用手段一样，马尼拉遭到了美军舰载机的空袭。为此我们乘坐的运输机勉强降落到克拉克机场，但这里也四处散乱着被美军飞机扫射烧毁的多架日军飞机，一片狼藉。 167

在我的脑海中不断闪现着“美军即将登陆”的直觉，当然，还没到确信的地步。

即便如此，马尼拉居然仍是一幅和平景象，至少走在马路上，完全看不出战火即将来临的样子。如果在日本，女性们穿着打着绑腿的灯笼裤，连走路的姿态都与平常不同。而在这里，街边树荫下的女性们穿着漂亮的裤子和色彩鲜艳的裙子手挽手散步，呈现出让人忘掉正在战争的一幅风景。

在马尼拉湾上空，时不时会传来高射炮激烈的炮声，上空的战斗机呼啸盘旋——真是不可思议的国度。是不是因为在几个世纪以来宗主权多次易手的历史中，已经有过太多的战争体验了呢？真是绑腿灯笼裤的日本人无法想象的异国风光。

我的任务不允许我心不在焉。16日我迅速走访了南方总军司令部、第四航空军司令部，17日早上去了南西舰队司令部，首先力争掌握战况。而我也第一次知道了大本营海军部发表的台湾空战“重大战果”。

168 大本营海军部发表的战果如下。

● 14日17时发表

我军航空部队继续对台湾东方海域的敌特混部队发动猛烈攻击，截至目前，已判明的战果（含已发表之战果）如下。

炸沉　航空母舰3艘、舰种不详3艘、驱逐舰1艘。

击沉　航空母舰1艘、舰种不详1艘。

● 15日10时发表

台湾东方海域的敌特混部队自昨日（14日）夜间向东逃走，我军正对其进行反复攻击，战果正在扩大。截至现在，已判明的战果（含已发表之战果）如下。

炸沉　航空母舰7艘、驱逐舰1艘。

已发表之舰种不详3艘经判明为航空母舰。

重创　航空母舰2艘、战列舰1艘、巡洋舰1艘、舰种不详11艘。

● 16日15时发表

台湾空战战果累计如下。

炸沉　航空母舰10艘、战列舰2艘、巡洋舰3艘、驱逐舰1艘。

重创　航空母舰3艘、战列舰1艘、巡洋舰4艘、舰种不详11艘。

● 16日16时30分发表

敌特混部队一部，为收容徘徊中之友军而另行机动，10月15日上午空袭菲律宾马尼拉。同方面之我军航空部队迎击敌军，在菲律宾东方海域对该敌反复攻击，并取得以下战果。

击沉　航空母舰1艘。

重创　航空母舰3艘，战列舰或巡洋舰1艘。

这就是我走访南方总军司令部、第四航空军司令部、南西舰队司令部情报课，从从事情报工作的参谋部那里得到的数字。 169

假如这些数据是真实的，则意味着日本获得了比39年前东乡元帅日本海海战更大的战果。而如果我没有亲眼看到鹿屋指挥部的真实情况，也没有研究吉尔巴特岛、布干维尔岛海军航空兵的空战，或许我就信以为真并欢欣鼓舞了。

战果是不是太过了……

我的反驳在马尼拉完全没有被人理睬。

各司令部全面肯定大本营海军部发表的战果，各幕僚室也沉醉在海军军歌之中。

东京的电波将完全虚幻的“重大战果”这一麻药散布到了前线。新田原闪过的忧虑在眼前开始变为现实。能否突破这种因果性的障碍而使众人醒悟呢？

我在东京接到的任务只是到第十四方面军出差，根据命令彻底普及敌军战法。该如何是好？我颇为焦虑。

第二天（17日），我又一次来到马尼拉市里的南方总军司令部第二课确认最新战报，在回程遭遇空袭之中驱车奔往位于马尼拉东南8千米麦金利堡的第十四方面军司令部（山下奉文司令官）。

由于空袭警报，山下奉文大将在深达70个台阶下的防空洞的一间屋子里接见了我。大将还是稳如泰山般的风貌。作为从东京前来的大本营情报参谋，我当然必须从太平洋美军的全面情况一直说到我所见到的台湾空战战果。 170

由于从苏门答腊而来的武藤章参谋长尚未到任，大将叫上了副参谋长西村敏雄少将一同出席。大将时而戴上老花镜，时而摘下老花镜，认真地听着我的说明。当说到台湾空战的战果问题时，大将又叫来了负责作战的参谋（朝枝繁春作战主任参谋也在其中）。

我以在鹿屋观察到的实际情况为中心，并掺杂着给东京电报的内容，提出认为美海军特混部队仍然健在更为稳妥，并且根据我的计算，现在对菲律宾进行空袭中的美特混部队应以12艘航空母舰为基础。在此之上，我拿出准备好的经常带在身边的笔记本说明现状，并指出吉尔巴特岛、布干维尔岛空战后，空战战报最为可疑，还表示今村大将1943年11月发出第六师团反攻托罗基纳角的命令，就是相信了海军发布的布干维尔岛空战战报而对战局判断出现重大误差的结果。而且1944年夏季后，由于美军P-38战斗机的续航距离急剧增加到1000千米，所以菲律宾南部正被纳入美军制空权之下。我还利用地图说明长期以来拥有制空权的空域是研判美军作战行动的一把标尺。

大将没有流露出丝毫吃惊的神情，对西村副参谋长说：

171 现在我们头顶上飞的不就是舰载机吗？

西村副参谋长回答道：“这就是台湾的战果吧。”一边用食指在眉头上揉着。在又问了一些问题后，大将说道：

好的，我明白了！今晚的庆功大会取消。不过既然已经准备了，就改成慰问会吧。尽快和高级副官联系，我就不出席了。

大将严肃地向西村副参谋长做出了指示。大将通情达理，实为幸事。

这天晚上本预定在军官会所大厅举行的台湾空战大捷庆功会突然变成了高级副官主持的慰问会。

庆功会变成了慰问会，实际上这让我也产生了动摇。如此自信地这么说到底合适不合适？我在心中也是半信半疑。

毕竟这是我作为职人的直觉，而不是根据数字得出的结论……

我的判断真的对吗？第十四方面军骨干层的参谋们也多有指责甚至批判。参谋中就有很多人反映："总军和航空不都在开庆功大会吗？！"

当时我的确没有可以反驳这些指责的数字根据。

不过这一年，我一直对海军发表的空战战报持怀疑态度。这种疑问的元凶就是我在鹿屋指挥部看到的现实、在我不断追问下回答变得含混的飞行员的脸色以及陆军鱼雷攻击机队长对我的忠告。即使仅仅看到了现场， 172
闻到了空气，我的头脑中也会梳理出两条线、三条线的情报交叉点。但是对于一般的参谋们，特别是相信，或愿意相信大本营海军部战报的参谋们而言，我的这些直觉却缺乏数字资料。好在山下大将由于身经百战，所以非常明快地表示"明白了"，随之取消了庆功会。当天，我一晚上都在苦恼自己的说明到底好还是不好。

2. 错误"重大战果"情报的影响

第二天（18日）一早，我前往正在马尼拉南方八打雁地区仓促构筑阵地的第八师团某联队，开始了有关敌军战法的第一次普及讲座。大家对讲座十分热心。这对谁而言都是生命攸关之事，因此大家的问题也很多。特别是关于抵御敌舰炮射击我军阵地应加强到什么程度，在后方展开反击是否比在海岸歼敌更加策略，现在仍在继续抵抗的贝里琉岛的中川联队如何修建阵地，等等，提问既认真也切中要害。

就在讲座期间，我接到了让我"立即返回麦金利堡"的电报。

美军舰载机的空袭规模好像大了不少。我乘坐的汽车在沿着拉古纳湖西侧行驶时遭遇了多次美军战斗机的扫射，下午4时终于回到了麦金利堡的司令部。

几乎所有的参谋都聚集在作战室里讨论着什么。看到铺开的大地图上的各种标记。 173

表1　1944年末第十四方面军概况

吕宋岛陆军主力		维萨亚斯地区第三十五军主力	
部队名	备注	部队名	备注
第103师团	1944.6.15,由第32独立混成旅团改编	第16师团	莱特岛守卫部队
第105师团	同上，由第33独立混成旅团改编	第1师团	1944.11.12，增援莱特岛
第55独立混成旅团	1944.8.4，由中国东北抵达	第26师团	1944.11.2，增援莱特岛
第58独立混成旅团	驻守菲律宾	第68独立混成旅团	1944.11.2，增援莱特岛
第61独立混成旅团	驻守菲律宾	第102师团	1944.6.15，由旅团改编，一部驻守莱特，主力驻守宿雾
第23师团	1944.11.4，由海拉尔抵达	第100师团	棉兰老岛守卫部队，1944.6.15，由旅团改编
第10师团	1944.11.20，由台湾抵达	第30师团	同上
第19师团	1944.11.20，由朝鲜抵达	第54独立混成旅团	同上
第8师团	1944.8.4，由中国东北抵达	6个师团+2个旅团	
坦克第2师团	1944.8.4，由中国东北抵达		
7个师团+3个旅团			
13个师团+5个旅团			

“敌人终于要进攻莱特岛了。”这种直觉马上涌上心头。但是参谋们都歪着头不说话。

> 堀君，敌人军舰已进入莱特湾。但是怎么看都有些拿不准，到底是否登陆，你也一起想一想吧。

西村副参谋长略显紧张地对我说。沉思了数秒后，我在极短的时间内提出了4项建议：

> 由于美军登陆一点儿都不觉得不可思议，因此请先进行以下

部署：

①命令第16师团紧急使用飞机观测莱特湾内美军舰船的活动情况；

②与第四航空军和海军联系，确认在莱特湾的外海有没有美军的运输船队；

③以美军登陆为前提，第16师团进入紧急防御态势；

④如果在马尼拉周边美军大规模舰载机空袭中有被日军高射炮击落俘虏的飞行员，宪兵队应不惜任何手段用最快的速度调查美军航空母舰的舰名。

说完后我才注意到在实战的风暴中，我完全像一名第十四方面军参谋一样行动了。但是，尽管心中凭着直觉几乎确定“美军要开始正式登陆”，但由于还没有自信明确地说出这一点，所以才在提出建议前加上了“美军登陆一点儿都不觉得不可思议”这句话。还要再把话题往前推一推。 176

1944年2月，在大本营第二部第6课与英美两军打过交道的各军种参谋被召集到了东京，主要商讨如何判断美军的进攻。此时从驻菲律宾日军来东京的是第十四军情报课（当时还不是方面军）松延干夫少佐。在他的研究中，美军首次登陆地点为莱特岛，也可能美军视情况会派一部分部队在棉兰老岛登陆，但主力将于莱特岛登陆，登陆时间大致为1944年10月末。这是松延少佐基于菲律宾当地情况而做出的近乎肯定的判断。

从本间兵团于1941年12月进攻菲律宾后，松延少佐就一直负责该岛的警戒情报，是情报老手。根据松延少佐的描述，就日军而言在菲律宾治安最差的始终是维萨亚斯地区，特别是莱特岛、宿雾和内格罗斯岛反日情绪露骨。美军在菲律宾的间谍总头目菲利普少将就在棉兰老岛通过无线电指挥全菲律宾的游击战，而宿雾的库欣上校也在其指挥下活动，为此，驻扎在宿雾的日军第102师始终用竹栅栏和竹矢围起驻地，在紧张中度过军营生活。因此在菲律宾，这一地区的情报最难收集。对日本而言治安差的地区反过来也证明这个地区的亲美态度。此外，麦克阿瑟担任少尉时就在

塔克洛班。所以松延少佐从以上各方面判断，美军登陆首选维萨亚斯地
177 区，尤其是莱特岛的可能性最大。

此外，维萨亚斯地区顽强抗日的原因除了美军间谍头目库欣上校巧妙的抗日宣传工作外，还缘于一次没有被公开的更严重的事件。据说其元凶就是本间兵团进攻菲律宾时由大本营派遣的辻政信作战参谋越权发出的命令。本间司令官为了便于维持占领后菲律宾的治安，曾打算利用当时对菲律宾政治拥有巨大影响力、出身内格罗斯岛的菲律宾原法务大臣A氏，但辻作战参谋却认为A氏是前菲律宾政府的反日分子而应立即处以极刑，并擅自指示驻守内格罗斯岛的川口支队长执行了这项命令。不讲谋略的这道命令成为这一地区反日亲美的重要原因。

进攻就需要占领，而占领明明需要做好拉拢菲律宾的安抚工作，但讥讽本间司令无能、蔑视司令具有情报意义之政策的辻作战参谋留下的烂摊子该由谁来收拾呢？

以上是当时第十四军从治安角度判断美军将在莱特岛登陆的过程。从战略上看，当时美军已经推进到了新几内亚西哈马黑拉的莫罗泰岛上的机场，莱特岛被纳入了机场1000千米半径范围之内，当然会成为蛙跳战术下一个有力的候选地。

此外，如果美军占领了这个机场并由此出动B–24轰炸机，则远至婆罗洲岛的上空都将进入美军的空战范围，这样日本联合舰队就很可能面临
178 无藏身之地的危险，如此日本海军除了高喊万岁冲锋上阵之外别无出路。相反，美国会出于政治战略目的而寻求“我会回来”（I shall return）的效果，这也是大本营第6课从杉田课长以来关注的基于地理、地缘、治安、战术和战略性的综合判断。

麦金利堡山下方面军作战室的窗户垂挂着黑色幕布，那一夜室内始终灯火通明。入夜后，南方总军、第四航空军、南西舰队的主要参谋聚在了一起。大家脸上都浮现着与前天那种兴高采烈、得意扬扬所不同的表情。

第二天（19日）早上，终于等到了期盼已久的莱特岛第16师团的来电（实际上这封电报是18日发出的，不知为何晚到了一天）。为了躲避从

早上就开始的舰载机空袭，我们从作战室又移动到了防空洞中。

电报的内容如下：

> 根据第16师团参谋的空中侦察，莱特湾内有十余艘美军舰船，其中以十余艘驱逐舰为中心，数艘战列舰在其外围巡逻警戒。

这份电报影响巨大，它造成了难以估量的巨大乐观情绪的扩散。

> 驱逐舰保卫战列舰可以理解。但是，现在的情况却是相反的。在台湾空战中受损的驱逐舰由没有受伤的战列舰保护。目前 179
> 雅浦岛方向处于暴风区。因此，这些舰只是为了躲避危险气象才临时到莱特湾避难的。

与总军、航空军、海军的意见相呼应，山下方面军的多数参谋也转向支持这一意见。

> 堀君！你的台湾空战战果的判断可是错了！看看现在的情况吧。

面对大家的质问，我有些犹豫。

> 但是，莱特湾入口的斯鲁安岛海军监视哨所在17日发出“天皇陛下万岁”的电报后全军阵亡。这是美军在正式登陆前先占领登陆地点附近小岛的登陆战法。有关这一点在《美军野外教令·登陆作战》中有详细的说明。现在断定莱特湾美军舰队是受损部队为时尚早。美军在太平洋上总是在天气不好时登陆，这是美军的战法。

反驳最多也只能做到这样了，缺乏说服大家的气势，真是没出息的情报参谋。斯鲁安岛海军监视哨所被消灭是我前一天从海军得到的消息，但是海军并没有正式通知陆军。总之，参谋们看上去都反对我的直觉，而再次倾向于相信大本营海军部发表的台湾空战取得重大战果的战报。

这是我在办公桌旁进行研究后的知识，也是没有亲眼目睹莱特岛战场
180 的中央参谋的痛处。参谋必须在战场上冒着枪林弹雨进行工作。因而在没有经历过的战场情报现实面前，在东京办公桌前组装调整好的我的情报计算机瞬间关机了。

莱特岛离马尼拉600千米远。所以，在众人不满时，刚才我的“职人直觉”只能是孤芳自赏，实战就是这样。情报是无情无义之物，想得到的情报总是不来，而讽刺的是被重重迷雾包住的不完整情报却蜂拥而至，在情报中，希望得到的占2分，迷雾般模糊的占3分，另外5分则或是白纸或是漆黑一片。

寺本中将所说的“蒙眼剑术”就是这样，我也深刻体会到了“（战场）用线连在一起只不过是在办公桌上做计划的中央部的自我满足”这句话的意思。事实上马尼拉和莱特岛当时已经不是线，至少在情报方面是彼此分离的两个点。

我很后悔在看到第16师团发来的电报时为何没有提出以下的问题：

> 当时莱特湾的云量是多少？
> 谁、驾驶哪种飞机去观察的？
> 181 驾驶员有没有识别舰船的能力？

没有迅速提出这三个问题，就是办公桌和战场之间巨大的区别。这次我终于开始接受战场的洗礼。当时莱特湾的云量是9，一般情况下飞机是不可能发现海上目标的。第16师团的参谋一定是穿过云层间的一丝缝隙下降侦察，在发现舰船的瞬间遭遇美军一堵黑墙般的防空弹幕，惊慌中又

返回云层之上，在飞机中在头脑里凭着记忆对一瞬之间看到的情景整理和发送电报的。

讽刺的是，他是陆军的参谋，没有美国海军舰船的知识。因此只是单纯地将大一些的军舰判断为战列舰，相对小一些的军舰则为驱逐舰并据此发了电报。原封不动地传达事实是情报工作的首要原则，但这次却掺杂进了主观判断。

从印刷发放日程表上可以看出，《敌军战法速读》到达第16师团可能是10月上旬。即使第16师团看过了，也不可能熟读，不会具备将LSI（步兵登陆舰）和LST（坦克登陆舰）等登陆舰与驱逐舰进行区分的知识，所以在看到LSI和LST与保护它们的护卫舰后，才发出了那份电报。

塞班岛战役前就应该发放《敌军战法速读》。即使是再出色的杰作错过时机后也毫无价值。而零价值只不过是办公桌上的借口，其代价却需要由第16师团的鲜血偿还。参谋的责任就是如此重大。

但是，在我遭到白眼后不久，宪兵队就打来了包含重要情报的电话。 182

根据对被击落的舰载机飞行员俘虏的审问结果，现在对吕宋岛进行空袭的美军航空母舰有正规航母12艘，其舰名也全部判明。美军士兵被俘后似乎很意外地全部都招供了。作战室的参谋们在听到宪兵队的情报后立即鸦雀无声。西村副参谋长小声哼着。我的情报直觉终于通过数字得到了证明。大本营海军部的战报完全是错误的，正如我最先向山下大将报告的那样，美军12艘航母都还健在。

即使这样，前一天我提出的4条建议中的1和4却成了顺序颠倒的情报。被战场这个恶魔操弄的情报充满讽刺，办公桌上期待的情报收集顺序并没有实现。如果这两项情报按照我设想的顺序到手的话，恐怕可以更早地断定“美军将在莱特岛正式登陆”，从而可以毫不犹豫地齐心协力，山下大将也应可以及时向负责莱特岛方面防御的第三十五军发出命令而不至延误战机。

此时，第16师团从清晨开始已经遭到了猛烈的舰炮射击，与马金岛、塔拉瓦岛一样，从傍晚开始与第16师团的通信联系即已中断。这样，连第三十五军也完全没有了莱特岛的音信。

南方总军作战参谋坐飞机将得到天皇裁可后发布的捷一号作战指令传
183 达到麦金利堡正是在这一期间。于是，日美两军的一场大决战拉开了帷幕。通过南方总军司令部得知“美军大型运输船队正在棉兰老岛东部海域向北移动”的决定性情报，也正是在这个时候。

捷一号作战是日本以国运为赌注与美军展开地面决战的战役计划名称。原本，山下大将在赴任菲律宾前与大本营陆军作战课充分探讨后决定，在美军登陆吕宋岛后，山下方面军将以吕宋岛为战场尽全力与美军决战。可是，大将带着这个计划到菲律宾上任10天后，陶醉于台湾空战“大捷”的作战课却判断“此时正是在莱特地区一举歼灭海军已被消灭之美国陆军的绝佳时机”，而匆忙实施了将吕宋岛决战变为莱特岛决战的战略大转换，山下大将的不满不言而喻。同时，相信空战的误报而轻率地改变大战略，从而使战场形势迅速导向失败，这也是一小部分战略决策者的历史性大错误。

如果是一般的战史，则必须记述随后战况的发展。但本书侧重情报，通过将情报与作战进行区分，主要记述情报的处理与判断、情报工作的困难、如何辅助作战课与司令官下定作战决心、情报的失败与反省等内容，因此有关战况的记述暂且割爱。

3. 情报总是在恶作剧

184 10月27日，我突然接到出任第十四方面军参谋的命令。

原本我是为了普及《敌军战法速读》而被派到菲律宾出差的，但只讲了一次，还在途中就被打断，却马上被改派为山下方面军司令部的情报参谋。这本身就证明大本营在判断美军登陆问题上出现的重大误判。比起大本营指挥作战当事者们的判断，美军来袭要早了很多。反言之，大本营作战课的敌情判断出现了错误，莱特的第16师团遭到偷袭而使日军处于被动后，才匆忙进入指导作战的体制。

作战要务令纲领第九条规定：“占据先机为取胜之要谛。通过神速机动接近敌军，并经常处于主动位置，以迅雷不及掩耳之势迎击敌军实为紧要（部分省略）。”尽管如此，大本营作战当事者们似乎忘了这一点，就好比在相扑中，对方的大块头力士已经站在了土俵之上，而本方的小块头力士却刚刚来到土俵之下。

我的出差任务只进行了半天就宣告结束，也是因为这个捷一号的大战役。小矶首相通过广播宣布莱特将成为这次战争的分水岭。

为了指导进行捷一号作战的前线部队，从东京飞至菲律宾的是六个月前还是我的课长、现在是作战课作战班长的杉田大佐。

杉田大佐捷一号作战指导归结为几句话就是：“在台湾空战中，美国海军遭受毁灭性打击并已败退，因此迅速决定以国运为赌注，在莱特岛进 185
行决战。期待前线部队的第十四方面军、第四航空军竭尽全力执行大命（天皇的命令）。”

当然，寺内元帅的南方总军最初就确定了在莱特进行决战的思想，并不断催促大本营尽早发布莱特岛决战的命令，因此作战指导本身并没有什么大的问题。但是，山下大将10月6日才到马尼拉，8日才作为方面军司令官第一次召集部下各兵团长进行训示，而这时武藤章中将参谋长甚至还没有抵达马尼拉。

再追溯的话，大将在东京与作战课的磋商中，是明确达成“决战吕宋岛”的共识后才赴任的。8日，大将对各兵团长的训示中刚刚传达了这一计划，即第三十五军在莱特、棉兰老等菲律宾南部各岛上与美军展开持久战，山下兵团则携主力与在吕宋岛登陆的美军进行决战。

因为仅仅到了两天后的10日，大本营就决心将决战放在莱特并要求大将转向莱特方面，所以大将才不为所动。大本营的善变令人唏嘘。

此外，大将在空袭下的地下防空洞中听取了我在海军鹿屋机场所见所闻的报告后，取消了庆功大会，并因19日从宪兵队得到美军12艘航母依然健在的实证数字的情报而开始确信这一点后，非常强硬地拒绝着寺内元

186 帅的命令和杉田大佐的作战指导。

> 为什么和在东京说的不一样？为什么有必要在莱特岛决战？这个命令得到陛下裁可了吗？即便说莱特，莱特最重要，也离着600多千米远，有可以运送部队和军需品的船吗？

大将非常强硬地表达着自己的反对意见。

很明显，大将反对的背后除了双方在东京达成的一致，更是基于我对台湾海战战果的判断。从接受研究美军战法的命令，到终于由初出茅庐的愚钝参谋成长为一名实战型“职人”参谋时，我却代表着方面军，与将我培养成才的师傅杉田大佐意见完全相左。当然，弟子与师傅并没有正面冲突，但杉田大佐对山下、武藤（20日抵达）两位将军的反对很是头痛。

杉田大佐在其战后著作《没有情报的战争指导》中写道：

> 由大本营美英课以情报参谋身份派遣赴任的第十四方面军司令部堀少佐对美军各种情报进行了仔细的整理、收集及判断，并做出了准确预判。这导致了山下大将对改变作战计划犹豫不决。

但是，杉田大佐见到山下大将是10月20日下午左右，因此一定应该
187 已经读过我从新田原机场发出的汇报鹿屋所见所闻的电报。尽管如此，杉田大佐却对台湾空战取得重大战果没有丝毫的怀疑。由于杉田大佐来访是在我通过第16师团空中侦察做出判断，并由宪兵队俘虏情报再次得到确证后的第二天，因此山下大将的反对意见十分坚定。

战史丛书在311页记述莱特岛决战时也写道：“如前所述，大本营海军部和联合舰队对16日开始的台湾空战的战果出现了质疑，并在与鹿屋航空部队的联合调查后于19日得出了结论。大本营陆军部第二部中，只有**堀参谋一人**客观且正确地对台湾空战进行了判断。”

从这段记述中似乎可以推测大本营陆军部应是了解了我在新田原发出的电报内容。战后的1958年夏天，当得知我的电报被束之高阁时，感到实在是匪夷所思。但是前大本营陆军部部分人到现在还故作高深莫测地说谁也没有见过这份电报。可以想象，在大本营陆军部存在着类似密室的内殿吧。

当时我对战果的判断并不是依靠数字，而是直觉。所以在其后10月24—26日菲律宾东部海域发生的菲律宾湾海战中，大本营海军部公布了“击沉航空母舰8艘、巡洋舰3艘、驱逐舰2艘等”的战报，在司令部作战室听到这场海战战报后，作为第十四军参谋的我还是向大本营做了汇
报。甚至一时间还反而半信半疑地想海军方面的台湾空战战报是不是真 188
的呢？

美军经常会出动确认战果的飞机拍摄航空照片，但日本的海军和陆军都没有采用这种方法。必须铭记在心，这一点导致了左右国家命运的结果。特别是亲眼确认战果最为重要。

在战史丛书中进一步记述道：“在麦金利堡的堀参谋也相信了大本营海军部发布的菲律宾湾海战战果……（以下略）”尽管在鹿屋看到过实际情况的实证者只有一个人，连他在27日也相信了菲律宾湾海战的战果，丛书很强调这一点。

编写战史丛书的人恐怕没有在战场上进行情报工作的实际经验吧。

情报确实是错综复杂，迷惑万千。只要没有数字上的实证和亲眼看到的真实情况，就很难被称为确确实实的情报。在战场上，对情报的判断会因为感情、期待、犹豫、迷惑、焦虑和不安等出现摇摆。

今天，被称为战史研究家的一些人在发现了一份电报后，就会质疑：“明明有了这份电报的情报，为什么没有受到重视？”和平时期在书桌旁进行学术性批判固然不错，但战场有战场特殊的氛围，在此之上被若隐若现般迷雾包住的情报和暗中隐藏的情报又占了大部分。这就是实战与书桌
上的战史研究所不同的地方。 189

现在，马尼拉与莱特有着600千米远的距离，并且通信也被舰炮射击

瞬间阻断。600千米大约是东京到神户的距离。不安、不明、困惑等感情当然会发生作用。在这些感情因素之上，以国运相搏的紧迫责任感所形成的重压，仿佛变成了焦虑的皮鞭，不断抽打着军人们。

寺本中将所说的“蒙眼剑术”真是至理名言。战场上的情报参谋就是在这样的精神氛围中工作的。

4. 接到山下奉文司令的特别命令

10月27日，被任命为方面军参谋的我到山下奉文大将办公室拜访大将。正好此时武藤章参谋长也在。大将的办公室在麦金利堡树林中一栋以前是美军军官宿舍的通风良好的木造二层小楼里。

在办公室里，大将交给我应该说一辈子只有一次的任务。

武藤参谋长用极为简洁但坚定的语气命令道：“莱特即将发生激战，必须充分观察今后的局势发展。但是，敌人一定会进攻吕宋岛。何时、何地、多少人来犯，请你冷静、并始终冷静地专心思考这个问题。这是大将
190 对你的特别命令，要绝对保密！”

“神机到来，决战莱特！”在寺内元帅近似于呵斥的这道命令下，对莱特岛决战仍然持反对态度的大将和参谋长也不得不加强备战。在山下、武藤两位将军将方面军的精力全部集中于莱特之际，大将已经在考虑莱特之后的战局了。我瞬间被感动，又一次改变了对山下大将的看法。

这里要说一些有关大山岩元帅的题外话。

日俄战争临近收官之际的奉天会战中，从旅顺赶来的乃木大将第三军从左翼包围了俄军，1905年3月10日俄军出现混乱，开始向北撤退。总参谋长儿玉大将在得到总司令大山元帅的认可后下达了全军向铁岭方向追击的命令，日军各支部队排除万难一路北进。就在总参谋长和司令部因将彻底击溃俄军而处于高度兴奋状态时，大山元帅将儿玉总参谋长叫到了自己的办公室。

知道你很辛苦，能不能再麻烦你尽快去一次东京？

儿玉感到非常吃惊。

我觉得战争已经到了极限。请你请示政府尽快考虑如何进行讲和吧。 191

平常举止言行看似摆设的大山元帅，却在部下陶醉于眼前胜利而兴奋不已的时刻，已经将“满洲军”的战斗力与日本帝国的实力进行了权衡，从而对参谋们的憧憬感到了担忧。

于是儿玉前往东京，而日本也在露出破绽前开启了讲和进程。

此时此刻，我的脑海里山下大将与大山元帅重合在了一起。

从这一天起，我成为方面军第2课负责作战情报的主任参谋。原来的第2课课长是中原信中佐。方面军第2课的情报工作主要是从山下大将前任黑田重德中将就开始着手的传统警备情报（治安、游击队、间谍、抓捕反日分子），在有关美国的作战情报工作上，负责维萨亚斯地区警备情报的一木千秋大尉每周出席一次南方总军情报会议，并在会上汇报美军情况、太平洋方面的战况、战训、美海军特混部队动向等情况。

到第2课后，我马上任命第2课元老松延干夫少佐为第2课总括班长，一木千秋大尉负责与总军的联系和美国方面的情报，沟口护中尉负责航空情报，平栗正男中尉负责兵要地志，朝日中尉负责印刷，吉原重久中尉负责与新闻报道部的联系，松浦中尉与针谷正之中尉负责事务与文件资料整理，由此第2课的工作重点从警备情报转向作战情报态势。中原中佐在担任第2课课长的同时，还统管了以往的谋略、反间谍、治安警备的专业军官和特别任务机关，第2课成了专门从事秘密情报战的部门。此外，在航 192
空参谋方面，9月后是松俊夫少佐同时在作战、情报两课兼职，他的专业知识也为第2课提供了很大的支持。

方面军听上去很有气势，但无论是情报课的组成人员，还是以往的工作以及有关美国的情报等，都可谓匮乏至极。除了前面提到的8名军官外，还有3名下士和士兵，一共只有12人作为我的助手在课里工作。

这就是现在面临决战的方面军。情报课转为临战体制在紧迫感的推动下一天就完成了。我首先向第2课讲授了《敌军战法速读》。

① 统计莱特战况与美军的特异行动。

② 统计每天美军飞机在全菲律宾的空袭、扫射目标、侦察、航空摄影、空投物资等行动。

③ 制作美军特混部队的行动图。

④ 制作治安，特别是有美军参加的游击队在全菲律宾的分布与活动状况，尤其是异常行动的图表（第二天从谋略班获得）。

⑤ 整理与统计现有的上述情报。

我将这5项工作交代给了各位负责人，自己则细致地整理各方面发来
193 的电报。为了收集方面军无法独自得到的情报，我还到海军（南西舰队司令部）、南方总军、大本营派来的中央特种情报部的马尼拉派遣部队、第四航空军等去建立联系，几乎每天都会召开定期的情报联络会议。

当上方面军参谋开始工作后，才非常痛苦地发现方面军在情报方面是多么的粗糙与盲目。

防守着7000余个岛屿的方面军自己所掌握的情报只有守备队占领的地区以及从这些地区望远镜可观测范围内的海上动向。而方面军希望的情报中大部分都是必须从大本营、南方总军、空军、海军那里得到的。但获得这些情报的机制是相互善意联系的合作型，而非组织制度性的。

对于进行岛屿防御作战的陆军而言，最欲哭无泪的就是没有观察自己想了解情况的眼睛。也就是说，变成了“点”的孤岛（即便是菲律宾的大岛）。

此外，日本陆军的编制与组织仍然以拥有军马的师团为主。在中国东北等大陆地区，最多只需负责四五千米左右正面战场的师团，都是属于以往奉天会战时期十几个师团编成的大陆型编制，而不是以美军为对手的大

洋型编制。在大陆上，如果有望远镜就可以观察到本部队正面战场并开展战斗，而在大洋上则全无可能。194

听海军参谋们说，在莱特岛决战开始后陆海军的联络会上，面对海军“莱特没问题吗？”的询问，山下方面军司令部的高级作战参谋曾拍着胸脯保证：“莱特配备了一个师团，并且是日本陆军最精锐的第16师团，所以不会有问题。”

当时美军可能在莱特岛登陆的正面有40千米以上，就算是再精锐的师团排成一列，其间也必然漏洞百出，这是在办公桌上也可以算出来的。大本营作战课制订捷一号作战计划的濑岛龙三参谋8月13日视察莱特岛后，真的觉得这样的部署没有问题吗？

10月20日美军登陆时在第16师团的正面阵地动用了4个师。美军并不是在40千米的全部正面登陆，而是只在他们认为必要的正面展开兵力，各师正面登陆的宽度最多也就3千米左右。

如果按照塞班岛时的数据要领进行计算，可以假定美军会动用4艘战列舰进行火力支援，因此仅仅舰炮对岸射击就相当于20个师的火力，再加上4个登陆师，第16师团将要面对相当于自己24倍的火力进攻。除此之外还有空袭和轰炸。很明显，精锐这种精神主义的空洞文字是变不成战斗力的。

从我们研究的情报与战法的角度看，只要日军没有对“铁量”（火力）的醒悟，在舰炮射击相当有效的海洋战场中进行防御时就不会形成真正的战斗力。如果在中国东北和大陆，没有舰炮射击或许还可以一战，但如果 195
因此认为在大洋上也通用，则是大错特错了。

尽管情报工作起步为时已晚，我仍很高兴第2课的部下们可以从情报角度冷静地观察敌我战斗力而舍弃感情与期待感。以松延少佐、一木大尉为首，转向作战情报的第2课冷静地观测了莱特岛的战斗，并据此完成了吕宋岛将来所必需的参考资料，这些数据最终一定会被用于吕宋岛的战斗。

不管是不是临阵磨枪，这一周到十天里都是不眠不休的状态。火星已经落在了身上，假如忘记了双方战斗力的比较则根本成不了比赛，剩下的就只有像在太平洋各个岛屿上的战斗那样高呼万岁的自杀性进攻了。

首先值得庆幸的是，10月上旬从大本营作战课赴任第十四方面军参谋的朝枝作战主任参谋非常理解情报的重要性。朝枝参谋十分尊重我的意见，我也能理解朝枝参谋的主张。作战与情报如果配合默契，工作就可以顺利开展，也会干劲十足。

196 其次重要的是调查美军飞机的空袭情况。

美军飞机来自何处、飞往何处、何时、多少架飞机在什么高度飞来等记录，却意外地很快从警戒情报成绩斐然的方面军得到了。我们根据各个守备部队提交的美军机枪扫射目标、参加扫射的机数、侦察行动的飞行区域，特别是看似航空照相侦察机（主要是大型飞机）的行动空域等，也就是美军飞机出现的情况报告，分别制作了图表，把以往使用的大的账簿笔记式的记录改为新的统计图表方式。

这种航迹图表所发挥出来的重要作用将随后叙述。

飞机并不会随意飞来。这些飞机的行动会显露出对方指挥中枢意图的征兆。因此，如果认真仔细地调查这些情报，就可以判断麦克阿瑟的意图所在。

松延少佐对治安情况了解得十分详细。

将谋略班、特别任务机关和宪兵队汇集来的情报进行综合，制作了可以一目了然了解抗日组织及间谍活动的地区及其行动、财物支援组织以及他们与上述组织的关系、华侨的动向等情况的图表。前一时期随着阿基诺政权诞生而倒台的前总统马科斯在吕宋岛北部，以及战后果然成为总统的拉蒙·马格赛赛在吕宋岛南部分别领导着抗日游击队，在美国指挥下开展活动。

此外，在调查这些大大小小的反抗组织与美军的关系中，我们发现了前面提到的飞机飞行路线与这些组织开展活动之间的关系（有时会用降落
197 伞空投武器弹药）。此外，美军潜水艇会在夜间靠近海岸并浮上水面，运送物资钱财，交换情报，有时还会与附近村落的菲律宾人联欢。

美军在各地发放的纸币不仅是游击队的战斗资金，其中还人为夹杂了很多假币，使吕宋岛很快陷入了令人瞠目结舌的通货膨胀。为此，日本守备队在当地筹措物资时，早上2美元的物品到了中午就涨到了4美元，第二天更是涨到了5美元。很明显，这是美军试图扰乱市场的有计划的图谋。

日军只将军火看成是敌人，但是却没有想到其身后正在被经济与民心这些强大的敌人步步包围。美军实际上并非只采取一种方法，也在实施着狡猾的战术。越是调查菲律宾的情况，就越对日军四面楚歌的状态感到恐惧。

美军从1943年中期就开始扰乱菲律宾经济了。战后被杂志炒作的所谓山下财宝的金币实际上就是黑田担任司令时期为了应对通货膨胀而准备的。

这些金币是1944年2月由重型轰炸机在战斗机护航下从东京经由台北送到马尼拉的，方面军驻扎在麦金利堡时由经理部负责保管。

每个木箱放50枚金币，每10个木箱由结实的木板捆包，50个捆包共
计25000枚。由于金币表面都刻画着圆圈的“福”字，参与这项工作的人 198
都称之为“圆圈福金币”。

我听说山下司令部向碧瑶转移时，为了将来以防万一，一部分金币被分配到各个据点和守备队，剩下的30捆包金币被情报课运到了碧瑶。碧瑶也危险后，当然可以推测这些金币会进一步转移到北部的山中，但因为我在1月23日就从碧瑶回到了东京，因此不知道这些金币最后是如何处理的。为了写作这本书，我还进行了很多调查，由于最后负责运输这些金币的人全部阵亡，所以也是无果而终。

1950年曾有人拿着一枚“圆圈福金币”到东京的首饰店兑换，据说当时兑换了3万日元。有兴趣的读者可以按照现在的价格换算一下。

5. 美军通信的谍报与情报处理

以方面军的能力无论如何也收集不到的情报就只能从其他司令部获得了。

比如莫罗泰、比亚克、贝里琉等岛屿上美军航空基地飞机的进出，美军机场设施的建设与扩建，进出飞机的机种等情报就必须求助第四航空
199 军。但是这样的情报极为稀少。

10月9日第七飞行师团的侦察机发现在霍兰迪亚有200艘、比亚克有50艘的船队集结，这个情报极有价值，但是第四航空军的侦察机数量极端不足，没有能力继续侦察这些船队的动向。侦察机也没有战斗机护航，航空燃料也因美军的轰炸而捉襟见肘，航空力量已经消耗殆尽了。

在这种情况下，地面上的第十四方面军已是盲人摸象，而第四航空军重要的眼目——侦察机也不足，就像被蒙住了眼睛一样。海军航空兵则在台湾空战中遭受重创，更是半身不遂。因此，日军并不具备尚可期待的侦察能力。如此状况下还制定捷一号决战，到底大本营作战课必胜的根据在哪儿呢?

这样，观察敌军前线后方就只有依靠通信谍报网了。陆军称之为特种情报（特情），就是尽可能截获美军发出的电子信号，研究分析其聚集与特征并进行统计，从中获得若干情报。由于99%的电子信号都是加密的，为了了解其内容就有必要破解其密码，但即使无法破解密码，也可以得到各种情报。

这种被称为通信谍报的方法，原本海军比陆军发展得快。由于电波是接收而不是藏匿的，因此海军从战前就开始在基地和军舰上配置了通信谍报部队。

方面军第2课的一木大尉负责与海军的联络。他制作的图表每天都会
200 放在我的办公桌上。

从这些图表上首先可以发现从澳大利亚布里斯班飞往新几内亚莫尔兹比港（麦克阿瑟司令部所在地）的作战补充飞机的机种与数量。

日军与美军在补充问题上的想法完全不同。日军的补充是向前线部队输送其消耗掉的部分，而美军的补充体制则是在战场上某一期间因战斗而遭受损伤的飞行队撤退到后方，由新的飞行队代替前往前线，这被称为补充部队。从前线撤退的部队在后方会有一段休养时间，这段时期内损耗部分得到补充，随后再次以完整的战斗力重新投入战场。

美军飞机在起飞时一定会发出电子信号，由于其中包括飞行员的呼叫代号（以下简称呼号）和目的地，因此如果仔细收集，就可以判断出从何处飞往何处，何种机型，多少架飞机等情报。飞机数量经过计算就可以清楚战斗机飞行队的编制。从现在莫尔兹比港什么机种集结了多少架，就可以推测出近期美军将在霍兰迪亚或莫罗泰岛有所行动。此外，如果在霍兰迪亚的美军舰只之间的通信变得频繁，也可以分析出离美军登陆作战已为时不远。

因为通信内容是密码，当然不甚明了，但呼号与目的地、通信量的增减同样是重要情报，日益频繁的通信量迅速减少时，很多情况下都表明美国船队等因出动而施行了无线电静默。

还有一个重要的情报就是潜水艇的位置。由于潜水艇以驶向美军登陆
地点的日本运输舰和海军舰艇为目标，因此，如果美军要在莱特登陆，潜 201
水艇最少也要从台湾海峡到巴士海峡附近一带进行伞状部署，借此击沉日军的后续增援兵团和军需品的运输船队，使登陆地点附近的日军陷入孤立。

了解潜水艇的位置，对于判断美军登陆地点十分重要。这也是通信谍报的工作，但却并不简单。

潜水艇在白天几乎都处于潜水状态，并不发出电子信号。到了晚上才浮出水面进行联络通信，但最多也就数十秒的通信时间。在这短暂的数十秒的发射电波时间里，日军必须用部署在日本以北一直到台湾的方位探测器捕捉到信号，两条线、三条线方位探测器的交叉点就是潜水艇的位置，

但如果就此轻易定位也是危险的。因为，潜水艇总是不会在同一位置，通常夜间为了接发电报还会故意移动到发信地点发出电子信号。因此，海军捕捉到的潜水艇位置只是发射电子信号的位置，而不是提交情报所需的当前的实际位置。

在上述条件下，日军要从战略、战术的角度判断美军目前正在什么地方张开这把伞以及美军正在酝酿的新登陆点。

与海军相比，陆军“特情”的起点是20世纪20年代中期（大正末期）的破解密码工作，通信谍报则是师从海军成立了通信调查班。1943年秋天后重松正彦少佐等几名军官到海军学习，此后他曾成功捕捉到从塞班岛起
202 飞的B–29轰炸机的电子信号，但莱特岛战役时我们只有依赖海军。

陆军的密码破解能力相对落后，其中对美军密码的破解更明显落后于对苏、对华密码的破解工作。1944年7月通过驻瑞典武官小野寺信大佐获得了M–209型密码机后，陆军特情部迅速研究，1944年8月前后就成功破解了美军前线部队的密码。为此，研究部部长中野勇大佐一行被紧急派往马尼拉，与南方总军特情部部长工藤胜彦大佐一起从事破解美军前线作战师级别的密码工作。就在初有头绪时，南方总军因马尼拉局势险恶向西贡转移，一同转移的中野、工藤两位大佐不幸在广东港外遭遇鱼雷双双阵亡。

尽管在马尼拉仅仅活动了三个月时间，日军还是完全成功地破解了菲律宾游击队使用的密码。如果日本能早一年半获得M–209密码机，就可能相当详细地判断美军动向了，实为遗憾。但是破解了游击队的通信还是极大地帮助了方面军。

如前所述，情报实际上就是从各种纷杂的渠道获得并进行统计处理的工作。我至今仍相信，尽管有过曲折，我之所以胜任这项工作，全是拜在大本营包括一时偷学在内的杉田实战型师傅的指导以及林型苏联课情报处
203 理方法所赐。

处理情报的实际工作就像筛沙土一样。筛子筛剩下的东西中哪怕只有一块奇石已是感激不尽了。有时候的确会出现钻石，但是并不能为此高兴。因为这会牵扯到钻石是真是假的问题。有的时候也会剩下两三块钻

石，这时就会面临谁真谁假，或者是否都是假的选择。

我的工作就是要面对这样的选择。

尽管山下大将非常反感向莱特派送第一师团，但在寺内元帅的命令下也不得不为之。而第一师团就如同其他日军部队所有的祈祷都应验于其身一样，11月2日毫发无损地在奥莫克登陆。奇迹真是只有用在此时才名副其实。第一师团是一支好运加身的部队，支援美军登陆莱特的航母特混部队在战斗告一段落后一时间撤至后方。第一师团就是非常偶然地在这一瞬之间成功登陆。

毫无疑问，美军一定懊悔莫及。因为在拥有制空权并豪言不会让一只老鼠在菲律宾自由行走的美军眼皮底下，日军将一个师的大部队送到了目的地。这样的例子在之前的太平洋战场上还有第二例吗？

情报就是这样恶作剧，有时对我们，有时对美军。

这一场命运的恶作剧还在日军内部引起了一丝波澜。 204

看看！莱特岛决战能有问题吗？！

以前就反对我“美军航空母舰仍然健在”主张的人们，特别是南方总军和大本营的参谋们开始异口同声地指责第十四方面军的胆怯。当然，指责的对象是情报参谋。“不作为与迟疑乃指挥官最大之忌。这两者使军队陷入危机较方法之误更不能容忍。”这是作战要务命令中的名言。

现在是特混部队临时退到后方……

再职业的情报军官也不敢抱着就像亲眼看见一样的确信。我也为此而苦恼。

美军的情报参谋恐怕也会受到这样的斥责：“情报参谋（G–2）这是怎么了？谁说的日军没有增援的迹象？！”

问题是，筛子中剩下的一块钻石（第一师团登陆成功）是真钻石还是假货。大本营和南方总军认为这是真货而士气大增，“继续把第26师团和坦克旅团送到莱特”！

山下大将在吕宋岛进行地面决战的设想是以大将珍爱的第1师团、第26师团和坦克旅团为核心，对登陆吕宋岛的美国陆军展开大攻势为前提的，而现在，珍藏的三支部队都要被派往莱特。大本营尽管表示将从中国
205 东北派遣代替这三支部队的师团，但已经没有可满足运输条件的船队了，几乎所有的运输舰都逐渐成为美海军潜水艇的猎物。进入11月后，美海军潜水艇的伞已经从五岛列岛张开到了上海一线。

山下大将终于被大本营和南方总军困住了双手双足。大将副官桦岛在日记中写道：“这段时间大将经常陷入沉思，一天都在凝视着东南的莱特方向。”

根据大将的指示，我与朝枝作战参谋和石川麒玖雄后勤（后方）参谋也进行了讨论。朝枝参谋表示：“长此下去，吕宋岛决战几无可能。或许必须要考虑依靠据点进行持久战了。”

石川参谋也说：“万一转入战略持久战，就必须将马尼拉的军需品、野战医院的大量伤病员向吕宋岛北部转移，但这最少也要两个月的时间。因此，判断敌军在何处登陆如果不能最迟在两个月前做出，会很麻烦。”

我接受特别命令所要进行的判断被加上了两个月前的期限。

为了对判断提供参考，我派部下去野战医院进行了考察。尽管莱特的战斗刚刚开始，这里已经有了400人左右的重伤病员。几乎所有都是瓜达
206 尔卡纳尔岛战役中的第2师团士兵和在新几内亚战斗过的伤病员。看来是为了不让内地（日本国内）老百姓看到战争中的惨状吧。此外，听说在马尼拉湾科雷希多岛的医院收治了大量的海军伤病员（战列舰“武藏”号等舰上的伤病员）。如果这是事实，则说明了战争的残酷（现在科雷希多岛有战列舰“武藏”号的慰灵碑）。山下大将被束缚住了双手双足，还背上了瓜达尔卡纳尔岛战役后陆海军伤病员这一沉重的包袱。

和判断的一样，美军航母特混部队再次回航莱特。为此，第26师团和坦克旅团的运输船队几乎全军覆没，部分官兵总算获救登上了海岸，却

已经是手无寸铁的部队了。

筛子中剩下的第1师团成功登陆的钻石果然不是真钻石，只是偶然的产物。情报就是充满着冒险的工作。

判断敌情最困难的事就是进行断言。而判断情报的人总有一天必须做出这样的断言。

撕心裂肺般的严酷，这就是我们情报专业人士被赋予的命运。

——进行断言的期限就是预测美军登陆时间的两个月前。

如果是以情报工作为职业的人，在军事以外的情报领域，人生中也会有一次或两次与这样的命运决斗。 207

6. 对美军登陆吕宋岛时间的建议

如前所述，美军，特别是麦克阿瑟指挥的部队的蛙跳战术像职业棒球投手的轮换制一样，在新几内亚大约一到一个半月进行一次轮换。

但是这次在莱特却是一举投入6个师兵力的大规模登陆。面对一个师团的日军，美军处于前线4个师和1个预备师（还有一个用于替换的师）共计6个师的不败态势。

在麦克阿瑟军中，尚未结束最少6个月休整期的部队有在霍兰迪亚、比亚克投入使用的第41师，在瓦克德岛、萨尔米投入使用的第32师的1个团，在莫罗泰岛投入使用的第31师，但由于战斗都不激烈，如果休整5个月战斗力也应已恢复。

如果这样，除了已经在莱特投入战斗的6个师之外，还有12个师的兵力马上可以用于进攻吕宋岛。但是从运输舰的运载量推算，由于拥有可一次性运载5—6个师兵力的运输能力，根据我的计算，美军可以第一波运输6个师的登陆兵力，其后进一步增强可运载共10个师。从以往蛙跳作战

的时间间隔看，12月20日前后美军有可能登陆吕宋岛。此时正是圣诞节
208 前夕，从给菲律宾人圣诞节礼物这个政治意义上看，这一天时机绝佳。

但是在莱特方面，空袭尽管重创了日军第16师团，可通过马尼拉的陆军特情部对游击队密码的破解，以及山下方面军防谍班监听到的美军无线电内容，都出现了美军在莱特的战斗并不轻松的苗头。美军前线部队不使用暗号的无线通信比预想的要多，这一现象或者是因为美军慌乱中无法使用代号，或者是没把日军的通信谍报能力放在眼里。在这些对话中，还出现了“如果无法控制奥莫克，日军增援部队就会源源而来”的内容。尽管不明显，但在美军前线部队中，日军第1师团的增援带给美军精神上的压迫感已经显露。第1师团在美军火力面前早晚会陷入苦战，不过现在却是美军因第1师团的突然袭击而出现了惊慌。

> 考虑到这一点，12月20日左右美军登陆不太可能。1月上旬登陆吕宋岛可能性很大。

这是我11月4日时的情报直觉。

那么登陆地点是哪儿？

如前所述，我们第2课的全体成员不分昼夜地全面梳理了过去的情报，根据我们的整理分析结果，留在筛子里的是八打雁、拉蒙湾和林加延
209 湾三颗钻石。

接着必须确定谁是真，谁是假，或都是真钻石。

在战后出版的书籍中，某位情报战略史学家曾表示军人倾向于什么都集中于一点，而在当时那种情况下更理想的方法是将几种判断同时记录在案。但是，为了以有限的兵力防守吕宋岛，就不可能将兵力四处撒网全面部署。美军登陆部队带着牛刀而来，为了对抗，日本也必须以大刀相迎。自古以来，登陆失败的战例只有蒙古军登陆日本和克里米亚战争。我们防守方越是处于劣势，预测登陆地点就越为重要。

在美国军机的航迹和频繁度方面，由多至少依次为拉蒙湾（东海岸）、

八打雁（马尼拉以南）和林加延湾（吕宋岛北部西海岸）。林加延湾出人意料的少。而在机种和特异行动方面，林加延湾照相侦察机的行动和大型飞机反而比较多。游击队活动和间谍活动在拉蒙湾和八打雁都很活跃，特别是美军潜水艇还在拉蒙湾向岸上运送物资、兵器和纸币等，抗日运动也日趋表面化。林加延湾也有美国派出的间谍，亲美组织在增加，特别是出现了美军拉拢华侨的苗头。日方中野学校毕业的人在这里隐藏身份开烟草店和化妆品店进行监视，“我一定回来”（I Shall Return）牌子的香烟却大摇大摆地放在商店里。仅从这些迹象可以看出，拉蒙湾和林加延湾的登陆可能性实为五五分，从迹象上看登陆可能更倾向于拉蒙湾。或许我也曾多次偏向了拉蒙湾。 210

此时，在我的脑海中浮现了此前得到的启示，即寺本中将所说的“哲理”和山下大将所说的“冷静”。

之前我一直在脑海里不断反复播放眼前的现象，思考着以下的问题——如何区别特殊性与普遍性?

简言之，哲理就是区分枝叶与树干。我站在麦克阿瑟的角度思索着他将要走哪步棋。

麦克阿瑟在菲律宾最希望得到什么（绝对条件）？为了顺利实现目标有什么方法（有利条件）？什么会妨碍实现目标（妨碍条件）？己方以往的战法和现在的能力有没有可能实现目标（可能条件）？我就是根据这4个条件进行思考与判断的。

麦克阿瑟的绝对使命就是解放菲律宾，其最大的政治战略目标毫无疑问是攻克马尼拉。这是向全世界昭示美国胜利的宣言，对于麦克阿瑟个人而言，也关系到他履行其“我一定会回来”的誓言而获得声望。有助于实现这一目标的方法就是从背后进攻马尼拉周边的日军并予以歼灭。如果成功，则可以切断日军大部队的补给并利于在较短期内结束决战。日军总是束手无策，会成为美军下一次蛙跳作战日军的不利条件。而妨碍和阻挠蛙跳作战的则是日军的彻底抵抗。特别是必须考虑到如果从正面进攻猛将山下，山下方面军一定会战斗到最后的一兵一卒，这样将使美军的损失十分

211 巨大。因此，从正面进攻因美军损害最大所以并非上策。如果从八打雁登陆，将变成正面进攻，美军攻击的正前方就是马尼拉，这样不仅马尼拉会变成一片废墟，美军一步步向北进攻，最终歼灭日军，也会耗费时间且损失惨重。这样就会导致有利条件的消失并转变为大的妨碍条件。而如果美军从拉蒙湾登陆，除了日军的激烈抵抗之外，美军机械化兵团在马尼拉东部山丘地带无法自由活动，这也会成为妨碍条件。

最短时间内结束战斗、发挥机械化兵团的机动能力、切断日军补给、迅速且“无血”占领马尼拉并尽量减少损失的方法，从林加延湾登陆并直取马尼拉是最有利且最有可能的。从大型船队泊地的角度讲，林加延湾也是最合适的。

但是，实现这一方案有一个最大的妨碍条件，就是美军必须冒险通过莱特岛南部狭窄的苏里高海峡，从维萨亚斯地区内格罗斯岛南部向菲律宾西部进击。

> 如此胆大妄为的行动，就是美军也不可能做到。这不就等于美军要从太平洋绕到菲律宾的里侧吗?

在方面军第2课中，有人的确出于为我考虑的角度认真提到了上面的问题。但是请考虑一下维萨亚斯地区的治安和游击队抗日活动的情况。如果美军结束了莱特岛战役，其附近海域就会和本国海域一样得到当地亲美

212 分子的协助。

保险起见，我经常和南西舰队司令部的参谋交换情报。他小声对我说:“我们已经爬到山坡上啦，教给我们怎么用铁锹吧。”暗示着日本海军已近溃灭。

如果美军运输船队有海军护航，掌握制空权，亲美的维萨亚斯地区海域如同本国海域，完全没有日本海军阻挠，那么就不存在任何妨碍条件。而现在美军的能力是可以做到这些的。也就是说，不能总是指望幻想中还强大的日本海军。

对于情报而言非常重要的是，冷静地掌握己方友军的战斗力，即“知己”，已成为无用之物者则应干脆明确地认定其就是无用之物。这时如果掺入了感情因素，就会变成作战课自娱自乐般的思维方式。

11月4日在莱特，第1师团的巡逻队（旧骑兵队）在中央山脉与美军遭遇。第16师团则在进入达加米山中最后的阵地后失去了联系。

大本营等很多人都相信第1师团一定可以击败美军而对战局持观望态度，这时在山下方面军中将第26师团派往莱特十分危险的意见却开始出现，为此还遭到了第十四方面军的指责，认为方面军又开始胆小怕事了。在这种情况下，方面军有必要与南方总军、第四航空军和南西舰队司令部协调意见，11月6日，各司令部的参谋们在麦金利堡集中进行了讨论。 213

前一天晚上，由于第二天（6日）要向各司令部的参谋们说明敌情判断，为了得到山下大将、武藤参谋长和朝枝作战参谋的许可，我向他们汇报了山下大将特别命令的研究结果。

美军将在1月上旬末在林加延湾登陆，登陆兵力第一波为5—6个师，随后还将投入3—4个师。

加上“末”字是指6日以后，但我更倾向于是8、9日。大将和参谋长在听取报告时从各个角度提出了问题。大家都认为12月中旬左右美军将毫无疑问地试图占领民都洛岛战斗机机场。攻占机场将是判断美军进攻吕宋岛日期的一个标准。我进一步认为，当美军在民都洛岛战斗机机场完工后，会马上进攻吕宋岛。

6日，各司令部的参谋们如约而至。我说明了莱特正面战场的战况，指出由于第1师团与美军师火力上的巨大差距，第1师团在向卡里加拉平原进军时将陷入相当程度的苦战，但值得庆幸的是，海拔500米以上的丘陵地带可以阻止美军的进攻。随后我提到了美军将进攻吕宋岛，并第一次将前一天做出的“美军将在1月上旬末在林加延湾登陆，登陆兵力第一波为5—6个师”的判断透露给方面军以外的人。

此后，我就卷入了遭到驳斥的旋涡之中。

由于当时大本营作战课在电报中做出了“美军在明年3月前进攻吕宋
214 岛将十分困难”的判断，因此南方总军和第四航空军对我的判断进行了猛烈的抨击。服部卓四郎（前作战课长）在所著《大东亚战争全史》中记述道：“第十四方面军判断，美军登陆时间为1月中旬以后，最大可能的登陆地点为八打雁，其次是林加延湾……”这是错误的。

无论是大本营还是召集在一起的参谋们，都将日军一个师等同于美军的一个师，这是一个大问题。比起师和师团这样的名称，我更重视“铁量”（火力）之间的差距。而其他人则迷信地认为火力差距可以通过精神力予以克服。西村副参谋长站出来帮我收了场，但众人还是扔下了一句话：“胆小鬼方面军。”

即使到了这个时候，各司令部的人们尽管已经在太平洋和新几内亚战斗了两年，但依然没有想去正确认识为什么号称精强的日军会不断脆败的原因。他们还是一成不变地用在中国大陆的战斗经验作为计算尺来测算战斗。而且这种倾向在参谋、队长等进入领导层的军官中十分明显。他们似乎不愿意因为冷静看待自己军队的战斗力而被别人视为胆怯。

在我看来，莱特的第1师团是日军师第一次以全装备与美军作战，因此十分重视。在塞班岛、关岛、瓜达尔卡纳尔等岛屿上，日军都是装备全
215 部沉入海底的不完整师团。尽管是在美军舰炮火力支援无法发挥作用的山区，第1师团4日在中央山脉与美军遭遇后依然寸步难行。这一点必须引起充分重视。就算在没有舰炮射击的中央山脉，第1师团依然进退不得，其原因只能是日美两军之间火力上的巨大差距。

除此之外，在吕宋岛的日军除了由混成旅和守备队仓促改编而成的师团，就是在中国东海和台湾被击沉、失去装备的战斗力只有不到一半的师团。遍布全菲律宾的美军间谍网当然不可能不知道吕宋岛日军各师团的实际情况，必须认为，美军已经充分了解了日军的战斗力。

日军第26师团和坦克旅团在登陆莱特之前遭到美军舰载机的攻击，损失惨重，只有一部分失去装备的部队于11月7、8日登陆成功。如果在6

日各司令部参谋集合前得到这份情报，可能大多数人就不会如此痛骂而是赞成我的判断了。收到情报的顺序前后颠倒也是讽刺性的恶作剧。战场实在是一个充满了无法理解且不会按照自己想法演进的地方。

即使到了11月中旬，第1师团的战斗仍然胶着于中央山脉一带海拔700米的披那山（Mt. Pina）以北的山丘地带。为莱特岛战役打上休止符的是12月7日美军在日军莱特岛的后勤基地伊皮尔（Ipil）登陆，从背后彻底切断莱特之际。在这个问题上，大本营决定决战地区的判断也是错误的。 216

第十四方面军已经失去了在吕宋岛进行决战所需要的核心战斗力。山下大将（而非大山元帅）考虑到可能出现的这一情况而秘密准备的依托吕宋岛三大根据地进行持久战的计划得以实施却已经是12月19日了。大本营新派来就任作战部长的宫崎周一中将与南方总军总参谋长饭村让中将来到麦金利堡，听取了朝枝参谋起草的持久战计划以及我“1月上旬末美军将在林加延湾登陆”的敌情判断，总算统一了第十四方面军正式转入持久战的计划。

会议结束后，宫崎作战部长叫住了我并警告道：“悲观地判断事物不好，在陆大我应该已经教过你这点了。”宫崎中将是我在陆大时的教官。

“并非如此，我仅仅是叙述了正确的事情。绝不是悲观——”尽管当时我这样回答，但到了这个时期，大本营作战课心里还是相信“美军将在3月后登陆”的观点。

如果第十四方面军的判断在11月初能被批准，那么马尼拉的军需品和伤病员就可以完成转移。而现在，无论方面军如何拼命工作，两个月的工作量也不可能在两周内完成。读者大概也可以进行判断，除了牺牲一部分外，别无他途。 217

亲补职的方面军司令意味着是在天皇面前由天皇直接任命的。这样的方面军司令却受着大姑（大本营）和小姑（南方总军）的气，完全被束缚住了手脚，自己想做的事情一件都做不到，可能在日军中除了山下大将别无他人了吧。

现在，将军逐渐可以按照自己的意志公开进行自己的工作了。但是，这与10月6日带到马尼拉、与大本营作战课达成一致的吕宋岛决战构想已截然不同。

7. 寻找敌制空空域的间隙

话题暂时再回到11月末。

第十四方面军和第四航空军制订了一个计划，即日军伞兵空降莱特的布劳恩机场，第16师团和第26师团的残存部队予以呼应从地面进攻机场，哪怕三四天也好，也要使机场无法使用。“放弃莱特的日子就要到了。”这是山下大将悲痛万分的设想。现在负责莱特战事的第三十五军司令铃木宗作中将是山下将军被誉为马来之虎的第二十五军司令时代（当时为中将）的参谋长。这场夺取机场的战斗内情复杂，也有人认为是山下大将要为自
218 己的老部下铃木中将送上最后的光荣以示饯别。

山下大将派田中光祐作战参谋作为第十四军代表前往莱特面见铃木司令官，递交大将的亲笔信做最后诀别。田中参谋是我的同学，与我私交甚好。现在，莱特已经完全被占据优势的美陆海空三军控制，在美军制空权下，没有一架日本飞机可以从马尼拉向南飞行。

在这种情况下，田中参谋对我说：“喂！这是急事，坐船来不及了，有没有坐飞机过去的办法？”

田中参谋的拜托实际上是要我帮着拿主意。就在大约一周前，航空参谋是松少佐在麦金利堡附近机场起飞途中遭到格鲁曼战斗机的伏击而坠毁，田中参谋的要求实在是难中之难。

为了田中参谋可以成行，我叫来了一木大尉和负责航空情报的沟口中尉，三个人通宵调查了各种航空情报，研究从吕宋岛南部到维萨亚斯地区美军飞机的航线与飞行时间。

如前所述，情报确实对不可思议的命运进行着恶作剧。但这次，我们在半夜从美军航线数据中发现了非常非常不可思议、连想也想不到且极其

难以令人置信的事实。 219

尽管现在已经不记得详细的航线了，但当时我们发现了一线生机，大致从马尼拉南下绕到马林杜克岛的东面，擦着岛通过马斯巴特岛的西端，从班乃岛东侧飞往内格罗斯岛巴科洛德第二飞行师团的机场，时间是从傍晚6点半到7点半，尽可能低空飞行以躲避雷达——在美国战机如此嚣张之际，美军在莱特登陆之后，只有在这个时间带和这条航线还没有出现过一架美机。

但是一旦过了这个时间段，飞机就要进行夜间飞行，除非月光充足否则很是危险。统计的确是可怕的魔物，无论从什么角度提出质疑，的确就是存在这样一丝的空隙。我们三个人面面相觑，不知道确认了多少遍这条路线。

在一只老鼠都不可能放过的美军制空空域中，的确有这样一条捷径。第5课式的情报处理方法获得了成功。

我等不到清晨来临，就摇醒了田中参谋。

按照我们的建议，田中顺利地乘坐小型联络机飞到了巴科洛德，随后乘坐冲锋舟经由宿雾岛于12月2日到达奥莫克（莱特岛），5日到达位于山中的第三十五军战斗司令所（前线部队的临时司令部），向铃木中将转交了山下大将的亲笔信，6日与军司令官一同视察了日军伞兵部队空降布劳恩机场的战斗，完成了山下大将交给的任务。 220

7日，美军终于在莱特岛的西海岸，也就是日军背后的伊皮尔登陆，铃木司令官带领部下退至没有道路的丛林中继续战斗。根据我的记忆，田中也第一时间发电报表示将留在莱特，但接到必须排除万难回到马尼拉的命令后，乘坐一艘小船渡过一个又一个的岛屿，终于在12月24日回到了马尼拉。

田中参谋战后一直干到自卫队方面总监的职位，在我们见面时总是提到这件事表示感谢。

情报就是这样，经常认真仔细地收集碎片性的微小细节并进行分析整理，做出统计，就像在河床的沙砾中寻找沙金一样。这就是情报职人的工作。

我在苏联课工作时偷学到的就是这种方法。情报不是教出来的，而是在使命感下记住的内容，与众多师傅的相遇是我的幸运。

12月27日，我被任命为方面军参谋正好一个月，这也是我在第2课的优秀部下们彻夜不眠工作的一个月。

8.“方面军为大本营殉职”

第十四方面军的战略持久战计划终于获得批准，12月26日山下大将
221 立即率领极少数司令部要员转移到伊布，并建立了伊布战斗司令所。

伊布在麦金利堡东北80千米处，村庄里有监视马尼拉水源地伊布水坝的监视所。

大将转移至此的理由包括，参谋长等全体参谋为了推行持久战战略而被安排到了三个根据地的阵地进行指导与督促，第四航空军和海军根据地部队则竭力主张死守马尼拉，不愿意退至三个据点。因此，山下方面军司令部率先离开马尼拉，很大程度上也带有要求这两支部队进行反思、放手马尼拉的意思。

跟随大将到伊布的参谋只有我一个人。10月27日后，哪里也没有出差，一直在大将身边的也只有我一个人。

在伊布，大将流露出真正觉悟的表情。离开了大姑、小姑，尽管什么也没能如愿完成，但终于可以下定决心按照自己的方式行事了。

作为情报参谋与大将同行的我有了重要的工作。

第一，必须决定山下大将从伊布出发到吕宋岛北部的碧瑶的日期。并不是哪天出发都可以。首先要考虑的是美军何时开始进行登陆前破坏交通的轰炸，并据此决定出发前往碧瑶的日子。

《敌军战法速读》已经将太平洋战场美军登陆前的轰炸归纳为五大
222 类。分别是：

① 伦多瓦型

登陆准备轰炸时间只有两三天，但在这一短暂期间轰炸极为猛烈。似为正式登陆的前哨性质的登陆作战方式。

② 塔瓦拉型

长期持续性的小规模轰炸，轰炸在登陆前夕达到顶峰。

③ 赛多阿型

与塔拉瓦型相似，但轰炸零星且有些恶作剧性质，在登陆当天全力对登陆地点进行轰炸。

④ 托罗基纳角型

轰炸时间长达两个半月，在这一期间轰炸逐步升级，在登陆前达到顶峰。但属于奇袭型。

⑤ 塞班岛型

尽管没有登陆前的长期轰炸，但会间断性地进行数次轰炸，登陆前夕会进行三四天的极其猛烈的轰炸，且轰炸对象不仅是登陆点，还包括后方地区以阻止日军第二线部队的移动。

上述五种美军在太平洋战场上的登陆前轰炸，哪种会用于登陆林加延湾将是重要的判断因素。但美军并没有简单利用①和⑤的形式。

在吕宋岛上，舰载机的塞班岛型间断性持续轰炸从10月12日台湾空战后就已开始，旨在切断来自吕宋岛的飞机、航空设施、机场、船舶、港口等所有对莱特的支援和增援手段，孤立莱特岛，以取得莱特岛登陆的实质性成功。因此，向莱特岛的军需品运输、第26师团和坦克旅团才成了 223
饵食。

由于莱特岛战役中海路是日军的后方联络线，因此美军彻底将船舶作为轰炸对象。但是在吕宋岛，万一在林加延湾登陆，由于日军可以通过岛内公路向登陆地点运送增援部队，因此登陆前轰炸的目标当然针对道路、桥梁和交通机关等交通设施，其目的应是将林加延湾孤立成点。而航空和船舶的增援与支援将来自台湾方面，因此台湾的机场、港口、船舶也将遭到进攻。如此算来，考虑到从马尼拉到林加延湾的平原交通以及面积，美军有必要在登陆前四五天开始轰炸。按照1月上旬末，即8、9日林加延湾登陆推算，必须假定1月4日后吕宋岛内的平原交通将遭到破坏。特别是对前往增援的汽车部队和坦克部队而言，最大的痛点就是桥梁。将登陆地点孤立化以保卫登陆部队，毫无疑问将首先轰炸破坏交通设施，特别是桥梁。这是美军目前为止实施登陆前的战法。

在太平洋岛屿上，美国舰队可以团团围住岛屿，从四面八方打击日军。但是莱特岛战役中，由于被位于全岛中部的山脉阻隔，美军无法用舰炮轰击全岛。而吕宋岛即使被舰队包围，由于岛的面积较大，美军也无法用舰炮压制岛的内部。此外，吕宋岛东部与北部是山丘地带，本质而言，
224 具备大陆的要素。岛屿较大，也可以进行几个师团的战略机动，山丘地带还有利于日军避开美军舰炮和轰炸开展持久战。以前的太平洋小岛上，美军可以海陆空合力打击日军，与此相比，在吕宋岛登陆阶段美军尚可如此，但在内陆地区海军的战斗力将减弱，在山区空军的战斗力将减弱，因此即使是战斗力减半的师团，日军依然可以与美军一搏。

由于吕宋岛在战场本质上具有大陆性因素，因此如果不将决战改在莱特岛这样与世隔绝的孤岛上，而是按照山下大将最初的计划在吕宋岛展开将更加有利。不过现在想这些也都已经晚了。

想起土肥原将军所说的“不能疏漏本质，现在什么最重要”的教诲，我在考虑将吕宋岛作为战场，会与之前的战场有什么本质不同。美军为了将登陆地点孤立化，就会切断交通，如果这样，目前最重要的事情就是决定在伊布的山下大将何时出发前往碧瑶，这个时机丧失了，大将就有可能到不了碧瑶。

最迟也应于1月3日从伊布出发，并直接去碧瑶。

我提出了自己的建议。

但是我通知司令部职员们的时间却是大将将于5日出发。

大将1月2日去麦金利堡，对准备在马尼拉东部根据地打持久战的横

山静雄中将等做出包含诀别之意的指示，3日早上从伊布出发，傍晚到达碧瑶。就像老天爷长了眼睛一样，4日早上美军开始了大规模轰炸，从马 225
尼拉到林加延湾的所有桥梁都遭到了完全破坏。比起松了一口气，准确判断敌情更仿佛看到了将来的命运，因此我与其是高兴不如是觉得悲伤。

前面提到我告诉司令部职员大将的出发日期是5日，是考虑到当时菲律宾人游击队的袭击正在增加。情报有时会被泄露。新手参谋的我也从第2课松延少佐和一木大尉那里了解到了菲律宾的情况，逐渐学会了临机应变。“首先把大将安全送到碧瑶。”这是情报参谋最重要的工作，这也受惠于我前面提到的两位优秀助手。

在伊布，大将抱着“车已经上路”的放松态度。“车”就是依托三大根据地进行战略持久战。从山上滚下来的巨石是不可能改变方向的。所谓的战略即是如此，但在翻滚巨石的时候必须决定斜面和方向，而不容置疑，试图强行改变滚动中巨石方向的就是莱特岛决战（捷一号作战）。

在伊布的一天，大将对我说：“跟我讲讲美军吧。”

向大将详细汇报美军战法，这是继在麦金利堡后的第二次。这次是在伊布安静的气氛中，也让我有机会了解大将的人格，成为给我人生留下深刻印象的机会。 226

实际上我和大将并不是在第十四方面军才相识的。1940年7月，当时的山下中将曾经来我家拜访家父。家父在“2・26”事件后编入预备役，随后再次被征召担任航空兵团司令官（参谋长为寺本熊市少将）。1939年秋航空兵团改为航空总监部，家父退休。第一任总监东条英机和第二任总监山下中将在就任后都曾前来拜访身为前辈的家父，但两次家父都不在，而是家母和我代替家父在玄关致谢。东条说完“我是东条，这次接任阁下的工作……”后就径直走到大门，头也不回地乘车而去。

山下与东条不同。当家母和我在玄关寒暄时，三岁的外甥偶然从走廊里跑了出来。山下将军露出高兴且温柔的脸色，抚摸着外甥的头说：“你好，真乖啊。”

在这一气氛中，外甥问道：“叔叔是坐着汽车来的吗？”

“是呀。我明白啦，小朋友想坐汽车了吧？”

于是大将穿着军服就抱起了孩子并对家母说：“没关系没关系，请不
227 用担心。”随后一起坐着山下大将的车出了门。大约5分钟后车开了回来。外甥非常满足。山下大将这时在车窗边摇着手说：“那么就告辞了。”在外甥和家母的目送中驱车离去。

东条和山下两位将军的确风格不同。山下大将在军装下总会无意识地让人感觉到某种温情。我是在那之后很久才知道山下大将没有孩子。

在伊布的谈话中大将还在问：“那个小娃娃怎么样了啊？”（那个时候的孩子前田武志现在是奈良县选出的国会议员。）

在有关美军的谈话中，我特别向大将强调的是敌我双方的战斗力比较。根据我们的计算，即使日军是当时满员和全装备的师团，和美军一个师火力上的差距也接近于1∶3（见表2）。并且在太平洋上日军装备完全的师团可以说一个都没有。一般而言运输途中都会遭到美军潜水艇的攻击而沉入海底，因此日本师团的战斗力有时只有美军的十分之一。此外，还有很多师团是由当地守备队匆忙混编而成，名字虽然确实是师团，但必须认
228 识到其战斗力只有通常师团的一半。

表2 日美两军师火力（弹药量）比较（1944年中期）

日军（全装备师团、步兵3个联队编制）					美军（海军陆战队全装备师、但炮兵与坦克按照步兵师编制）				
武器种类	数量	装药量/发	射速/分	弹药量/分	武器种类	数量	装药量/发	射速/分	弹药量/分
37毫米炮	4门	1.6千克	约10发	64千克	7.62毫米卡宾枪	943挺	约8克	16—32发	241千克
步兵炮（大队炮）	6门	5.0千克	约5发	150千克	20毫米防空、反坦克机关炮	18挺	100克	500发	900千克
山炮（联队炮）	4门	5.7千克	约5发	114千克	75毫米炮	2门	约6千克	12发	144千克
轻机关枪	81挺	21克	550发	935千克	7.62毫米重机关枪（A1）	72挺	9.7克	约400—600发	419千克

续表

日军（全装备师团、步兵3个联队编制）					美军（海军陆战队全装备师、但炮兵与坦克按照步兵师编制）				
武器种类	数量	装药量/发	射速/分	弹药量/分	武器种类	数量	装药量/发	射速/分	弹药量/分
重机关枪	24挺	27克	450发	291千克	同上（A6）	36挺	9.7克	约400—500发	174.6千克
					12.7毫米重机关枪	8挺	45.9克	约400—600发	220千克
					11.4毫米短机关枪	507挺	15.2克	450发	3467.8千克
重型掷弹筒	243挺	700克	18发	3061千克	反坦克火箭筒	47挺	4.1千克	8发	1541.6千克
					反坦克掷弹筒	97挺	约1.0千克	4发	388千克
					60毫米迫击炮	18挺	1.4千克	30发	756千克
					81毫米迫击炮	12挺	3.2千克	30发	1152千克
38式步枪	2138挺	20克	约5发	213千克	7.62毫米步枪	1386挺	9.7克	16—32发	430千克
					7.62毫米狙击步枪	97挺	9.7克	16—32发	30千克
					7.62毫米自动步枪	162挺	9.7克	400—500发	785千克
步兵一个联队合计				4728千克	海军陆战队一个团合计				10647千克
3个步兵联队合计				14184千克	海军陆战队3个团合计				31941千克
师团炮兵队（75毫米以上）	48门	6千克	12发	3456千克	师炮兵部队（平均数）	76门	6千克	12发	5472千克
坦克	26	5千克		1560千克	坦克	149	6千克	12发	10728千克
师团总弹药量				19200千克	师总弹药量				48141千克
日美战斗力比较	美军师1分钟武器发射弹药量为48141:19200，是日军师团的2.5倍。								

续表

日军（全装备师团、步兵3个联队编制）					美军（海军陆战队全装备师、但炮兵与坦克按照步兵师编制）				
武器种类	数量	装药量/发	射速/分	弹药量/分	武器种类	数量	装药量/发	射速/分	弹药量/分
备注	（1）根据战后资料，美军一个师的炮兵火炮为335门（弹药量24120千克），以此计算美日比较则为3.5∶1，但上表1944年中期计算的数值得到了战史的确认。 （2）《敌军战法速读》就是以上表为依据，但考虑到士气问题并没有公布。								

229 注：上表数据为概算数据，个别处不完全精确，原书如此。

进一步比较的话，美军师有4个月的休整和2个月的补充训练，最小限度也将有6个月的轮换，因此在战场上经常是具备完全战斗力的部队。军服最长也就使用4个月，而日军则一穿就是六七年。

美军的舰炮射击如何？

针对大将的提问，我的说明如下。一艘战列舰的火力相当于美军5个师。日军在登陆海岸歼灭敌军的思想之所以在太平洋上屡试屡败，首先最重要的原因就是舰炮射击的火力及其声音造成的精神恐惧，其次是野战炮和迫击炮的集中射击，射击结束后日军发起冲锋又将遭遇自动步枪的扫射。因此很多情况下，日军的冲锋都变成高喊万岁的自杀式进攻。而强行展开并处于亢奋状态下的决战几乎全部失败。特别是在舰炮射击火力范围内的决战绝对对日军不利，比起舰炮射击命中后的破坏效果，炮击的猛烈程度和声音造成的精神压力更会带给日军失败感。

听完说明后，大将问道："那么美军是不是就没有弱点了？"

并非如此，有。美军讨厌山地作战。

尽管在一般人看来，莱特岛战役中日军第1师团看似在中央山脉遭到美军阻击寸步难行，但从战法的角度我却认为，第1师团在绝对优势的美军面前近两个月没有后退一步，实为骁勇善战。随着战败，日本人似乎把 230
日军所有的战斗都看成是愚蠢的，但是在得不到一发子弹、一粒粮食补给的情况下，第1师团的战斗在世界战争史中体现了日本人的勇猛顽强。如果这个师团可以得到弹药和粮食的补给，很有可能击退美军。

以劣势兵力迎击优势美军，在山区对前者最为有利。原本是美洲大陆和欧洲大陆人种的美军依赖机械化，对山地比较头疼。第1师团如此善战，也是因为山地钝化了美军战斗力，舰炮和轰炸无法发挥在其他太平洋岛屿平地上的威力。

幸运的是，吕宋岛拥有舰炮射程无法到达的内陆，是具有浓厚大陆性质的岛屿。此外，还有山丘地带，因此有可能使用美军最希望的舰炮射击和轰炸（反言之，日本最不擅长）无法发挥作用的战斗方法。

如果第1师团提前三天在莱特岛登陆，师团主力可能不会在中央山脉遭遇美军而按照任务要求到达卡里加拉平原。这样，第1师团就很有可能遭到停泊在莱特湾内的美军舰炮射击而导致溃灭。第1师团的战斗尽管有偶然成分，但却是对美战法的指针，也是使美军全部战斗力（陆、海、空）无法有效发挥的战例，并与贝里琉的中川联队（以及其后的硫磺岛和
冲绳岛的日军）一同留名世界战争史。正因为是山下大将的人品，在有些 231
人听完会气馁的美军战斗力问题上，我对大将说了很多在一般人面前不会说的话。

大将非常热心地听完我的话，然后说道：

我们想在菲律宾做的事情没有让做一件。因此，最终变成了竹枪（译者注：将竹子一端斜向削尖使其成为长枪状的简易武器，多有不自量力、虚张声势之意）。战略一旦失败，与其说通过战术很难挽回，不如说不可能挽回。但是，现在是天皇的命令，只能尽可能减少己方损失，增大敌人损失，战斗到底。

很明显，大将说的战略就是大本营作战课，战术就意味着山下兵团。正如大将所想，如果两个月前就做好持久战准备，或许会有所不同，我推测，这番话表现出了大将无奈的心情。

和大将这次长谈的第二天，大本营作战课作战班长杉田大佐特意来伊布拜访大将。

尽管不知道两人之间谈了什么，但一方是莱特岛决战的督促者，大将则处于非常不情愿也被迫接受的一方。大将实际上很是温厚，反而会盛情款待曾经的督促者，慰劳杉田大佐的辛苦。杉田大佐以前曾是山下第
232 二十五军的情报参谋，马来亚作战时辅佐过山下将军。

直觉告诉我："这是杉田与大将在做最后的诀别吧。"这一瞬间真是百感交集。杉田大佐尽管没有对大将和我说"请把菲律宾当成战死的沙场吧"，但恐怕心里却在这样想。对于我而言，杉田大佐是用实际行动教我情报入门并掌握实战型工作方法的师傅。我当然也问候了杉田大佐，但想到"这是师徒在这个世上的最后一面"，过去一年的各种往事久久无法在脑海中挥去。

这一年的最后一天31日，在伊布战斗司令所一角的办公桌旁，一位上了岁数的大尉正在和几名同事聊退役后能得到多少退休金。在算退休金的时候，大尉一边打着算盘一边聊着，兴奋之余声音也慢慢变大，我无法忍受这些与战场气氛不容的话题，忍不住大声吼道："喂！这可是战场啊！"

大尉他们的谈话停止了。

大将像是一直在角落的桌子旁看着我们。不久他把我叫了过去对我说："堀，你还年轻，可能接受不了那些话题。可对于他们却是非常重要的事情啊，不能对他们发火。现在你也知道到了什么时刻。而且在他们当中有些人仅仅一张红纸（征兵令）就在部队干了多年。几百万人因一张红
233 纸而成为了战略失败的牺牲品啊。"

大将用不想让周围人听见的小声安静且温和地讲着，厚重的大手放在我的手背上，我正把手撑在大将办公桌边，侧耳倾听，他用目光告诉我：

“明白了吧？”

在伊布的深山里，我有幸与一名叫作山下的将军结识。

1945年元旦那一天，大将和战斗司令所的部下一起向东京遥拜，当我们都抬起头来后，大将仍然低着头。

大本营和南方总军都不在了，莱特岛战役以来的干涉也全部结束了。大将的1945年既是可以按照自己意志行事的一年，也是孤立无援的一年。大将比谁都更理解其严重性。

> 方面军为大本营殉职。

这是武藤参谋长的话。

参谋长与大将一样，从最初就一直主张在吕宋岛决战并反对莱特岛决战。上面的表述就是参谋长对错误战略的批判。参谋长比大将脾气更加刚烈，又曾有过作战课长的经历，当我向参谋长汇报第26师团登陆莱特岛失败、众多官兵葬身大海的消息后，参谋长愤怒地指名道姓批评制定鲁莽无谋的捷一号作战和莱特岛决战的计划和实施者：“到底作战课还要杀多少人才算满意？” 234

毫无疑问，捷一号与莱特岛决战惨败的首要原因是对台湾空战战果的误判、对莱特岛作为战场特性的无知，以及到了此时依然对美军战斗力没有本质性理解的作战计划制订者的重大过失。而偿还这个过失的则是前线部队的鲜血。

简言之，忽视情报的战略将带来不可估量的牺牲。

9. 司令部内部的美军间谍

正如我们的判断，美军从1月9日开始在林加延湾登陆。

4日开始，美军用轰炸的手段阻断交通并攻击阵地。6日开始舰炮射击，这是一场地动山摇般的炮击。完全是按照《敌军战法速读》的顺序进行的，进攻前的炮击类似塞班岛型的强袭登陆。

从这个时候起，司令部的人就开始叫我“麦克阿瑟的参谋”，意思是由于我事前准确判断了敌军行动，就像是美军（麦克阿瑟军）的参谋一样。但是完全准确地判断敌情却绝对不是一件令人高兴的事。

235 从正面阻击美军登陆的日军第23师团来自中国东北最北端的海拉尔，在运输途中遭遇潜水艇攻击，步兵一个联队和炮兵联队的大部分葬身海底，是一支战斗力损失过半的部队。在海岸附近勉强挖土建了阵地，但主力部队则在离海岸线有相当距离的地方构建了阵地。

美军与在太平洋岛屿和新几内亚所看到的登陆作战不同，而是迅速突破第23师团的阵地，第一天就进军到离海岸线两三千米的地方。不是以往占领机场的登陆，而是在欧洲进行的以捕捉和歼灭防御部队为目标的大胆的正面进攻。很显然，美军想尽快进军马尼拉。即便如此，美军仍试图采取在舰炮射击掩护下步兵伴随坦克、炮兵一同推进的方式。

在风向的作用下，山下方面军司令部也听到了前线的炮声。10日，山下方面军的参谋中，有人开始要求参谋长及全体参谋应下定决心立即与美军进行决战，并成为参谋部的支配性意见。这天晚上，小沼治夫副参谋长建议大将于第二天（11日）发动对美军的大攻势。在美军登陆第二天的夜里，碧瑶的方面军司令部弥漫着紧张和兴奋。日本人的性格好像与持久、阻击推延、防御等非常不符，明明已经决定了在三个根据地打持久战的大方针，可看到眼前的战况时马上就头脑发热了。

但是大将却岿然不动，决心“按照既已制定的方针，彻底进行持久
236 战”，拒绝了副参谋长的建议。

大将明确表示不会在舰炮射击面前进行自杀性进攻（万岁冲锋）。如果在这里遭到毁灭性打击，其后的任务就无法完成。不能重蹈改变已经决定的战略而进行莱特岛决战的覆辙，山下统帅的坚定与大本营作战课形成了鲜明的对照。“为了天皇陛下，尽可能地努力。”这里的努力意味着一个月也好、两个月也罢，尽可能将美军拖在吕宋岛，使日本本土不遭受进

攻。如果玉碎则吕宋岛的战斗失去了意义。与其说是我在伊布向将军做的说明和有关美军战法讲义的作用，更可能是大将在心里本就如此希望。

11日清晨，我在第2课一木大尉等的伴随下坐卡车前往碧瑶东南20千米的罗萨里奥，从附近的山上视察林加延湾的战况。前线就在我们的眼皮底下。

林加延湾内停满了船只，应该至少有500艘以上，密密麻麻地挤在一起。海岸沙滩上到处都是人与车都很难通过的一座座军需品的小山。估计前线离这里大概有两千米左右，貌似吉普车的车辆来来回回往返于前线与军需品集散地之间，小型舟艇也在船只和海岸间不停穿梭，一幅无法形容的杂乱景象。

对于登陆的美军，第23师团用砰、砰的枪声还击，有时双方的机关枪还会激烈交火。但是，日军的射击效率实在是太低了。 237

此时，一架，就只有一架像是日军战斗机的飞机正在接近美军船队。超过500艘的大船队机关炮一起向空中射击，形成弹幕，林加延湾上空一瞬之间就被黑色的雷云笼罩。美军舰船一艘都看不到了，当然，日军飞机身在何处、结局如何不得而知，完全在我们的视野中消失了。

啊，这就是防空弹幕！

要想突破这样的黑色弹幕然后发动攻击，除了奇迹之外近乎不可能。寺本中将在韦瓦克告诉我的景象，我终于亲眼看到了。毫无疑问，这才是台湾空战、其他在太平洋上的每一场空战的真实情况。这是在办公桌上无论如何无法理解的几十万发的弹药量。

此时我明白了，台湾空战中，日军僚机在黑夜里可能将被弹幕击落爆炸的友军飞机想象为看见（并没有真正看见？）美军航空母舰被击沉了。

正如寺本中将所言，日本想用高射炮这个点的射击击溃美军的面。而美军则用幕来破掉日军的点。谁的子弹命中了什么，这种比赛个人射击能力的时代已经结束了。“一发必中”的吝啬的军事思想与美军的猛烈的弹

238 幕射击相比，就如小巫见大巫。真是百闻不如一见。军人敕谕背得再好，战阵训唱上几百万遍，也不可能突破这种弹幕。

回来后，我向大将进行了全面汇报，大将沉默了片刻后抱着双臂说道：“看来需要像渔网那样的武器啊，可以把林加延湾一网打尽的那种。”

就在日军在中国作战之际，世界上的现代化军队已经无视一发必中的想法而转向了通过幕布罩住敌军的战法。其结果，日美对火力的看法存在着天壤之别。

正好就在此时，来访碧瑶的防谍班（谷口义美少佐的特务机关）传来了怪异的情报。在法务部担任翻译的军属（译者注：指被日军雇用的非军人，即民间人士）神田在碧瑶失踪了，也考虑过是被游击队杀害，总之消息不明。根据松延少佐的话，神田似乎在本间中将的部队攻陷菲律宾时居住在马尼拉，尽管曾怀疑其与美军关系密切，但在美军温莱特中将投降时让他担任中将与本间司令两人的翻译，还有段时间将其作为战俘关进了收容所，据说神田是在夏威夷的第二代日本人，老家在广岛。

但是，后来由于需要翻译，日军给予神田军属的身份，让他签署了
239 “效忠日军”的宣誓书，在占领菲律宾后的法务部担任审讯俘虏和菲律宾人的翻译，防谍班一直对他的身份多少有所怀疑。

战争结束后，山下方面军投降，所有人被送进了战俘营，这时神田穿着美陆军上尉的军服出现在了众人面前。

松延少佐在战后回忆道：“那时，我们都吃惊得仿佛要跌倒在地一般。”日本人实际上是被情报界喜欢的人种。在日本人看来，第二代日裔肤色一样，又会说日语，那就已经是日本人了。而日本人怀疑日本人就是犯罪。但是，外国，特别是美国并不是单一民族的国家。日本偷袭珍珠港后将日裔美国人一网打尽、强制收容，也是为了击破通过部分日裔美国人在美国国内组织的间谍网，尽管美国声称本国是民主主义，但有必要考虑其背后掩藏着的对战争的冷酷认识。

最近的历史学家高度评价当时日本驻西班牙的须磨公使将西班牙人派到加拿大，并向日本传递“东情报”（匿名秘密情报）的做法。但是，情

报仅仅通过一条线无法判断其真假，如前所述，钻石的真伪只有通过两条线交叉或三条线交叉才可以开始判断。如果日本驻美武官们几代人辛苦构建的美国国内谍报网在战争中仍然发挥作用，那么就可以与东情报等进行两线交叉、三线交叉。从这个意义上看，开战后美国迅速对日裔美国人强制收容的措施实际上让美国取得了比冻结日本在美资产更大的情报战略上
的胜利。 240

话题再次回到神田美军上尉，战后松延少佐又回到菲律宾，与战争时在宿雾岛的美军间谍队长库欣上校见了面。库欣上校给松延少佐看了方面军一系列带着号码的极秘治安情报的原件，并说“这其中很多资料都是神田交给我们的。和神田会每周一次在麦金利堡附近约定好的秘密接头地点见面”。松延少佐说，看到库欣上校给他看的文件后极为震惊。

美军间谍在方面军司令部潜伏还被雇用，只能说我们的情报工作者实在是愚蠢透顶了。日本人在情报方面更加、更加成熟和冷酷些吧。

1月22日，我突然接到与朝枝参谋一同回大本营工作的命令。

对将菲律宾当作最后之地，并对山下将军充满敬仰之心的我而言，这道命令实属意外。这一天山下大将在司令室和我一起吃了午饭，我再三对大将说想留下来，大将却说：

> 你干得很好，像你这样的专家不能就这样留在菲律宾的山
> 里。战争还会继续。回到日本，为了本土决战更努力去干吧。日 241
> 本在等着你，我不能因为个人意愿就把你留在这里。

大将用他那双大手紧紧地握住了我的手。对我的褒奖实不敢当。我不由自主地落下泪来。这时大将从办公桌旁拿出一个小包：“占领品的烟卷，请堀阁下笑纳！”

随后，大将又小声嘟囔着：“那位小朋友已经上小学了吧，一定在健康成长吧。”我看到大将的眼睛有些湿润了。

1月23日傍晚，我坐着藏在山里的最后一架小型飞机离开了碧瑶。

在空中望着隐约可见的碧瑶街区，大将的脸庞反复出现在脑海里。而当我回味大将“你这样的专家”的话语时，痛感只有一年两个月工作经验的初出茅庐的参谋居然成为对美情报的专家，这正是证明日本对美情报粗糙无比的证据，我倒是更觉得多么令人悲哀。

途中我们在埃查格（Echague）接上了朝枝参谋，飞机在夜色中穿过
242 巴士海峡向台湾飞去。

五、再次赴任大本营情报部

1. 日军密码的低效

2月1日回到大本营后，我被分到第6课的美国班上班。班长是大屋角造中佐。

在大本营的归任报告中，我汇报了菲律宾战况以及美军战斗力、我们研究得出的（日美）火力问题和没有制空权情况下今后作战的困难等。我还说了几句奇怪的话："只要日本不废除汉字，不采用罗马字或片假名，就无法打赢未来战争。"

现在想来，当时在那种情况下还说这些又能怎样……但日军密码的低效无论从哪个角度看，对前线部队的战斗力都是削弱而非增强的作用。 243

在菲律宾战役中，从方面军通信班送到我们参谋手里的电报中错译之多令人咋舌，很多次我们都要求通信班检查、再检查，修改并退回电报，其中一些电报甚至都不能称为日文。

日本陆军使用密码写电文时，通过密码辞典将电文变成每个汉字四位数字的数字文，再通过乱数表加减乱数形成其他数字文，加密后的电报被发送到接收方，接收方再通过翻译用的乱数对接收到的电报进行加减，再次变为数字文，然后再用密码翻译用的辞典将数字转换成日文。

破解这样的密码的确十分困难，需要大量人员从事复杂的工作，仅仅一个方面军就有近百名人员进行密码和通信接发工作。此外，这项工作繁杂劳神，效率极低。美军登陆林加延湾时，方面军通信班累得筋疲力尽，出现了众多诸如“先头写成战斗”“战果写成战火”“向后写成交互”（译者注：在日文中，前后两个词的发音一样，但意思相差很远）的错误，甚至还有不知所云的通信。

假设方面军配备100名、军配备50名、师团30名、联队10名专门从事密码工作的人员，那么从中国东北、中国大陆直到太平洋的日军恐怕就要五六万人，相当于四五个师团吧。

与日军相比，美军使用的是密码机，简单而言，密码工作就是操作大一些的打字机，方面军防谍班在菲律宾缴获的手榴弹型的机械式密码机
244 也是这样。因此美军形成了只要每天改变打字机的“按键”，一个人就可以完成的密码工作体制，与日本的手动式密码工作相比，在效率上差距甚大。

仅仅从暗号上就可以看出，日美之间的差距就是手工作业和机械作业的差距，建造机场上就是铁锹和推土机的差距。军队的机械化与现代化并不仅仅是汽车和坦克。效率低下的手工作业将成为人海战术，仅仅因为需要大量的人员与劳动力就会疲劳不堪，并削弱前线可以发挥的战斗力。

我提出的罗马字和片假名的建议，并不是建议立即实施之意，仅仅是想说明日美两军的差距还体现在汉字与罗马字上。

从塞班岛、提尼安、关岛三个岛上空军基地起飞的美军B-29对日本本土的轰炸从2月后日益加剧。显然，这是将在近期登陆硫磺岛、冲绳岛的前兆。按照惯例，在猛烈无比的轰炸和舰炮射击的支援下，美军用压倒性的强袭登陆方式分别于2月19日和4月1日登陆硫磺岛和冲绳岛。两个岛的守军都回避了海边决战，而是依仗后方阵地进行战斗，硫磺岛坚持到3月26日，冲绳岛坚持到6月23日，成为日军骁勇善战留名世界战争史的战例。

但遗憾的是，这两个岛与吕宋岛相比太小。美国海军可以完全包围两
245 岛进行彻底的舰炮射击。当然，制空权也在美军手里，尽管这两个岛与日

本本土近在咫尺，却因美军的阻断而成为点和孤岛，无法得到来自本土一兵一卒的增援，等待官兵们的命运只有一次次玉碎。

这些战役中，直至最后仍可有组织地顽强抵抗的只有吕宋岛的山下方面军。只有吕宋岛拥有美军无法从四周进行舰炮射击覆盖的面积，所以可以利用美军不喜欢的山丘地带，并在美军制空权下分散其集中轰炸。硫磺岛和冲绳岛从军事角度而言都是小岛，而吕宋岛相比而言具有大陆的性质。利用这一战场本质性特点的是山下方面军，其先例就是莱特岛的第1师团。

通常而言，战场必须事前从各个方向进行研究。无视战场特点而感情用事的战争就会变成无谋。而在菲律宾，除了地理特征之外，还必须十二分地将对日军而言是严重障碍的岛内治安、游击队的破坏、民心亲美等要素考虑到战场特点中去。可是，就连这些情报方面的考量，似乎也都不在战略制定者们的头脑之中。

战后，有一些意见认为，塞班岛、硫磺岛、冲绳自不必说，至少还应该将太平洋上所有主要岛屿都建成大型要塞。但是，正如在拉包尔岛的战斗一样，即使实现了要塞化，美国也会绕过要塞转向进攻没有要塞化的防御力较低的岛屿。总之，在那种地质条件的小岛，加上时间上的限制、资材运输补给被切断的状况下，能建造什么样的要塞呢？ 246

2. 战略轰炸与破解美军密码

1944年9月，美军已经在塞班岛、提尼安和关岛三个岛上部署了50架，10月部署了70架B–29战略轰炸机。

我所在的美国班与航空本部调查班、陆军中央特种情报部（特情部）紧密合作，试图掌握塞班岛方面B–29的相关情报，但硫磺岛失陷后，日本失去了使用重型轰炸机进攻的能力，因此要想知道远离日本4000千米之外的机场现在有多少架B–29实在是困难至极。尽管1944年9月，海军侦察机奇迹般地成功拍摄到了塞班岛机场的照片，11月陆军飞机也在相当高度上成功拍摄了塞班岛和提尼安两岛，但这些都是硫磺岛失陷前的壮举。此后，再没有一架日本飞机飞临过这些岛屿。

前文提到的特情部重松少佐等人在海军指导下积极行动是在1944年10月。尽管特情部非常执着地想掌握塞班岛方面B–29的数量，但在这一期间，B–29对日本本土的轰炸一天比一天猛烈，也就是战略轰炸。

战略轰炸的对象包括属于日本本土战略目标的飞机制造厂、兵工厂、炼铁厂、铁工厂等。1945年1月后正式进入对名古屋及东海地区、京浜地区、大阪神户地区、九州北部地区进行战略轰炸的阶段，3月9日夜对东
247 京进行燃烧弹轰炸后，战略轰炸转向对名古屋、大阪、神户等的城市轰炸。特别是3月9日夜的东京大轰炸造成东京30万户住宅烧毁，7.2万人死亡，2.5万人受伤，其受害程度可匹敌美军对柏林和汉堡的地毯式轰炸，也使日本国民的战斗意志明显丧失。

更重要的是，面对日益活跃的B–29，日军的防空部队无论是高射炮还是战斗机都没有发挥什么作用。其原因是日本防空战斗机飞不到B–29的飞行高度，而高射炮的炮弹也打不到1万米高空的B–29。特别是B–29会挑选有云等天气不好的时候来犯，B–29因有雷达不是什么问题，但对于以目视为原则的日本防空战斗机来说却是雪上加霜了。在这里，请读者们回想一下寺本中将在韦瓦克的话：

> 制空权就是制高权，如果对手可以上升到7千米，我们就制造可以升到8千米的战斗机，对手9千米我们就1万米，越飞越高就是竞争……最后也就是国力的问题。

那个时期中将已经预见到B–29可以飞到1万米高空了。

此外，“军队主力将是空军”的论断也意味着空军可以仅仅依靠制空就使敌人丧失战斗意志，中将从那时起看来也已经预见到了战略轰炸。

就这样，美军在自己占领的空域下实施战略轰炸，日本列岛就像太平

洋上的小岛一样被美军操控于股掌之间。 248

这种情况下，特情部除了尽可能正确地侦察到塞班岛方面B–29的情况外，没有其他可以将B–29对日本本土的伤害最小化的方法。

当时，情报部企划运用主任横山幸雄中佐在战后的手记中这样叙述特情部的工作：

因特情部中野大佐前往马尼拉而一时空置的美英密码破解研究班于1945年5月恢复工作，以町田大尉为中心的研究班在釜贺一夫少佐等人的支援下，动员数学和语言学的学生，持续进行着极为科学的研究。其结果，约80%的破解工作得以成功，但遗憾的是，就在我们看到破解成功的曙光时，日本迎来了战败投降。

由于密码破解进展不如预期，作为辅助手段，我们与海军合作，系统地进行通信谍报的调查工作。调查中值得一提的成果是准确把握了在战争中飞抵日本本土进行轰炸的B–29的行踪，并准确通报给防空部队。特别是我们探知到在广岛和长崎投下原子弹的B–29，为此还得到了参谋总长的表扬。在战争末期，已经在全国建立了探知B–29的网络，还征用了50名以上的第二代日裔监听B–29的无线电联系。

以上可以看出，如有可能则通过破解密码掌握B–29的行踪，但破解 249
工作紧张且并不顺利，就只剩下通信谍报一条路可行。而通信谍报准确掌握了包括B–29起飞在内的情报并告知各方的内容，却也有防空战斗机、高射炮性能太差才应承担（防空不利之）责任的言外之意。得到总参谋长表扬的确是事实，可“探知到原子弹轰炸机”却稍微有些言过其实了。战后的回忆有时会出现这样的情况。

特情部建立于1943年7月，尽管属于总参谋长的直属部队，但工作却划归第二部部长负责。换言之，我所属的第6课，特别是美国班承担这一情报工作，即通过特情部情报判断B–29的行踪和部署地区。

3. 追踪B–29的呼号（call sign）

那么，特情部是如何追踪B–29的呢?

陆军特情部研究班主任是向海军学习通信谍报工作的重松正彦少佐。在田无（地名）的特情部24小时不间断、不放过一言一语地认真监听塞班岛方面B–29发出的电波。由于无法破解密码，所以能得到的只有电波。当然，得到的全文即使内容不清楚，也可以成为破解所需要的宝贵研究资料，不能放置不用。将这些电波进行统计后发现，电波通信的开始部
250 分会有一些固定符号，而用方位探测器进行缜密调查后进一步明确了以下内容。

塞班岛的B–29使用V4XX的呼号。

关岛的B–29使用V5XX的呼号。

提尼安的B–29使用V7XX的呼号。

对这些呼号再进一步仔细调查，就会得到诸如呼号15V576代表第576大队第15号飞机的情报。因此，如果掌握了V576中呼号到第几号机，就可以判断飞机的数量。B–29在塞班岛附近训练频繁，训练中也使用同样的呼号，因此也就可以判断现在是第几大队从第几号飞机到第几号飞机在进行训练飞行。

美国空军最初对日本的通信谍报似乎没太放在心上。而在日本，通过不分昼夜地对这些呼号进行调查，几乎完全掌握了哪些大队属于关岛，哪些大队属于提尼安，其编制和数量等情报，最多时三个岛上共拥有600架以上B–29。当然，由于在日本上空被击落、途中因事故坠毁等原因会出现缺号，因此也就知道了各大队的损失情况。

在出发轰炸日本时，接到出发命令的大队首先会在机场周围进行无线电检查和调整电波。这时发送的电波是全部飞机一起点击V、V、V、V、

V……键，电波声音之大甚至震耳，“一定有情况”，特情部的人听到后会 251
立即明白其含义。飞到空中后，无线电波是机组唯一的生命线，在出发时充分调整无线电发报机实属当然。

在V、V、V、V电波约30分钟左右，大队开始出发。

出发后大约10分钟，还会发出一次电波。很多情况下大致就是简单的“15V575……”可以想象，这是出发后不久机组在报告“第15号机没有异常”。

此后，大队将以日本本土的富士山为目标径直北上。并不是富士山在那么远的地方就可以看到，而是富士山上有日本的雷达，美军利用这些雷达信号，即使在夜间、在多云天气也可以北上。这真是讽刺，我们为了尽早发现敌机才建设的雷达发出的电波，却成了美军把握正确方向的导航标，情报的世界真是无奇不有。

B-29大队在途中到达硫磺岛附近时，还会发出带有密码的电文。电文有长有短，想来是确认在日本本土的轰炸目标、任务以及轰炸后的集合点，但由于没有破解密码，所以内容不得而知。在这一时刻全国的方位探测器会探测呼号的方位，并报告“X架飞机正在北上”。

在即将侵入日本本土之前，有可能是指挥机的飞机还会发出一次短电，此后电波即保持静默，因此可能电波的内容是“现在开始保持无线电静默”吧。如果可以成功探测到这个电波的方位，就可以大致判断出“某 252
某架敌机正向某某方向进攻”的目标。将这一情报通知防空部队是特情部的重要工作。而第6课必须对特情部从呼号中区分出来的塞班方面美军战略轰炸机部队今后将如何作战做出判断。

由于美军在日本本土上空保持无线电静默，所以所有电波的捕捉都很困难，但是在出现紧急情况，比如某机发生事故或必须改变轰炸目标、日本的战斗机正在接近等情况时，飞机会通过无线电与编队长紧急联系。日本全国待机中的监听部门会捕捉这一信号。在回程集合点附近美军会经常用无线电话通话，这些声音几乎全可以收听到，其内容也可以了解。

通信谍报原本是从不明内容的电波中探索出某些内容的方法，因此判断出的内容有限，且极为有限。但是，我们还是成功地掌握了B–29从出发到接近日本本土的行踪。如果再可以破解美军发出的电文内容……很遗憾，并没有做到这一点。

4. 投放原子弹轰炸机的呼号

追踪B–29的特情部在1945年5月中旬捕捉到了一架从夏威夷飞往塞
253 班岛方向的B–29的奇特行动。这架B–29向华盛顿发出了一封非常长的电报，这是以前没出现过的举动，仅仅一架B–29向华盛顿发报很不寻常。

此外，这架B–29的呼号是V6XX号并飞到提尼安。V6XX的呼号是至今没出现过的新呼号。6月中旬为止的追踪结果表明，不可思议的是，这是一支只有10—12架飞机的小部队，是与以往判明的大队完全不同的极小型的部队。目前为止我们通过电波谍报判明的塞班岛方面部队为：

塞班岛	第73大队（wing）
提尼安岛	第213大队
关岛	第314大队
提尼安岛	第58大队
关岛	第315大队

这些大队通常有112架B–29，与他们相比，显得规模太小的部队却拥
254 有600打头的呼号，是非常奇特的现象。

新呼号的部队出现了！

特情部、第6课、航空本部从各自的立场出发，都紧张了起来。这时也体现了判断敌情的困难。情报总是充满了讽刺，就算露出了蛛丝马迹，

通常也不会显现真容。这也是无法破解密码的悲哀所在，即通过通信谍报看到了一丝马脚，就必须判断处于雾中的全貌。

此时，我们就要从以往战场和战斗中得到的情报知识、美国和中立国的国内广播、日本驻外大使馆公使馆和武官的电报、报纸、新闻广播等所有领域中去嗅出看似与此有关的各种气息，与通过通信谍报捕捉的电波情报进行两线、三线的交叉，从中寻求交叉点。但是，哪里都没有发现任何痕迹，雾浓厚至极。

也就是说，在我们的脑海中，没有任何有关V600系列呼号的知识。B-29的小部队仅仅与华盛顿联系了一次——除此之外没有浮现任何真容和线索。

建立了新的司令部？

——如果是这样，没有任何给华盛顿发电报的必要。

为了视察有关占领日本的情况，而乘坐着盟军的大人物？

——不是没有可能，但为时尚早。

马里亚纳方面战略空军指挥系统出现变化？

——尽管也不是没有可能，但指挥系统已经从中国改在了关岛，第21轰炸机司令部也已开始了活动。

那么，为什么、有什么关系要给华盛顿发电报呢？ 255

这个疑问始终萦绕在我们的脑海里。

身份不明机。

这是我们给这支部队起的名字。

但是，这些身份不明的飞机从6月末开始在提尼安岛近海飞行，借此我们确认了其呼号，到了7月中旬，这支部队开始出现飞至日本近海后再次飞回提尼安的奇怪举动。通过通信谍报和方位探测器我们准确捕捉到了身份不明机的行踪。而且，身份不明机要么是单机行动，最多也就是两三架的编队。

这种行动可被视为某种训练，但这是什么目的的训练呢？

此时上述可能性都减小了，身份却反而更加不明。第6课要求特情部24小时集中全力保持对这支部队的监听和方位探测。

特情部从这一时期开始将身份不明机改称“特殊任务机”。似乎是出于某种不祥的感觉，特情部向参谋总长和防空部队申请动用飞机抵近并进攻位于提尼安的这支B–29部队基地，但是在硫磺岛失陷后，日本重型轰炸机的续航距离已经不可能完成这样的任务了。

什么特殊任务？

256 第6课又将所有的情报重新进行了调查，但除了只看到一条外国通讯社“7月16日在新墨西哥州进行了新试验”的消息之外，还是没有发现其他任何与特殊任务机有可能交叉的情报。第6课、特情部、航空本部各自的情报负责人连日开会讨论，甚是苦恼。但是浓雾依旧没有散去。

8月6日凌晨3时左右，这个呼号发出的极短的电波飞向了华盛顿。我们当然完全不可能掌握其内容。从呼号判断应是两三架飞机的编队。

凌晨4时后，该飞机向硫磺岛美军基地发出了“我们正在向目标前进”的无线电话。

“特殊任务机正在来袭。”特情部开始异常紧张了起来，但捕捉到的情报只有这些，此后估计是敌机开始无线电静默，电波完全中断。特情部已经与防空部队联系，告知“两三架B–29编队正向北飞行”。尽管特情部像老鹰寻找猎物般全神贯注地等待着敌机的电波，但编队再也没有发出电波。

清晨7时20分左右，从丰后水道水子灯台上空飞过并到达广岛上空的一架B-29在朝东飞往播磨滩方向中，发出简单电波并被海军通信谍报和陆军特情部截获，但奇怪的是，这架B-29之后并没有后续编队。从统计中发现，一架B-29发出电波，如果有后续编队，这架飞机则是用于与后续编队进行气象联系的，但这时丰后水道方面却完全没有发现后续编队。 257
就当所有的注意力都认为丰后水道将出现后续编队的瞬间，8时6分，两架B-29一反以往常用的战术，从丰后水道相反的东面向广岛上空飞去。

上午8时15分，原子弹在广岛上空爆炸。

哎！万事休矣！

第6课美国班的我们直到最后也没判断出一直在追踪的身份不明机就是投掷原子弹的特殊任务机。

山下大将说过希望拥有可将林加延敌军一网打尽的渔网，现在，美军首先使用了这张渔网。

在监听到B-29与硫磺岛基地进行电话联系报告“我们正在向目标前进”时，尽管特情部已经向防空部队发出提高警惕的情报，但直到最后也未能判明特殊任务是什么。更有甚者，美军在执行无线电静默后，从与以往战术相反的方向侵入，欺骗了日军的防空部队，趁虚而入。

将以前看到的“新墨西哥州进行了新试验”的外电情报与原子弹试验挂钩，是广岛原子弹爆炸后经过数小时的反省与悔悟的结果，而确定是原子弹则是特情部监听到8月7日早上杜鲁门在华盛顿正式发表广播声明的内容之际了。我们忽略了大量情报中的一粒金子，应该说是我们仅仅没有看出这是金子的能力。当身份不明、特殊任务的内容变得清晰时，广岛10 258
万市民已经失去了生命。

如果哪怕只有一些预备性的知识，或哪怕只有原子弹中“原”字的零星碎片存在于我们的知识一角，或者美国国内的谍报网依然健在，或者我们不仅是通信谍报的呼号，还可以破解哪怕仅仅部分B-29，特别是V600呼号部队的密码，或者经由瑞典得到的M-209密码机的破解工作早一个月完成，就一定可以判明不明飞机的真身。V400、V500、V700的呼号之间的V600呼号最早在提尼安缺号，以此可以推测美军B–29战略轰炸机部队从1944年8月左右进驻马里亚纳后，就存在着使用投掷原子弹部队（实际上被称为第509混合部队）的计划。

“已经干到这一阶段了！”——这一托词在战争中的情报世界是行不通的。因为判断错误将会直接点燃战败的导火索。

甚至都未能通过情报提前半天预判到原子弹爆炸，是情报部门的完全失败，对于广岛、长崎市民的牺牲已无法用语言表达歉意，进而想到点燃了日本开战后走向失败的导火索，情报对战争的责任与情报课可谓同罪，更是惶恐不已。

总之，负责情报的人就必须从平时起不仅在军事方面，还要将思想、政治、宗教、哲学、经济、科学等各个方面的广泛知识输入到自己的头脑
259 计算机中，以让“职人直觉”不断发挥作用。

坦白地说，当时我们的头脑中根本不存在原子弹这个词。山下大将在碧瑶说“希望要一张渔网”时，我还只想到是“让敌人丢面子的武器”，并没有多想，这也值得反省。无论怎么回想都是遗憾，并感到罪责重大。再次想说“日本啊，将来绝不可轻视情报”。通过对M–209密码机的解读，准确而言，8月11日才出现“nuclear”（核）这个词。陆军特勤部也一定跺脚懊悔，但为时已晚。

5. 美军日本本土登陆地点在哪儿？

追踪B–29和原子弹轰炸机非常辛劳，但从菲律宾碧瑶与山下大将道别，1月31日回到大本营第6课美国班后，随着战火波及硫磺岛以及其后的冲绳，基于美军必将登陆日本本土的判断，我最大的任务除了对付B–29，就是要判断美军登陆的地点、时间和兵力。

战争还会继续。回到日本，为了本土决战更努力去干吧。日本在等着你…… 260

我始终记着山下大将最后对我的叮嘱。

1945年1月后，大本营就已经开始为本土决战着手新设师团的动员、部队的调动和训练等工作，但详细内容却一如既往没有告知情报部。3月后，我们第6课的德永八郎参谋、河内稔参谋、木村敏男参谋等被抽调到九州方面的军和师团，形势紧迫的波浪也开始冲击第6课了。

6月23日，冲绳最终完全落入了敌军手中。

美军的目标就只剩下登陆日本本土了。毫无疑问，美军作为进攻方，趁日军不备早日登陆实为上策。

在此必须申明的是，我们对美军登陆日本本土的判断并不是冲绳陷落后才开始进行的。大本营1945年1月制定《本土决战作战要纲》时，我们已经预测美军将在九州和关东地区登陆，并决定了兵力部署的重点，很明显，我们预测美军首先会将九州岛设定为登陆地点。

美军的问题在于必须设想到如果在日本本土登陆，日军将与日本国民一心抗敌导致美军遭遇比当前更为强烈的抵抗。在硫磺岛和冲绳，美军实际上遭受了比其预想多数倍的惨痛损失，当然也就必须为登陆日本本土准备比以往更多的兵力。 261

我们的判断中，与林加延同样，知道美军确切的登陆地点、其登陆兵力和时间是不可欠缺的条件。如果不是这样，日本只有在所有的海岸部署兵力方可放心，这正是防御方的弱点。如果没有特殊情况，自古至今的世界战争史上，进行登陆的进攻方之所以大多战胜处于守势的防守方，就是防守方为“不知道进攻方进攻何处”所苦恼而处于弱势心态的缘故。

为了消除苦恼和处于弱势的心态，让进行防御的日军充满信心去作战，正确判断敌情实为关键，其三要素就是时间、地点和兵力。

麦克阿瑟当时拥有的兵力是22个师和两个空降师共24个师。根据我们的计算，以往恢复战斗力是6个月的轮换，但由于美军在菲律宾和冲绳受到了相当程度的损失，如果恢复战斗力需要七八个月，那么麦克阿瑟可以用于登陆九州的部队有11个师，而参加硫磺岛战役的海军陆战队三个师也可以参战，所以一共有14个师可以登陆九州（这些师的番号也已经判明，但叙述过于复杂，本书只列举部队的数量）。

但是美军一个师约2万人，单纯计算14个师也有约30万人，再加上军的直属部队、炮兵、高射炮兵、坦克、补给部队等，14个师应是一支总
262 兵力约为40万人的大部队。

在此值得注意的是，美军有6个师正在菲律宾与山下兵团作战。作为美军而言，如此众多的兵力被钉在菲律宾群岛实在是极不情愿之事。如果在林加延山下大将采取自杀式进攻而自取灭亡，麦克阿瑟就又可以有6个师的余力，这样毫无疑问将可能计划于6—7月就在九州登陆。因此必须肯定的是，山下大将忍耐再忍耐的彻底的战略持久战取得了延缓美军登陆九州的巨大战略效果。

麦克阿瑟在登陆时间上有些焦虑的原因除了兵力问题，至少还有其他两个因素。

其一是7、8、9三个月日本南方的气象情况。从6月到7月中、下旬是雨季，8、9两个月是台风季节，万一遭遇台风将损失惨重。因此登陆作战的时间即使快也要到10月中旬以后。

其二是苏联参战问题。2月11日雅尔塔会议上，斯大林公开表示“德国投降3个月后对日开战”，而日本驻瑞典武官小野寺的“布情报”中也提到了这一内容，不知为何大本营作战课却似乎没有公布这条情报。但是情报部苏联课根据对斯大林各种演说的分析、1945年4月5日苏联通告不再延长日苏中立条约、特使朝枝参谋的报告、浅井勇武官助理西伯利亚铁路视察报告中提到运往远东的苏军物资中防寒用品不多等情况，也做出了
263 苏联可能在8、9月参战的判断。因此，美国当然也会将登陆日本本土的时间与苏联参战结合起来考虑。

如此看来，麦克阿瑟显然陷入了“想早登陆却担心台风”的两难困境。

而驻扎在南九州的日军就算是仓促组建的部队，也有7个师团。根据

当时美军的计算，按照惯例，强行登陆需要投入三倍于守军的兵力，因此14个师略微显少。如果是这样，美军将再加上近期可以从欧洲战场抽调到太平洋的10个师，在1945年年末或1946年年初尽早在九州，视情况也可能在关东地区（译者注：以东京为中心的地区）直接登陆。

但是，从冲绳到南九州的距离约为730千米，正处于战斗机可以进行空中支援的范围内，也是宜于蛙跳战术的距离。而如果从冲绳直接登陆关东地区，对于为美军大部队登陆作战提供空中掩护的战斗机而言比较危险。因此，九州南部作为进攻关东地区的预备阶段十分必要，仅仅宫崎以南就有日军建造的12个机场，此外，志布志湾、鹿儿岛湾都是海、空两方面绝好的基地。如果将南九州登陆的作战目标限定在确保机场和海军据点而不是与日军进行一大决战，那么14个师可以确保七八个机场，并且登陆日本本土将会有很大的政治效果，可以彻底让日本人感受到失败。

如果在九州登陆，再加上战列舰，美军的战斗力将处于压倒性优势。
按照美军的计算，3艘战列舰参加战斗就可以形成是日军四五倍的火力。 264
志布志湾在地形上有利于登陆，还可以立即占领4个机场。因此我们判断，美军登陆最可能的重点是志布志湾，并将在宫崎和萨摩半岛进行支援重点登陆作战的助攻性登陆，以分散日军兵力。

如果兵力不足，也不排除再从冲绳调动一个师用于登陆。

美军可能用于九州的兵力为15个师，最重要的登陆目标地点为志布志湾，登陆时间为10月末到11月上旬左右。

这是当时第6课判断的美军第一次日本本土登陆（美军称为奥林匹克行动）的内容。当然，这不是我一个人的判断，第6课美国班得到了以大屋参谋为班长的战况班吉川正治参谋等人的合作，换言之，这是集全体之力的研究成果。

这一判断通过第二部长和第6课长联系了作战课，但是却完全没有让我们直接到作战课办公室汇报的气氛。我感到，就是在这种国家即将面临最终局面的紧迫局势下，作战课依然是大本营中的“另一个大本营”，而在作战课中又存在着“内院一般的中枢”。

我们还集结全力推定美军第二次日本本土登陆地点为关东地区，在此
265 基础上进行了判断。被称为美军小王冠行动（Operation Coronet）的第二次登陆我们判断将在1946年3月左右，共有13个师（根据战后美国的公布，共计划投入14个师）在九十九里浜和相模湾登陆，此外还可以从欧洲调来10个师。

战后很多人写道，日军非常准确地判断出美军在九州南部登陆和关东地区登陆的时间、地点和兵力，但败者即使以此为荣也不会得到任何夸奖。情报工作者最大的悲哀就是极为准确地判断了敌情却仍以失败告终。

6. 日美谍报战秘闻

从战争史中可以发现，敌情判断完全准确的例子并不多。由于准确判断出美军在林加延、九州南部和关东地区的登陆，反而使美军开始怀疑自己的情报被泄露了。

这是战争之后不久的事情。

我退役后回到农村当老百姓的一天，突然有一个点名让我接的直拨电
266 话打到了村办公室，让我“尽快到盟军总司令部来一趟”。

我一瞬间吓了一跳，村办公室的人也为我担心。在当时，我脑子里当然想到了“战犯嫌疑”。如果是战犯，应是警察或军事警察来抓我，但出了万一也可能无法挽回。

好！我发个电报问问。

我猛然想到了这个办法，电报说：“现农事正忙。7月如何？”

在村办公室发了电报后，果然，盟军总司令部回电：“7月延期可，详

情函达。”

大家悬着的心放下了。尽管暂时如此，但我却从这个电话中明显看到了一个征兆。这个征兆的背后隐藏着盟军总司令部决策中枢的意志和企图。作为情报参谋的我，战争中的工作就是经常搜集各种迹象并借此探求对方决策中枢的意图。家父经常把这称作“动静”。当无法通过一个征兆进行判断时，有时就需要打一发子弹试探一下。这样就会再出现新的征兆，雾就会慢慢散开。我从村办公室发的电报就像是这样一发子弹。

“围棋也好，理发店也好，都用战术。”——情报是战术的附属物。土肥原将军的话在日常生活中也可算是格言。这是1949年6月的事情。

这一年的梅雨季节晴天格外的多。7月4日我来到盟军总司令部，等
待我的调查内容有以下3项。 267

① 美军将林加延湾作为登陆吕宋岛的地点，登陆时间为1月上旬末，这一判断的根据是什么？

② 如此准确的判断，是否是破译了美军密码或窃取了美军的重要文件？

③ 准确判断奥林匹克行动（美军登陆九州南部）的根据是什么？

美军的重点特别在于②，美国最担心的是美军密码泄露，或被间谍窃取了重要文件，或密码是否被盗读或破解等。

败者实则很是可怜。

> 如果密码和重要文件没有泄露，怎么可能准确做出1月上旬末在林加延、在九州南部进行本土登陆的判断？

这就是胜者给我的问题，好像是我让谁在哪儿盗取了这些情报一样。

1月上旬末的判断经纬已在菲律宾战役中详细提及。

密码是否被破解和盗读，重要文件是否被盗的问题上，我的回答是，
如果这些做到了，那么战争绝不可能失败，我们的判断也会更容易些吧。 268

总之，美军非常关心密码的破解与盗读、重要文件是否被盗取等问

题，这是最大限度重视防谍工作的证据。反言之则说明了美军竭尽全力盗取和破解日军密码、盗取重要文件的事实。前文已经叙述了山下方面军第二代日裔神田充当间谍的事情，而这只是冰山一角。

同样如前所述，尽管从情报显露出的征兆中区别剩下几颗钻石的真伪会犹豫再三，但最后还是回归到按照原则的哲理进行思考。而美军军官们逐渐无法理解我的这种思考过程。说到最后，美军让我根据回忆，从上旬末的6、7、8、9、10五个日子中各自写上（可能性的）百分比。我在美军登陆的9日写上70%，剩下的30%随意糊弄般地分给了另外四天后，美军说“明白了，OK!”便释放了我。

那时给我的感觉是，比起战术性思维，美军军官的思维方式更倾向于数字实证。从反面而言，这种数字式思考，正如火力计算一样，正是日军所欠缺的，也是日军思维经常会走向精神主义的原因。在我看来，在精神
269 主义这堵墙壁的后面隐藏着我们必须更加进一步去考虑的事物。

在此稍微触及一下美军对参谋的培养。在第一次世界大战时，由于陆军大学校毕业生较少，美军就在法国的朗格勒（Langres）建立了参谋学校，对精心挑选的军官进行为期三个月有关参谋实务、补给制度、多兵种协同的培训后分配到前线部队，该学校一共培养了四期共537名军官，等于用一年的时间培养了日本陆军大学校10年的毕业生。当然这仅仅是数字，相对于日本陆军大学校致力于高级别用兵之道的质量教育（是否达到培养的预期目的另当别论），美军的参谋教育更重视实务工作的教育，实务之外的战术、战略教育属于在部分中枢单位工作的美国陆军大学毕业参谋的领域，上述速成参谋基本上都在前线发挥着大机器中零部件的作用。

第二次世界大战中，美国当然也采用这种方法。日美两国的参谋教育孰优孰劣，值得研究的方面还有很多。在我看来，日本动员了如此庞大的兵力，因此没有必要全部的参谋都要接受陆军大学校追求质量的培训，美国式的零配件参谋培训也有可取之处。

战争结束40年后的1985年11月，二战期间在美军中枢部门担任参谋、现在成为战史研究家的C氏特地来到奈良我的家中拜访，想要了解奥

林匹克行动的事情。

美军在九州南部登陆的奥林匹克行动因战争结束而未能付诸实施。但 270
C氏却说“当时的日本陆军大本营第6课极为精准地判断出登陆地点、时间和兵力”，并表示“能够做出如此准确判断的人，除了当时绰号‘麦克阿瑟的参谋’的堀参谋别无他人”。连美军也称我为“麦克阿瑟的参谋”，实乃荣幸，但如前所述，这是美国班的成绩，而非我个人的工作成果。

C氏具体的问题包括以下3点。

① 1945年5月美军有关奥林匹克行动的文件曾经从马尼拉麦克阿瑟司令部的保险柜中失踪过半天。马尼拉一时间紧张万分。这一事件与第6课和我的判断有没有关系?

② 日军是否盗读或破解了有关奥林匹克行动的美军密码?或监听了美军的无线电话?

③ 判断奥林匹克行动将于1945年11月在九州南部，特别是志布志湾登陆的根据是什么?

第三点前文已详细讲过，不再赘述。当然，第①、②点我的回答也只可能是“不”。

不过，有关①，即奥林匹克行动的文件从保险柜中失踪半天的事件， 271
却未必不能说完全没有可能性。但是，在东京的我知道文件内容却是百分之百不可能的事情。

菲律宾战役时，日军在马尼拉建立了秘密机关“第十四方面军防谍班”并在菲律宾全境部署人员，陆军中野学校（1938年7月成立，专门培养秘密战的特攻人员）教官谷口义美少佐出任班长，除了情报战之外，还进行使用所有非合法手段收集有关美军、菲律宾政府、菲律宾岛内游击队、民间主要反日分子活动的情报，进行恐怖活动，散布假情报等秘密战。战后一举成名的小野田宽郎少尉就在中野学校接受过培训，1944年12月，他被调配到这个“防谍班”，作为卢邦岛（Lubang Island）的无线电谍报班长长期潜伏，一直坚持到1974年3月。

谷口机关长的秘密机关总部在马尼拉的一条林荫大道上，对外挂着

“菲律宾植物研究所”的牌子。在其指挥下，分布在菲律宾全境从事秘密战的人员仅中野学校毕业生就有98名，包括其他从属人员在内应有150人左右。其中由山路长德少佐指挥的20名官兵（含两名商社职员）组成的“南溟机关”战斗力很强，美军进入马尼拉后仍然在马尼拉潜伏并继续活动。

美日开战后本间兵团进入马尼拉时，逮捕了试图从军参谋的房间里盗取本间兵团重要文件的英裔法国美女丽塔，随后将丽塔整容变为其他人的面孔，并作为日本间谍侦破麦克阿瑟从菲律宾撤退后留在菲律宾的美军间
272 谍，对其进行了彻底打击（主要是处死），这就是山路机关的功绩。

美军进入马尼拉后，山路机关的潜伏日益困难，根据记录，1945年2月11日他们从马尼拉突围，撤退到马尼拉以东的安蒂波洛，6月18日在伊布附近被菲律宾军包围，19日全体自杀身亡。现在已经判明，该部队在撤退后仍多次出没马尼拉从事秘密活动。

C氏的第一个问题，即1945年5月奥林匹克行动文件一时丢失事件是否与山路机关有关呢？或许真有点关系（只要有半天，就足以拍照了）。但是，那时的形势已经不可能让这些情报送到我们手里了。

秘密战由西村副参谋长和中原情报参谋负责指挥，本书对秘密战略作介绍，仅引用1944年9月担任马尼拉防谍班（班长山路少佐）助理、在菲律宾秘密战总部“菲律宾植物研究所”工作的大木矗夫少尉的一部分日记。

> 在主任研究员志村先生（假名，真名为城口正八大尉）的引荐下，我转了市内多处私密会所，给我的印象是至今难以忘怀的强烈与震惊。志村先生带着民间人身份的我出席了政府要人、财界人士等主持的各种宴会，人生以来第一次穿上无尾晚礼服
> 273 （tuxedo），胸前别着白色茉莉花，迈着笨拙的步子走路的记忆至今仍像是昨天发生的事情。
>
> 这就是陆军步兵少尉我的第一份工作。通过这些活动，我们获取了各种情报。此外，根据在舞会上结识的法裔德国人（日记

> 原文）丽塔夫人得到的情报，我们对美军残留情报人员的有力间谍组织给予了毁灭性打击，这是很好的例子。
>
> 但是看上去华美的谍报战背后却是要么被对手消灭、要么消灭对手的你死我活的战斗。说我的工作就是“英语和手枪”这两个词绝不过分。其后我经历了十几次在楼房内、在街头的枪战，但活了下来。我也是马尼拉防谍班（南溟机关）的幸存者。

在身着军装军人之外的世界里，日美双方也在进行着这样的战斗。因此，C氏在40年后还在追问有关奥林匹克行动文件一时失踪事件，作为深知战争背后故事的情报工作者而言绝非不可思议。

谷口机关长战后就这一奥林匹克行动文件一时失踪事件曾跟我说过：“如果是山路机关的话，这种程度的工作还是能干的吧。但是，如果是1945年5月末的事情，那么吕宋岛内部的日军联系已经被完全切断，即使山路机关得到了这份情报，也没有其他传递出来的方法，可能在自杀前处理掉了吧。” 274

此外，谷口机关长也提到了自己：“我的研究所里有许多伪造的汽车牌照，我每次外出都会换车牌，非常注意用过一次的车牌决不会再用一次，因此可以躲过美军的追踪（暗杀）。”

大木少尉此后在林加延湾伪装经营一家化妆品店，与帮助美军登陆的美国间谍群进行激烈的斗争。直到美军登陆后，大木才第一次穿上军服组建正规的日军游击队开展活动。

7. 潜伏在地下的陆军特种情报部

1949年7月盟军总司令部的调查，1985年1月C氏突然拜访我并提出问题都说明，美军对日军是否破解和盗取了密码的怀疑直到今天依然存在，我也必须做一下解释。

正如前述，日军破解密码的执行部队是陆军中央特种情报部（特情部）。战争结束前后，特情部主力从田无疏散到高井户一个名叫浴风园的
275 养老院。特情部不分昼夜地监听敌国和中立国广播实属当然，8月11日的悉尼广播报道“日本决定接受《波茨坦宣言》”，我们迅速知道了此事。东京本部和派驻地方的新泻办事处也监听到了这个消息，大家的心情是，该来的终于来了。

西村敏雄特情部长召集干部，谈了战争结束时如何处理特情部的设想，从当天傍晚开始，浴风园和全国各办事处的工作就转为将日本陆军特情部解体，为此连日连夜处理与密码有关的庞大资料和解读密码用的相关机器。当时负责特情部计划运作的第一课长横山幸雄中佐的日记如此记述。

> 破解密码的资料一页都不留全部烧毁，黑烟在高井户上空弥漫了三天。机器也尽数破坏，密码书的一部分被深埋在土里，使之达到即使占领军追究特情部的工作与内容也不可能掌握全貌的状态。预想到将来美军的追踪调查，又进一步从陆军部编制表中删除了特情部的名称，并从陆军部人名簿中抹掉了特情部主要人物的姓名。
>
> 在处理完这些后，特情部西村部长等所有成员在浴风园特情部后面的庭院中集合，等待收听天皇8月15日宣布投降的广播。在天皇广播结束前后，西村特情部长发表了悲壮的解散讲话，全
> 276 员按照指示一人不留地疏散到全国潜入地下。

1921年在外务省电信课分室，陆军、海军、外务省、通信省四省联合的暗号研究会呱呱落地以后，经过多次变迁成立的陆军中央特种情报部成为日本陆军破解和编制密码的唯一部队，随着玉音放送，它如印加帝国一样没有留下一张纸片就销声匿迹了。它创始以来只有25年的历史。

战后华盛顿特意派来的阿斯金中校和马顿上尉是盟军调查日本特情机

关的主要成员，随着时间的推移，美军开始逐步挖掘出了从陆军编制表和陆军人名簿中被抹掉的特情机关。为此，面对盟军总司令部对日本密码工作的调查，战争初期担任驻芬兰武官助理、从事密码，特别是苏联密码破解工作，在战争结束时任当时陆军次官秘书的广濑荣一中佐曾一个人面对美军调查团，用似懂非懂、似是而非的回答蒙混过关，最终给美军留下了日本没有破解美军密码能力的印象。当然美军直到今日仍带着大量的疑问，这也是战争结束40年后，C氏依然执拗地质疑是否密码被我们偷了的原因。

1949年1月，盟军总司令部总算找到了与特情部只有一丝关系的釜贺
一夫前少佐和特情部陆军现代密码的设计者原久元中佐等年轻军官。 277

这一时期，美军已经知道日本特情部在一定程度上破解了美军密码（掌握了美军密码原理并进行破解）并对密码进行过盗读（偷取密码书并解读密码），但可以成为最重要证据的资料却一无所获，不得已两人才提交报告，除了推断之外别无他法。当然，两人也不可能在完全没有资料的情况下纯粹凭空描述提交报告。

实际上，为了密码，日本陆军可以说用尽了各种手段。比如1936年前后日本宪兵队在台北偷拍了中国外交部的密码书，以此为开端，日本派专家（拥有特殊技能的宪兵）秘密进入日本国内的外国使馆、公馆拍摄密码书等，但是否成功至今不明。为了能让专家潜入使领馆，还秘密培训在外国公使馆工作的佣人，使其成为可被负责管理重要文件保险柜的主人放心托付钥匙的人，从而向专家提供公使馆的内部情报。这些训练工作是由陆军省兵务课负责的。

通过上面各种方法，从结果上看，1936年到1942年年初这段时期内，日本陆军确实破解或盗读了美国国务院部分外交密码，基本上全部破解和盗读了中国国民政府（蒋介石政府）的外交密码和武官用密码。这一事实
反过来也说明，日本走向对美开战的重大原因之一就是判断已拥有了破解 278
和盗读美国密码这一筹码，特别是这种判断对陆军积极支持开战的态度也起到了推动作用。

但是，典当铺是不会廉价销售的。1942年年初，也就是开战1个月后，美国全面修改了密码系统，此后直到1945年8月，尽管日本竭尽全力研究美国的密码，却始终没有揭开庐山真面目。反言之，怀疑故意让日本一定程度上偷取到美国的密码，诱使日本开战，是美国有计划的一盘大棋也并非没有可能。

即使仅仅通过密码也可以看到，在情报世界中美国存在着将日本当小孩子对待的观念。如果这一观念从情报角度加以推测，则这是美国为了把日本逼到开战的一大谋略，这种观点也未必是错误的。

情报中最为可怕的就是谋略。为了占领日本，美国很早就通过广播节目“这就是真相”每日向日本人灌输以下的观念。

> 日本人被大本营和军部巧妙地欺骗才走上了战争的道路。美国人为了拯救可怜的日本人，不断打击日本的军部，为了让日本认识到这场战争是多么的毫无益处，才不得不使用原子弹。因此，日本人现在必须认识到，所有责任都在于日本军部，应该憎
> 279 恶的是日本军部。

这是非常巧妙的转嫁责任的谋略宣传。

在此必须提到1985年11月访问并采访了我的C氏的告白。我提问后两人的谈话转到了原子弹。C氏对美国使用原子弹的经过进行了大致的说明。

> 随着逼近日本本土，美军在菲律宾、硫磺岛、冲绳等地的损失大大超过了预想。如果按照这种损失实施奥林匹克行动，战场变成日本本土，对手是骁勇善战且可能战斗到最后一人的九州人，美军将蒙受巨大损失。此时，苏联表示将在夏天参战。而10月底之前美军都不可能登陆九州。如果不在苏联参战前迫使日本投降，日本的一半就会被苏联占领。最重要的还是避免遭到在硫

> 磺岛和冲绳的损失。为此，除了使用原子弹外别无他法。

广岛和长崎可怜的27万非武装平民，为美军减少损失付出了代价。

战后“这就是真相”的广播节目和C氏的说明实在是天壤之别。

胜者为王，可以“畅所欲言”。正是因为这个广播节目，日本人没有注意到错误发动和指挥战争的一小部分位于中枢地位的军人和政治家们的责任，而是一味将为了国家舍弃生命奔赴战场的士兵、军属和其他人视为落魄而死，相信日本人的死都是愚蠢的。问题就在于，“军部”是广义地指包括在战场上出生入死的广大官兵在内的军队，还是仅仅狭义地指热衷于政治的军人和一小部分深居大本营指挥战争的军人，在这一点上（美国）没有区分而是混同使用。 280

C氏吐露的真相实际上就是在战争给美军官兵造成的损失和日本人生命之间进行的得失交易，而原子弹就是精确计算后的交易结果。这样的交易计算存在于美国和世界各国思维的最深处，今天日美经济战争中也随处可见。而与此相反，日本是不是仍然还在凭着人情义理进行情绪性的判断呢？

> 美日战争美国是策划者，日本不得不挺身而出。

此话来自于在东京远东审判中出庭作证并试图为日本战犯辩护的清濑一郎律师。

1946年4月，在群马县偏僻的赤城山山麓一个村子里，隐姓埋名生活的前中央特种情报部企划运用课长横山幸雄中佐接到了东京终战事务局的电报，令其“速回东京报到”。

横山中佐十分吃惊。谁暴露了他改变姓名的事情？为何要求他去东京？是否被指定为战犯嫌疑人？但横山还是回到了东京。

东条大将前秘书官井本熊男大佐等在终战事务局等着横山。横山中佐的日记如此记述道： 281

> > > 大本营情报参谋战记

现在正在审讯东条大将等人，我们希望得到美国先计划开战的情报与证据。特情部破解的资料中有没有这样的情报？如果有，则可以从根本上颠覆远东审判。清濑一郎首席辩护人最需要这样的情报。

命令我到东京就是这个理由。

我（横山中佐）由井本等人陪同见了清濑一郎首席辩护人，也被问了同样的问题。清濑辩护人等真挚地表示“策划者不是日本”，我为此深深感动。尽管有“这就是真相”的广播节目，但东京还是有一部分人想着要改变这一切。并且他们不是偏袒，而是本着信念站在日本一侧，以“真相在我！”的态度进行反击。

在我的记忆中，开战时国民政府（蒋介石政府）驻美武官在发给本国的密码电报中，的确报告了美国决心对日战争，并想出各种办法诱使日本出手的内容。我的脑海里浮现出这份被破解的电报，但开战时我在北平，这份破解电报的内容也是开战后在特情部看到的，而特情部所有的资料一张不剩地全部在浴风园烧成了灰烬，变成了印加帝国般的存在。仅仅凭着记忆说“我好像看到过这样的文件”是无法作为审判证据的，这让清濑辩护人非常沮丧。

282

情报实际上困难万分。不仅仅要获取对手试图隐藏的情报，还必须应对对手颠倒黑白的谋略。那时如果在浴风园没有将所有资料焚毁导致特情部成为“印加帝国”，或就有可能颠覆远东军事法庭的审判计划，并将华盛顿会议以来美国的野心暴露给全世界。

由于风闻“解读密码者将被处死”，最为关心自身安全的特情部仅从军队的角度出发，将所有精力都用于保护密码工作的秘密，而没有站在国家和国家政策的立场考虑问题。由于战败投降是历史上的第一次，因此特殊情报保密性和狭隘性的传统在某些情况下会导致对国家不利的后果，这只能说是大大的讽刺和教训。

战败反而也让我们看清了很多事情。那么，如何对待情报才好呢？特情部首先考虑自己，也是因为头脑中印着陆军两个字吧。纳粹德国的盖伦 283
组织就没有加上陆军或海军的冠词。而从日本的情报现状看，从战败中真正吸取教训了吗？今天，依然无法摘掉自卫队、外务省、警察厅等（的情报部门）各自的冠词，实在让人心寒。战后吉田内阁的绪方竹虎副总理曾对情报一元化管理、建立美国联邦调查局式情报部门（JCIA）的设想倾注了极大的热情，可惜他的突然去世使日本建立统一情报组织的宏大构想付诸东流。 284

六、战后自卫队与情报

1. 当老百姓的日日夜夜

1950年朝鲜战争爆发。同年，日本成立了警察预备队。

这一年春天，东京被称为服部机关的组织给我发来电报，让我“紧急赴京”。来电突兀，就在我不解其真意之时，东京的一位友人和我联系，告诉我在盟军总司令部的要求下，以前大本营作战课长服部卓四郎大佐为中心的一些人正在秘密组织再次建设军备的问题。

我的确动心了。这位朋友也告诉我，“听说他们希望你作为情报专家加盟”。

去还是不去东京？

285 最后我还是和家父商量了此事。

家父已经患了轻度脑血栓，一听到这个话题马上就严厉地说：“不要去，曾经大败过的家伙现在还要做什么。服部在诺门坎也失败过，真是不吸取教训。”

导致战争走向失败的人就是指挥战争的人，这些人感觉不到自己的战争责任那怎么行。

家父经常这么跟我说。

家父在“2·26”事件中退出现役，因此能以局外人的身份观察这场战争，作为观察的结果，家父将军人分为两种。一种是从事起草天皇命令（即大命）并得到天皇同意（允裁）开展工作的军人；另一种是接受大命、完全不被允许按照个人意志后退一步而必须遵从命令舍身赴死进行战斗的军人。前者就是所谓处于大本营核心地位的一小部分“里院”的参谋们，他们是烦扰天子导致亡国的责任者。后者则是那些与军衔无关、无论指定的战场多么严酷都面临不可根据自己意志后退一步的命运，从大将到被一张征兵令送到战场的每一位战士（战斗军人）。家父以前的部下、与我家也离得不远的农村出身、在韦瓦克给了我重要启迪的寺本熊市中将，出于对在新几内亚损失众多部下的自责，8月15日在航空本部部长办公室用古代武士的切腹自尽方式履行了军人的职责。家父感慨道，这才是战斗的军
人，才是优秀的军人。 286

1945年10月，在陆军的工作结束后我回到老家，尽管物资匮乏，但村长等十几位朋友在家父的住处设席慰问、通宵畅谈。

席间村长问我：“很早你们就知道将输掉战争吧，那为什么要坚持战争一直到现在呢？”

尽管是问我的，父亲却替我回答道：“问他这样的问题是不对的。堀是军人。军人即使想着会死于那挺机关枪，只要接到冲锋的命令，就必须冲锋，这是军人的天职。这些军人不能抛弃沙场。对于考虑到个人得失而逃离战斗的军人，为何要给他们工资养着他们呢？”

家父一席话实际上是在提醒村长等人，老百姓往往将所有军人混为一体，而实际上战斗军人（战士）和指挥战争的军人是不一样的。

农村的生活就是老百姓的生活。幸运的是有很多土地，有山，有树林，我们先开垦了一部分山林种植柿子。“桃栗三年柿八年”，由于要等8
年才能收获，没有收入被流放的我日子并不好过。 287

2. 加入自卫队担任国外班长

1954年7月，我加入了自卫队，也是自卫队最后一批入队的。“用情报去发挥作用吧！”在自卫队创建时拥有巨大影响力、吉田首相的智囊之一辰巳荣一前中将的劝说和鼓励下，我在最后一刻进了自卫队。

入队两年后，我担任了陆上幕僚监部第二部国外班长。国外班共有40余人，在陆上幕僚监部里算是规模较大的班。但是，这个班要负责以前大本营第二部的所有工作，即英、美、法、德、苏、中、韩、东南亚、印度、非洲、中东和全世界的情报，这种状况下到底能做什么实在是令人怀疑。

此外，我们完全没有收集情报的能力，主要的工作就是勤勤恳恳地剪下报纸报道、杂志、外电、海外广播的报道，做成剪报等文字谍报，因为战争期间大本营第二部被压缩成了一个班，其工作能力也就可想而知了。

陆幕第二部还包括负责计划与预算的总括班、负责国内警备情报的国内班、负责地图工作的地志班，以及作为特别部队（指挥部队）负责整理
288 保管情报的资料队。随后还成立了第二部别班，即以前的特情部。第二部用“别班”的略称重新开始了以前的通信谍报工作。组成别班核心干部的当然是从“印加帝国”中复活的一些人。

大韩航空班机在萨哈林附近被苏联导弹击落时，报纸上大肆报道日本根据中曾根首相的指示，将监听到的苏联空军无线电通信内容转交美国。从情报的角度看，这可能是日本哭着被迫做的事情。因为即便是盟国，情报也另当别论。不得不认为，日本仍然是一个感情用事的国家，也反映了当今日本国防意识的一个侧面。

我们最后加入自卫队的人在久留米干部候补生学校集合接受了为期一个月的培训。

其间陆上幕僚长，即最高长官前来训示。这位文官，在前军队中相当于大将的人十分会说话。尽管我没有做什么笔记，但第二天接到了“请昨

天在陆上幕僚长训示时做笔记的人马上提交笔记”的通知，很是吃惊。似乎是讲话中有如果让在野党知道了会比较麻烦的内容，所以要检查大家的笔记。自卫队职业军人最高指挥官的大将居然下命令要删除自己训示中的一些话，或许他认为这些内容如果泄露给了在野党而在议会引起争议，会被执政党训斥而危及宝座吧。加入自卫队没多久，这件事就仿佛告诉了我 289
自卫队将来会走向何方。

如果是山下大将，恐怕不会说出要删除这样不着边际的话，即使说了也会为说出的话负责吧。

在这种情况下，如果自卫队在接到作战命令后开始行动期间命令被取消了，那么最终应该由谁来负责呢？我第一个感受是失望。

以前的日本军队中也有令人作呕的军人，而自卫队的各位大人们看似只对政治家等上边的人察言观色，不重视部下。这将对战斗力产生很大的负面影响，作为曾经的情报职人，这就是我最初的直觉。

3. 得过且过的情报系统

第二次世界大战后以美苏为首的东西方两大阵营尽管经历了1950年6月到1953年7月的朝鲜战争后表面上还是冷战的时代，但从1956年左右起，世界开始进入由冷战到热战的转型期。

这一期间，1956年秋发生了匈牙利事件。10月23日苏军以坦克为先锋越过国境侵入匈牙利，并迅速控制了匈牙利全境。10月29日，以色列军突然行动，从西奈半岛向苏伊士运河进军。一见此状，纳赛尔领导的埃及也全力赶赴苏伊士运河。此种形势使很多人相信以色列和埃及必将爆发
全面战争。 290

事件的直接起因是7月26日埃及总统纳赛尔发表的宣言。在宣言中，纳赛尔宣布将苏伊士运河收归国有。为了对抗纳赛尔，不能直接出手的英法两国煽动以色列，而以色列的进攻比预想的更快。

10月30日，英法两国向以色列和埃及发出了两国各自从苏伊士运河后撤10英里并停止军事行动的最后通牒。埃及拒绝了这一要求后，英法空军在塞浦路斯岛集结，开始大规模进攻埃及。

第三次世界大战一定会爆发吗?

每个人都抱着对世界大战的恐惧，世界的视线也集中于中东地区。

英法空军对埃及的进攻仍在继续，美国国务卿杜勒斯直接飞往欧洲，局势日益紧张。

恰逢此时，自卫队原计划在11月5、6日召集全国各地的高级干部在那须野原演习场进行大规模的兵棋推演演习，但现在又担心苏伊士运河事件可能会导致世界大战，也就不能让全国各地的师团长、旅团长来那须。

291 那该怎么办?

连日的早报都在重点报道苏伊士运河的事态发展，渲染第三次世界大战就要爆发。这种时刻，报纸为了用耸人听闻的报道作为卖点吸引读者，才会煽动“大战迫在眉睫”。但是情报有必要不被报纸的报道牵着鼻子走。

传闻将升任师团长的陆幕第二部部长K陆将每天都坐立不安，急切地要求我判断:“喂！国外班长！到底会不会发生战争？”

我再次被推上了此前判断美军在林加延湾登陆时的位置。那时颇具包容力的山下大将鼓励我“冷静、再冷静”，而这次却处于“你真的明白吗？”这种不知道谁应负最终责任的令人不快的氛围之中。此外，与林加延湾时一样，这次也有“截止日期”。战争时的条件是后勤两个月可以完成准备，但这次各师团长从各自基地出发到那须的日子最晚也只能是11月3日。战争时，尽管只有几名军官和下士，但大家都不分昼夜连轴转。而现在这些人则都是早晨8点上班，傍晚无论有什么事也会5点下班。拼命
292 工作的只有我和一两名同事。到底我们能做些什么呢?

时至今日我才明白，战争时以身殉国的精神是什么。此外，如果有一刻的耽误，就可能面临死亡的危机感也是战争时我们的动力。

我分别向每一位部下发出指示，自己在忙于收集情报的同时也各处奔走，连日全力以赴地工作。

● 东京英、美、法等各国武官的动向。

● 美国海军基地军舰进出的情况。

● 美国空军基地的态势变化。

● 报纸、杂志、新闻等报道的变化。

● 美苏英报纸社论、舆论的变化。

● 外务省获得的情报。

● 第二部别班监听到的通信谍报的变化。

● 邻国韩国军队警戒态势的变化。

● 中国军队的动向。

● 各商社、石油公司对危险的感知度。

● 纽约、伦敦的股市动向。

● 海参崴（符拉迪沃斯托克）的苏联海军动向，特别是有没有进入太平洋。

● 英法空军进攻埃及的缓急程度。

● 埃及、以色列公使馆的状况变化。 293

● 美英法苏大使馆的状况变化。

调查的对象多不胜数。其中最关注的是杜勒斯国务卿对英法的访问和美国本土的舆论动向。这些恐怕很可能是解决问题的关键。

杜勒斯在欧洲明显表露出了不快。报纸的照片尽管不会说话，但却很好地捕捉到了表情。美国的报纸社论中也出现了英法没有和美国商量就擅自行动实属困惑的论调。10月31日，出现了与杜勒斯表情一致的社论。

同时，美国空军基地进入了警戒态势。但是，基地的高级军官说的却是“有备无患”，反而很低调。

就在此时，收到了横须贺的数艘美军舰船驶向太平洋的情报。

情报总是充满讽刺。莱特岛是这样，林加延湾也是这样……经常会是在这种时刻，“战争要来了”和“不会有战争”的情报同时出现，或顺序颠倒地出现。

在东京的外国武官全都左顾右盼不予作答，这时似乎大家都会这样掩藏自己。但是，只有一个国家的武官悄悄对我说：“（战争）应该不会打起
294 来吧。”

在这种形势下，感觉最为敏锐、观察最为清醒的是在美苏大国夹缝中生存、对大国动向很敏感的小国。我从武官这番话中嗅出了该国参谋部的想法。他的这一句话也让我再次回到了土肥原式思考的原点。

美国总算达成停战协议的朝鲜战争刚刚过去三年，越南也出现了不稳定的迹象。我们只能判断杜勒斯反而要控制英法两国单独行动。因为尽管朝鲜战争已经结束，但美国国力毕竟有限，韩国的经济复苏又给美国造成了很大的经济负担。而且，美国国内并没掀起再打一场战争的舆论，尚处于幼儿期的日本自卫队也难堪大用。

11月2日，我将自己的判断向第二部长K陆将做了汇报。

> 不会发生战争。

第二部长马上反问道：“你是从哪儿打听来的，你又没有去过埃及吧。”

> 没问题，不会有战争的。

第二部长：“如果错了，你怎么办？要是错了你可就完了！”

“我已经多次经历过这种危机场面了，有思想准备。但是，现在责任者是第二部长您，您恐怕脱不了干系。如果错了，您除了自决之外可没有
295 其他承担责任的方法啊。”我略带讽刺地说道。

“这可麻烦了，真的麻烦了。”第二部长有点不知所措了。过了一会儿部长提出了一个方案：

> 让熟悉情报的专家、外务省局长级、课长级的人组成第二部顾问会议，在这个会议上做出判断如何？

这可谓第二部长苦心积虑想出的办法。

> 我不能同意。这是我们掌管的事情，是我们应该负责的工作。

我冷淡地回答后，第二部长仍然不肯罢休，提出召集幕僚长和各部部长的部长会议，在会上提出我的判断并由会议做出决定。

> 这不是我的意见和建议。如果是在部长会议上提出的，那么应是部长的建议。

尽管我再次冷淡地回答了部长，但在部长会议上还是让我进行了说明。

会议上我对为何美国没有出手的意图进行了一系列说明。此外，苏联正在拉拢埃及，因此此时有可能表现出相当高压的姿态。但是，苏联并没有发动世界大战的实力，其内心始终抱着只由美苏两大国主掌世界的想法（竭力避免像日本一样战败而国力丧失殆尽）。由于苏联已经在东欧、匈牙利行使了实力，下一步将会通过在苏伊士炫耀实力以显示已成为世界大国。就在美国因朝鲜战争无暇他顾之际，苏联试图对外造成世界的所有事务都可由美苏解决、苏联已是世界两大国之一的印象……

说明过后，各部部长们没有任何反应。这是因为他们日常掌管的工作与情报并不相同。 296

那须的演习还是按计划进行了，就在演习刚开始的5日，苏联布尔加宁总理对英法发出了警告：

> 如果苏联对英法使用了火箭武器，你们一定会说这是野蛮行为。但是，这与现在英法对毫无防备的埃及所采取的非人道政策没有什么不同。

得知这份爆炸性声明后，演习地的各部部长中开始有人强烈主张应尽快回到各基地。

> 苏联利用这个机会向世界夸耀苏联的实力。

尽管我已经进行了如上说明，左右摇摆不定的第二部长好像已经不耐烦到了极点。

> 所以我才想要召开顾问会议嘛。

第二部长牢骚满腹。

> 就算是有了顾问也是一样啊。靠收集到百分之百的数据后再对情报做出判断是不可能的。30%也好，40%也好，始终会有空白之处。对于这一部分空白的浓雾，只有通过专家的直觉和责任感才可以揭开。

东京大学毕业、在仕途上也青云直上、现在又做到相当于前日军陆军中将军衔位置的第二部长，这几天毫无疑问是痛苦的，这正是能不能荣升
297 师团长的考验之时。

我也曾和在林加延湾进行判断时一样，在心中犹豫过是否判断对象想掩藏些什么。但是我从山下将军那里学到了不能让这些犹豫表露在脸上和

态度中。而支持我判断的就是美苏夹缝中的一个小国武官偷偷对我说的话。他们的国家无法靠实力生存，只能像机敏的兔子一样以最快的速度捕捉到正确的情报，以此维持国家的生存。他们对情报是最为敏感的。我不能在书中说出他们国家的名字，但这样的国家在世界上有很多。现在的日本也是其中之一。而当事国在这种情况下绝对会掩盖自己意图的。

11月6日清晨，英国首相艾登发表停战声明，事态马上偃旗息鼓，像没有发生一般。这个结局暴露了自卫队情报并不是通过组织获得，而是一两名专门人士直觉所至的真相。同时也表明，责任者是通过召开**逃避责任的会议来领导工作的**。

这次情报也在作弄我们。先得到不希望的情报，而希望的情报却戴着面具姗姗来迟，最能依赖的情报更是隐藏在贝壳里，筛网中剩下的钻石看上去像非常没有光泽的小石子，并且还常常伴随着“何时截止”的期限。而那时情报还有一半以上是空白并深藏在云雾中。

可能有些人会认为因为有了计算机今后就不会再发生这种事，但输入的数据无法保证已经收集到了百分之百的情报，哪怕只有0.01%的误差，股票市场上的黑色星期一就一定会发生。 298

现在日本尽管自负为经济大国，但在军事上，无论怎样自壮声势，也是没有空域保卫能力、从太空观察地球能力和进行宇宙战争能力的小国。如果一枚导弹击中海边的核发电站，将会产生比广岛更为严重的灾难。因此，有必要更加深刻地研究长着“兔子大耳”的国家是依靠什么维持生存的。虽然经历了战败这一大教训，但日本的情报工作依然处于得过且过状态。

4. 与大岛浩前武官相识

1959年10月，我接到了出任战后第一任驻联邦德国武官（防卫驻在官）的调令，对于身为前日军时代德国课最后一名课员的我而言，真是不可思议的缘分，我也肩负着开拓与联邦德国关系的重任。

现在我的称呼是防卫驻在官，但是联邦德国报纸和电视中出现的却是“大使馆武官”一词，也就是相当于战前的大岛浩武官（前陆军中将），这令我有些紧张。

远东大审判后大岛浩前武官还健在，因此出发前我到大岛浩前武官在茅崎的私宅拜访，也是想请教一些问题。以前曾经见过照片，但与本人相见还是第一次。介绍我去的是1943年仅仅当过我两周领导的前德国课课
299 长西乡从吾前大佐，战前他曾担任过大岛武官的副官。

穿着和服不拘小节的大岛亲切地向我说明了应该怎样做好一名武官。

在宽敞古旧的和室，摆放着一座青瓷香炉和横幅画轴，除此之外没有任何其他装饰。紧闭双唇、脊背挺直端坐一旁的大岛就像一幅日本画。

> 我已经是过去的人了。此外，作为给天皇陛下和日本添了大麻烦的人，我本不该对你们说什么大事。但是，西乡曾是我的弟子，既然你是西乡的弟子，作为徒孙且是战后赴任联邦德国的第一任武官，那就当成自己人听听我的话吧。

开门见山的大岛嘴角始终挂着微笑，非常温和地对我讲了几大要点。

第一，需要考虑什么是外交官。直率地讲，必须从理解外交特权开始。这种特权是从事海外贸易的人和旅行者所没有的。武官是一个国家军队的代表。因此不管对方是部长还是参谋长，都可以使用外交特权，作为日本自卫队的代表堂堂正正地与其交谈。即使你的军衔是大佐，在联邦德国你就是防卫厅长官，就是日本的总参谋长。与对方权力核心人物开诚布公地交谈和倾听对方，从中一定会有所发现。终极情报来自于权力中枢。而在苏联这样的国家做不到这一点，因此需要在中枢的外围不断观察各种
300 征兆。

第一任武官的首要工作是获得信任。在德国获得信任的首要工作是守时。访问、见面、宴会等所有场合都是这样，在规定的时间前5分钟到达，对着手表准时按响大门的门铃。为此，必须事先走一遍到目的地的

全程再做计划，一旦别人说你“那是个准时的家伙”，就一定可以建立起信任。

第二，要尽快记住对方的名字。不知道名字的人一定要去问，等下次见面的时候必须指名道姓地打招呼“晚上好，某某先生（女士）”。大体上日本人并不擅长于此，随时做记录，如果能在打招呼时加上对方名字，外国人自然就会成为朋友向你敞开心扉，当然，如果不努力是记不住名字的。

第三，是姿态。姿态一定要端庄，挺胸抬头，不能卑躬屈膝。日本人习惯于点头哈腰，什么都客客气气，可德国人不喜欢这样的态度。如果不能很好地对话并体现出自信，则不可能堂堂正正。不少人握手时喜欢把左手也伸出去以体现友好，但这反而给对方卑躬屈膝的印象。你是一个国家的代表，因此要用堂堂正正的态度握手。

第四，在自己主办的宴会上如何与客人打招呼，看似简单实则困难。入口处客人们会排成一队，对每一位客人都必须在十余秒时间内打好招呼。必须对客人回礼，对客人母国发生的事情表示慰问。必须认真研究受 301
邀者名单，将客人的情况牢记在心。客人一定会感动地说：“啊，这都记得，您费心啦！”不做功课的问候是不会留住人心的。

第五，大岛总结道：“关键的问题在于，你是第一任，为了在第三任、第四任开花结果，你不用考虑获取情报，而是将获得信任作为（不获取情报的）报偿。我觉得这对你而言是最重要的工作。”

大岛的话细致周到且有实质内容，每一句话都让我感动。抛开德意日结盟的问题不谈，不愧是被称为无与伦比的武官所说的话。就在我表示感谢并告辞走到门口时，大岛前武官对西乡前大佐说：“对了，堀可别做好色之徒啊！西乡君，这件事很重要，一会儿你给他说明一下吧。”

在回程火车上，西乡向我解释了大岛这句话的意思。

那是要在舞会上注意的事。有夫人陪同的舞会每年最少也有四五次。餐桌会按照男、女、男、女的顺序排位，而且必须和在

> 座的每一位夫人都跳舞。这时，不要马上就和看上去最漂亮的那
> 302 位夫人共舞。而好色之徒就是这样做的。觉得自己不漂亮的人会更敏感，回家后一定会和自己的丈夫说，“现在的日本武官可不招人喜欢”。正如射人先射马所言，首先向最不漂亮的夫人或老太太发出“请共舞一曲”的邀请，一定会在所有武官中传为美谈。

作为大岛的弟子，西乡详细地给我做了说明。

为了接近权力中枢而要以信用作为代价，1943年10月我从事情报工作后经常会遇到一些一生难忘的良师。

我第一次知道大岛武官如此为别人着想，为一项工作奉献一生的人都有自己的信条。

但是，这次是我第一次、也是最后一次见到大岛。

5. 开始在联邦德国的武官活动

1959年10月24日，我抵达联邦德国正式上任。日本大使馆前的马路上铺满了欧洲七叶树落下的大叶，早晚都有垃圾车缓缓扫过马路将叶子吸走。

到任后的第三天，马上就遇到了令人吃惊、也是我完全没有预料到的事情。

三名德国人（二男一女）来到大使馆的接待处，要求见日本来的武
303 官。我不得不在完全不明所以的情况下答应了会见。

在见面之前，他们写下了要求见面的理由。

大岛担任大使时，他们三个人接受了小松武官交给的任务，各自打探让他们收集的情报并告知日本武官。这些情报涵盖德国国内政治、经济、军事等各个方面。尽管他们忠实地向日本武官提供了充分的情报，但日本

武官只在开始阶段支付了一部分酬金，此后再没有支付与他们提供的情报价值相符的酬金就回国了。通过报纸知道日本来了新武官后，他们希望按照前任武官的允诺支付报酬，支付金额换算为日元大致每人100万。

才到任三天的我就面临着如此难题。大岛完全没有提到过这件事，我手头也没有相当于以前机密费的哪怕一分钱。

特别是他们说话带有浓重的地方口音，听得我云山雾罩。我上楼找大使商量，大使一句“胡闹！”根本没有当回事。

我拼命地向他们解释以前军队与现在自卫队之间的不同，但是他们完全没有改变态度，反而迁怒于我，说我作为武官如果不履行承诺，那能由谁来支付，日本居然是如此不讲信用的国家吗？！

随后，他们威胁道，在联邦德国国内恐怕有50个以上的德国人接受过这样的任务。或许这是真的。盟国还会在自己的盟国安插间谍？读者看到这儿可能会吃惊。不必吃惊，这就是情报世界。又让我想起了二战伊始 304
美国就将所有日裔美国人强制收容的事情。同盟国之间都是这样，更何况是美国呢？

他们很难了解和理解我的意思，最后表示将通过法院解决。防卫驻在官（译者注：以下统一称为武官）专任女秘书很平淡地说这样会解决得更快。年轻的女秘书不在乎如果输了如何是好的问题。

> 因为是对方起诉，即使不愿意，法院也会发来出庭传票。如果不愿意这样，那么现在不支付他们是不会回去的。

这就是年轻女秘书德国风格的意见。

结果在不了解德国国内情况的状况下，我仿佛成了刀俎之下的鱼肉。

如果对话可以流畅地进行，或许我就可以说服他们了。

但是日本人一听到审判（法院）两个字就会紧张。尽管到任第一个月首先必须准备家庭的生活，却突然背上了沉重的包袱。

没到三个星期就收到了法院传票。首先吃惊的是，传票并不是要求我们到第几号法庭出庭，而是写着到某一位法官的办公室出庭。

根据女秘书的说明，不能对外交官作为被告的案件进行刑事审判，只
305 能作为民事案件听取意见。

法官的办公桌在中间，左侧坐着三位原告，右侧则是我和女秘书。办公室很小，大约11平方米。在进行了德国惯例的宣誓后，法官让他们三位每人陈述自己的主张，加起来不到一个小时。之后法官向他们确认了与前日军武官的合同。

确认后，法官向我和女秘书进行了简单提问，诸如自卫队建立的时间、与前日本军的关系等，并不难回答。随后休息，休息结束再次回到办公室，法官说：“现在宣布判决结果：日本自卫队的堀武官完全没有履行前日本帝国陆军武官承诺的责任。”

审判就这么平淡地结束了。三人没有一句不满，平静地与我在走廊里握手，一句“你赢了”后就道别而去，和女秘书说的完全一样。

这次审判给我的印象是德国司法审判的简便性、法律受重视的程度以及拥有司法权限的法官权威得到的保证。这三个人的态度完全就是在听法官如何进行法律解释。

这场司法审判的经历使我理解了美国和加拿大在开战后立即对日裔强制收容的意义和目的。毫无疑问，无论是哪个国家的武官，即便是在本国
306 的盟国，也会组建间谍网。

那以后又有德国人和瑞士人来使馆，但当女秘书向他们说明了法官的判决内容后，都毫无不满地离开了。入乡随俗，每个国家都有不同于其他国家之处。

就任第二年的冬天，我接到了通知，社会主义以外国家的武官如果提出要求，可以安排参观位于卡尔斯鲁厄的坦克工厂。就像是为参观日期做上记号一样，日本生产坦克的工厂技师们来到德国并到家拜访了我。

日本防卫厅要求他们参考德国坦克研制日本的新型坦克，尽管他们提出无论如何找个办法参观德国坦克，但对于大岛所言的没有特权的他们，这是不可能的。

我对他们说过几天要去视察这家工厂后，他们表示，由于日本防卫厅想了解，能否请我一定看看德国坦克的某个部位，如果知道那个部位零件的尺寸是多少毫米，其余的自然就会迎刃而解。以前德国坦克都是铆接式的，而现在因为是焊接式，估计从外观上就可以看见，如果能碰到放置在外的零件，只要知道这个零件的尺寸即可，因此请我进行测量，只要测量一个地方就可以，技师们十分认真。

技术专家真的是厉害得可怕。仅仅一个地方的尺寸，就可以画出坦克
99%的结构图来。 307

日本的武官由陆军、海军、空军按照顺序轮流出任，这并不可行。至少应是陆海空三军各出一名，并有必要配备技术专业的助理。这些技术专家使我明白，日本现在的武官配置实在是太粗糙了。

不管怎样，必须为了日本做些什么。但是在预计有30名进行视察的外国武官面前，是不可能用尺子等测量工具的。

首先，以毫米为单位量出自己五个手指的宽度。在最希望了解的零部件面前有机会提问时，可以用手指指着问：“这是什么地方的零件？”视情况或还可以用铅笔指，必须用看起来很自然的方式提问。六角形的铅笔不会滚动，比较好用。一根铅笔的粗细、橡皮部分、铅笔上的金属零件，从金属零件到刻有笔芯硬度的标记等，还有削过的木质铅笔头等各种可以以毫米为单位进行测量的部分。我对这些部分都进行了精密的测量。由于手指在按东西的时候会变宽，所以利用指甲的宽度更为准确。完全就是一个间谍。

我和各国武官、副武官等在指定的时间来到工厂，在宽敞的工厂中按
照顺序听工厂介绍。出人意料的是看似没有监视的迹象，视察者们经常散 308
开各自参观，有时还会询问陪同人员。

我发现了我要找的目标。实际上，一瞬间我很容易地就用准备好的铅笔进行了测量，然后只要随着大流一路参观即可。

回到大使馆后，日本的技师们正在等着我，对我自然千恩万谢。

到任两个月后，我去拜访了战争期间德国驻日武官克雷奇默少将，此

后我每半年一次到少将在威斯巴登的家进行拜访并叙旧欢谈。少将和女儿两人一起生活，在他的家可以看到一半左右的威斯巴登美国空军基地的机场。少将也把我称作战后日本大使馆武官而热情款待，经常给我一些有益的建议和指导。少将还会给我家打电话，还是把我当成日本大本营第二部德国课最后的课员。人脉是情报工作重要的财产。

6. 古巴导弹危机中的情报收集

1962年10月14日（美国时间），美国高空侦察机U–2通过航空照片
309 发现苏联在古巴建设了导弹基地。

10月19日清晨，肯尼迪总统在白宫召开紧急会议，此时起美国对古巴表现出了异常的关注，20日下午肯尼迪发布海、空两路封锁古巴的命令，事态一举表面化。

美苏关系紧张！

报纸已经出现了这样的标题。

22日白宫召见苏联驻美国大使多勃雷宁，递交了写给苏联共产党中央委员会第一书记赫鲁晓夫的抗议信。当晚7时，肯尼迪通过电视向全美国国民发表讲话，声称：

美国政府根据承诺，对在古巴的苏联军事设施进行了严密的监视。在过去的一周里，确凿的证据表明，苏联显然正在古巴岛建设一系列的进攻性导弹基地。这是苏联的进攻基地，南至利马（秘鲁）、北至加拿大都在其射程之内。苏联宣称没有必要在国境外寻求导弹基地，但这完全是谎言。

我们认为，胜利果实变为灰烬的世界战争为时尚早，但是在

必须面对之际，我们永远不会在危险面前退缩。

肯尼迪的电视讲话使美国国内情绪沸腾，同时全世界也为第三次世界大战是否会爆发忧心忡忡，局势日益紧张。 310

同日，艾奇逊国务卿来到巴黎寻求北约各国的理解。各家报纸异口同声地惊呼“美苏（战争）一触即发”！

大使馆人员尽管不少，但这种情况下毫无疑问该是我的工作了。我和所有我认识的德国国防部官员联系，希望见面，但22日后，打往国防部的一般电话都已不通。国防部大门紧闭，整栋楼灯火通明却没有出入的汽车。

国防部照例被封闭了起来。美苏开战意味着世界大战，对日本而言极其重大。大使也很担心地问我：“堀，局势会如何发展啊？”我无法回答。

大岛前武官曾经说过：“终极情报来自于权力中枢。在苏联这样的国家做不到这一点，因此需要在中枢的外围不断观察各种征兆。”现在正是这样的时刻。

好！那我就在城墙外围找征兆吧。

我想起了1943年10月从德国课转到苏联课第一次看到苏联课工作时的情景。

回家后，印度尼西亚武官潘贾坦（Pandjaitan）上校来访。和我一样，对避而不见的德国国防部不知如何是好。“什么也做不了”，感觉上他不断 311
想从我这儿得到帮助。在战争期间他就住在日军占领下的雅加达近郊，日语也很流畅，对日本很是亲近。

在对他说今天晚上除了睡觉无事可做、让他回去后，我去了家附近的小酒馆。小酒馆里附近的邻居们一边喝着便宜的葡萄酒，一边高兴地玩着牌。这时我在人群中看到了从我家数第三家邻居的老二在打牌。他的确应该是在半年多前参加了坦克部队。

你好，汉斯，在休假吗？

我冲他打招呼。他点了点头，告诉我，他得到一个星期的假，前几天回了家。

好啊，明天晚上我们请吃牛肉火锅，你也来我家吧。

汉斯被牛肉火锅吸引，马上回答："那太好啦"。

汉斯，真有口福啊。

邻居们在旁边起着哄。我家附近的居民有很多记住了我家牛肉火锅的味道。

312 已经接近晚上10点了，但我还是驾车去了莱茵河畔一家高级葡萄酒屋。

——真是孤零零的武官啊。

我一边开车一边这么想着。大岛前武官在日本一定连想都不会想到。

这家葡萄酒屋是一家可一边眺望莱茵河一边品酒的气氛优雅的高级餐厅。我经常在这里品尝高级葡萄酒。由于有着日本武官的头衔，这里的女主人对我特别亲切。到了秋天，女主人会到摩泽尔去购买葡萄酒，还会带上我们全家一起去。一个月前我们还去了摩泽尔，在女主人的导游下，我们驱车去了位于埃尔兹河溪谷中陈列着中世纪骑士盔甲刀枪的埃尔兹城堡。女主人看上去50岁刚出头，比起美女更可爱，非常喜欢穿着制服的军人。

城堡中有一座骑士的立像，脸完全被头盔覆盖。在这座骑士像前，女主人像军人一样将右手横放在额头前，开玩笑似的问我："堀大佐，你知道为什么军人和警察要这么敬礼吗？"

…………

我不知道，于是她说道："骑士回到城堡后要列队在国王面前走过。如果头盔一直罩住脸，国王就不知道是谁了，对吧？所以那个时候骑士就会像这样把脸前类似头盔小窗的部分打开，这就是敬礼的起源哟。" 313

女主人模仿着用手打开盔甲在脸前的小窗，将手掌举到额头。

啊，原来如此！

1927年4月到幼年学校上学以来35年，我一直在敬礼，但这还是第一次知道敬礼的渊源。这就是日本对西洋兵学的学习方法，只看表面不看深层。女主人是我第35年的军事教官。

那天晚上已经很晚了，但我还是要了葡萄酒坐在看得见莱茵河的窗边。女主人时不时过来坐在我身边和往常一样聊天。莱茵河上航行的货轮船头和船尾都亮着航行灯，在夜色中轮船的来来往往显得异常的多。

"夫人，今天晚上好像轮船很多啊。"

"没错。这一两天突然增多了。"

"是平常的几倍啊？"

夫人露出已经理解了我的意思的表情：

"刚才土耳其武官已经来看过了哟。"

"谢谢，夫人！"

"明天开始我帮你数来往船只啊，堀大佐！" 314

我放下比平常更多的小费后回了家。莱茵河下游的鹿特丹有美军的大型石油储藏基地，美军一定是从这里用船把石油运往上游的美军基地。

第二天（10月23日），苏联强烈批评美国，指责美国的海盗行径和核讹诈。

我首先向国内发送了第一封电报，汇报了德国国防部已经封闭以及略微可疑的感觉。随后我又想了一个办法，我给汉斯打了个电话，问他："今天突然有急事，请客吃牛肉火锅能否推迟一天？"汉斯很轻松地回答："还有五天休假呢，没问题。"骰子会投出什么数呢？我在想。

23日早上，克雷奇默少将来了电话。于是我决定去一趟就任后已拜访多次的少将在威斯巴登的家。开车到威斯巴登大约140千米的路程，德国的高速公路时速可以开到150千米以上，只要一个小时就足够了。

威斯巴登是美军的一大空军基地，与海德堡的美国陆军司令部一起成为美军重要的两大军事基地。

尽管退役后过着隐居生活，但克雷奇默少将的情报头脑并没有变得迟
315 钝。一根烟之后马上说道：

附近有一位在美军空军基地军官专用旅馆工作的女士。她说这几天旅馆爆满，都搭起了临时床铺。

克雷奇默少将早就看透了我的心思，一边从窗口向外眺望美军基地一边说："这儿能看得见一点机场吧，昨天大型运输机的起降十分显眼。"

克雷奇默少将一生都关心日本，遗憾的是这之后不久就去世了。

回波恩的路上我特意从可以看见美因茨莱茵河货运场的桥上开过。货运场热闹非凡，我边开车边歪着头看："一眼就能看出来忙得不可开交啊。"

即使是从鹿特丹的石油储存基地送往莱茵河上流，货运场的繁忙光景也过于明显了吧。

不知是不是看到我的车停到了家门口，汉斯最小的弟弟跑了过来。

"我哥哥刚才回兵营啦，所以没法去您家吃饭了……"

“明白啦！谢谢你，鲁尔夫。”

我投出的骰子显示了“双数”，可以整除了。汉斯的休假取消被召回了兵营。国防部像贝壳一样合了起来，但是贝壳中的动静却通过汉斯这名年轻人被召回兵营显现出来。回到大使馆后，我将今天观察到的内容整理后向日本发回了第二封电报。316

肯尼迪挥出的拳头不像是虚晃一枪。

傍晚时分，很早我就带着女秘书又去了葡萄酒屋。刚一进来，就有人冲我打招呼：“你好！堀大佐先生！”

和我握手的是土耳其的副武官。我们一起在窗边坐下后，他指着一艘货轮说道：“往上游去的船吃水都是最深的，往下游去的吃水浅，是空船吧”。

日本武官果然眼光敏锐啊！平克特里西大佐先生！

副武官还夸奖了我。情报专家互相都能够读懂对方。平克特里西是德文pünktlich，即严格遵守时间之意，也是我这两年来努力才得到的绰号，当然深感荣幸。

我的秘书去找女主人很久没有回到座位上，想来是在不让其他顾客知道的情况下从女主人那儿拿来女主人调查到的货轮往来表吧。之所以带上女秘书，就是因为我想到了这一点。我肯定会碰到什么人，这时女主人不可能在他人面前把统计好的纸交给我，并谈论船只数量的问题。

根据女秘书从女主人那里听到的信息，往上游去的船是平时的5倍。看来是将鹿特丹港的储油罐腾空，石油运往威斯巴登，空了的储油罐再由大西洋而来的油轮装满。317

这一晚的葡萄酒特别香醇。这是因为我在女秘书和土耳其副武官面前点了15年的摩泽尔白葡萄酒。

晚上9点半，我催促女秘书起身离去。在门口碰到了委内瑞拉武官。

你也来了？

两人握手后武官说道：“局势越来越紧张了。委内瑞拉在古巴导弹的射程之内，的确让人头疼。”

大家的神经全部集中在古巴。这位武官是日本乃木大将的忠实崇拜者，有时会来我家，很喜欢谈论乃木大将的话题。委内瑞拉也是一个对情
318 报敏感的国家。

我开车带着女秘书上了夜晚的高速公路，并不是为了在高速公路上开车，而是要去横跨高速公路的跨路桥。女秘书觉得跨路桥附近一定有警察站岗，所以也要和我一起去。果然，跨路桥前有红灯晃动，秘书冲着车窗外说：“这是日本的武官，我们就在桥上看看。”

警察看了看我的车牌，然后说“请吧”。在这里武官的特权也起作用了。如果是一般人，一定会被刨根问底地盘问，恐怕也不会让在桥上停留吧。

跨路桥下的高速公路上，无论是上行还是下行，每隔三四分钟就会有30辆左右、带着车篷的军用车队打着大灯驶过。

一切都明白了。

我和女秘书再次驶向波恩。美丽的星空下古城像一幅剪影。

途中，车里开始广播“美国将于24日上午10时开始实施海上封锁”的新闻。

当晚，我发了第三封电报，但只是报告了美德两军都进入战备状态。

24日到了。装载导弹的苏联运输船队一步步逼近美国海军设置的古巴封锁线。10点还是没有任何新闻。就在我们紧张是否“已经打起来了”时，

苏联船队在正午180度转向，美苏冲突在最后一刻得以回避。

“孤独的武官”对古巴导弹危机的情报收集工作结束了。但我好像只能不顾一切地追踪几个征兆，却无法让工作做到像昔日大岛武官那样可以与政府和国防部核心部接触，从而判断出“美苏间有高层政治交易”的程度。因此，我没有勇气向日本国内发出判断“美苏战争可以回避”的电报。望着国防部灯火通明的大楼，却只有通过捕捉征兆报告美德两国都在做着以防万一的准备，而没有其他的方法。归根结底，“孤独的武官”能 319
做的有限，只能去发现对外封闭的权力中枢外围的各种迹象，沿着这些迹象探求权力中枢“正在计划什么”。

这就是战后武官有点悲惨的真实写照。

7. 未被利用的战争痛苦教训

听说日本的老师们反对国歌国旗，这是真的吗？

这是联邦德国军人经常会问到的有关日本的问题，也是德国报纸有时会报道的事情。

战后德国被分成东西两个部分，但心在一起。日本国土维持了统一，但心却被左右一分为二。可怜可悲。

这是德国人常说的台词，谁可怜可悲？当然指的是日本。

讽刺的是，在德国人抱有这种对日观时，1960年夏天日本岸信介内阁被卷入了安保骚乱之中。

正好在这段时期，日本自卫队决定引进F-104战斗机，机体从美国进口，但必要的数据等则应从已在使用F-104的联邦德国获得。我接到防卫 320
厅命令后与联邦德国国防部交涉，谈判完成了99%，已经进展到了即将交换协议书的阶段。

但恰逢此时，安保斗争比预料的更为激进，联邦德国报纸在头版头条用大标题进行报道，渲染日本国内正在发生革命暴动，岸信介内阁危在旦夕。当时配有国铁品川站骚乱照片的德国报纸是这样报道的：

> 高喊革命、高举红旗的一队人马冲进了品川站。革命的队伍一瞬间就占领了车站，从车站正门房檐放下了十余米长写着革命万岁的垂幅。聚集在车站周围的群众一起鼓掌，高呼万岁，对垂幅表示欢迎。突然，群众人群中传出歌声。群众和革命队伍遥相呼应，人们挥舞着小旗，开始了革命歌曲的大合唱……

看过这样的报道后，谁都不会怀疑日本正在发生革命。

在快读完报纸时，电话响了。女秘书接电话后，用眼神告诉我，似乎是让我直接接电话。来电话的是国防部副部长，他说：“堀武官，我有一件重要的事情要和您谈谈，请您一定不要听错。前天国防部通知您，同意向日本提供有关F-104的情报资料，这是我的口误。请您听清楚，这是不可能的。在您和本国联系之前不告诉您觉得对不住您，所以才直接给您打
321 电话，您明白了吧？”

说完就挂了电话。“口误”当然应该是我才能用的借口。副部长使用的德文单词我至今没有忘记，他说的是sprach fehler。根据字典的解释，这个词或是指语言障碍，或是用词文法上的错误。只能认为一个国家的国防部副部长找了一个小孩子才会用的借口。当然，我通过电话进行了抗议，但对方先挂断了电话。

感到气愤和束手无策的不仅是我，还有我的秘书。她建议我用最快的速度前往国防部与副部长面谈，她也将陪同我一同前往。我开着奔驰230奔向郊外的联邦德国国防部。

庆幸的是副部长就在办公室，并接见了我们。

“副部长阁下，您也是一国的副部长，说sprach fehler是怎么回事？如果我出现fehler（错误）情有可原，您可是德国人啊。我代表日本自卫队拒绝接受您的这个说法。您是不是看了今天早上报纸的新闻，才想取消前天明确告诉我的事情呢？”

“不是不是，不仅仅是报纸，这是国防部的决定，并非我个人的意见。”

在我的咄咄逼人之下，副部长处于了守势。我接着说：

> 我也看了今天早上的报纸。难道德国的新闻记者能力都是这么差吗？只有品川站是日本吗？诸如后乐园棒球场、神宫外苑棒球场、歌舞伎座等，还有其他很多日本人聚集的地方。在这些地 322
> 方，比品川站前群众多几百倍、几千倍的日本人在愉快地看着棒球和戏剧。仅仅一个品川却写成似乎全部日本都一样，这就像在欧洲有名的日本春宫画，把某个部位画得像松树树干一般粗。您对这样的画有兴趣吗？

日本的春宫画在德国也十分有名。有些人认为所有的日本人都有那么个大大的部位。旁边的女秘书吃惊地瞪大了眼睛，我接着滔滔不绝地说道：

> 仅靠局部就判断全局，战争才会失败。如果贵国驻东京的武官就品川站事件发回了日本发生革命的电报，那么这样的武官将会耽误贵国的情报判断，立即将其召回如何？

副部长一脸严肃地听着我继续说：

> 您恐怕不得不必须给我打一次说自己sprach fehler的电话。

如果您认为贵方的决定已经绝对无法更改，请您通过书面文件的形式、注明理由并邮递给我。一个国家的自卫队代表仅仅因这样的一个电话就被废除了协议，这是对自卫队的侮辱。

我的喋喋不休看上去的确令副部长意想不到。实际上春宫画的问题、最后向我邮递书面文件、对自卫队的侮辱等都是没有充分考虑的即兴发言。居然说了这么多，连我也对自己的表现感到吃惊。

因为台湾空战后屡经劫难的我相信德国国防部对日本形势的判断酷似当年日本发布捷一号作战令时的日本大本营作战课，因此才绝对自信地要
323 求对方用书面文件的形式给我答复。

大岛前武官曾对我说："武官作为一个国家军队的代表享有特权，要经常与权力中枢见面（以下略）。"这次应是我对这番话的一次践行。

因为我在战争期间和在自卫队都从事情报工作，所以在形势判断上有自己的一家之言，这样才有可能和对方进行这种交涉。

本书没有必要写出结果。一周后我收到了副部长的宴请，两国也相互交换了协定文件，可谓大功告成。即使这样，在日本反对国旗、反对国歌的举动依然给德国留下了日本危险的印象。此后，我与副部长的关系变得十分亲密。

1963年10月末，我四年的武官任期结束后回到了日本。

回国后，说实话我对自卫队很是失望。与联邦德国国防军相比，因为自卫队打着"文官统治"（civilian control）的招牌，所以自卫队员明显萎靡，制服组（译者注：身穿军装的职业军人）完全没有自信和自豪感。在观察过联邦德国国防军的我的眼里，制服组军人对文官和文官出身的上司阿谀奉承之态度十分怪异。

1966年，统合幕僚会议议长（译者注：相当于参谋长联席会议主席）视察北海道结束回到东京后，召集事务局长（相当于中将）和各室室长5人开会，当时我是统合幕僚会议（简称统幕）第二室（情报室）室长。

324 议长发言道：

> 根据北海道北部方面队总监（相当于前日军的军司令官）的意见，万一苏联军队向北海道发动进攻，北部方面队有必要开展游击战对抗苏军。为此，方面总监计划今后认真研究游击战并进行训练。我回来后想，统幕也应该建立游击战研究委员会认真进行研究与指导工作，不知道大家赞成不赞成？

听完后我一时间目瞪口呆。

统幕议长是自卫队最高职位的官员，在前日军时代就相当于总参谋长。这种地位的人却声称要打游击战。这段话的意思就是，万一爆发战端，自卫队无法和苏军堂堂正正地战斗，所以全军要研究如何开展游击战。军队中枢连根本的战略也没有，而是要去研究一时性的战术。

接着让我吃惊的是，除了我之外的各位室长（人事、作战、后方、教育）和事务局长都表示“没有问题”。

我没有办法保持沉默了。

> 北部方面队的想法可以理解，正因为如此，连中央部也要研究游击战的理由何在？游击战是因为没有战斗力了才不得已采用的战法。前线部队以定好的兵力和定好的武器进行战斗，因此，如果北部方面队除了游击战别无他法的话，中央部的参谋们难道不应该进行各种努力使前线部队不用采取游击战等形式，而是堂堂正正地战斗吗？这就是中央与前线的不同之处。 325

在争辩的同时，我想起了太平洋战争中前线部队因为作战课错误的作战指导而只能苟且作战的悲惨光景。

前军队出身的统幕优秀干部们却已经卑躬屈膝。和联邦德国国防军干部们飒爽的气概相比，我对自卫队的现状和将来几乎抱着已经绝望的心情。半年前也是在一个会议上，只有我没有放弃自己的主张表示反对。会后在走廊里，参会的某人对我说："堀，说得真好，就这么说！"可是在会上，他的发言却是完全相反的。我听起来完全就是他们觉得只要让我继续放炮，自己不用受到伤害就可以解决问题。

情报职人无法忍受这样的氛围。在文官统治高墙下的言论空间中，我没能学会不讲真话、随波逐流的技巧。

第二年3月，在人事调动来临之际，我提交了退役报告。

七、情报才是最强“战斗力”

1. 美军眼中的日军五个败因

1967年3月，我退出了情报的世界。离开后从外部观察反而看到了现实，如此下去果真没问题吗？我更加担心了。

1946年4月，美军向美国政府提交了题为《日本陆海军情报部》的调查报告，首先我必须介绍其结语的一部分（着重号为笔者添加）。

> 结果表明，日本陆海军的情报工作并不充分，其主要理由如下。 327
>
> ① 军部领导断定德国将获胜，而对盟国的生产力、士气和弱点等进行了不恰当的过低评估。（注：国家实力判断失误）
>
> ② 不走运的战况，特别是空中侦察的失败，导致错失了大量最具准确度的情报。（注：制空权的丧失）
>
> ③ 陆海军之间的联系不够通畅，总算得到的情报却无法发挥作用。（注：组织不统一）
>
> ④ 情报方面的职位没有人才，缺乏对包括情报在内的重大事态本质的认识能力，最终导致情报工作在日军中只是次要性任务的结果。（注：作战第一，轻视情报）

⑤ 日军精神主义起到了阻碍情报活动的作用。军队的计划者们都反复强调有神灵加护的日本不灭论，轻视有效进行战争最为必要的各种准备工作，只是过度强调进攻。其结果，他们在有关敌人的情报方面十分盲目。（注：夸大精神主义）

这是美军对日军情报活动的总体评价。

评价精确至极，只有脱帽致敬了。即使在战争已经过去40年的今天，以上五个项目仍然是重要的教训。以下我将举例说明。

328 第一是对国家实力判断的失误。这是日本第一个失败。从寺本中将让我看的欧洲战史丛书也可以发现，第一次世界大战时的美国，除了英法两国，还向澳大利亚和土耳其等国提供了几乎100%的补给，并且动员了400万人的本国军队，成为至少是相当于四个国家总量的补给和生产基地，已是每日耗费100万美元战争费用的超强大国。

在太平洋战争中，美国支撑着英、法、苏、中和本国共五国的国力继续战争。如此简单的事实为何日本的大本营就看不清楚呢？不仅仅是战争，任何斗争中忽视对手的实力就不可能获胜。德国将获胜的结论，并不是判断，而是透过亲德眼镜的愿望。寺本中将在赴任威克岛前夕曾到在杉并的我家道别，并说“居然敢和美国开战，决不能蔑视美国的国力”。带着美国通的眼镜就会对美国的实力做出正确计算。

第二是制空权的问题。我已多次说明了没有制空权所导致的结果，以及通过研究美军战法说明那场悲惨的战争，在此不再详述。

重要的是，面对太平洋，日本的战略制定者们像小学生一样只看到蓝色的海水和洁白的浪花。但美国的战略制定者们则认为如不控制这片天空则无法控制这片大海，而更看重天空。不仅仅是大海，当遇到一件事时，
329 有人用去郊游和游山玩水般的眼光观察，也有人用战略般眼光审视。

根据战后公布的美军资料，美国海军陆战队艾利斯少校在1921年已经向海军陆战队司令提交了西太平洋作战构想，因此正如寺本中将所言，美军的蛙跳战术从1921年就开始筹划了。

随着日美开战，日军举着国旗兵不血刃地在太平洋一个一个岛登陆时，美国恐怕毫无疑问地在内心窃笑日本中了圈套，因为在太平洋上实施蛙跳战术进攻比防御更为有利。日本连战场研究都忘得一干二净。

被称为美国通的人们不断被权力中枢疏远，只有与实权者关系好的人才能位居中枢要职，实在是遗憾至极。这也是政界、企业、各种组织中都可以见到的弊端吧。

第三是组织的不统一。美国有中央情报局（CIA）、德国有联邦情报局总部（BND）、苏联有国家安全委员会（KGB），英国、法国、以色列、中国、韩国等，拥有国家级别情报组织的国家不胜枚举。以美国为例，CIA在收集与国家利益有关的情报方面拥有令人惊叹的极大权限。

比如从某个国家得到的政治、产业等情报中的一部分，从其他国家武官得到的军事报告，人造卫星的照片，以一眼看来与这些毫无关系的问题
作为题目的学者论文，报纸的一些不起眼的报道等，CIA都会收集，并通 330
过CIA专家使用计算机和头脑，在这些资料中建立相互关系，将之前从不同渠道获得的零七八碎的资料变成重要的“完成情报”，并将这些情报提供给需要它们的各部委、有关部门和民间企业的组织机构。

如果战争中日本也有这样的统一组织，“1945年7月16日新墨西哥州进行了新试验”这一条仅仅两行的外电就一定会与其他的谍报建立链接，从而得出“原子弹”的字样。

不仅仅是陆军和海军之间缺乏沟通，陆军作战部、情报部、技术本部、航空本部等也都是各自为政，这正是美军所指出的问题。（鉴于美国原子弹研究进展迅速的情报，1943年3月根据东条首相的命令，陆军航空本部的数名研究者在仁科芳雄博士的领导下开始研究原子弹，这段历史战后才第一次解密。当时由于是军事机密，日本的研究进展自不必说，连美国国内这方面的情报也都没有告诉情报部。）

1972年，18名日本人涉嫌盗取美国计算机公司IBM的秘密而被FBI“钓鱼执法”。在美国，人们不会觉得这仅仅是日本一家企业所为。如果是日本人，会不加犹豫地认为是这个企业做得过分了，而透过CIA（译

者注：原文如此，应为FBI）的眼镜，这就是日本正在有组织、以国家为
331 单位进行的针对美国产业的间谍活动。

为此，美国完全像破获了苏联间谍网那样大肆报道。但这也是美国和各大国以国家行为进行这种活动的证据。

于是尼康FM2相机的一张广告在日本只是照相机广告，而被CIA收集到后，就变成了可以用于U–2侦察机拍照的军事情报。

与以往只有军人间互相争斗的时代相比，今天的情报世界飞速扩展，军队、企业、民间之间已经难以区分了。

第四是调查报告指出情报部门无法获得人才，并成为次要任务，可谓一语中的。日本的军队、企业和政界都以优秀的人才为中心运作，很多情况下组织只做表面功夫。大本营作战课以前就是人才集中的地方，特别是其中的作战班，陆大军刀组之外的人是不可能进去的。没有当过作战课长而成为陆军大将的人凤毛麟角。

情报部却吸引不到人才。情报部每年制作一本很厚的当年形势判断资料集，分发给总参谋长和各个部。但是在我工作期间，我们和作战课、作战室坐在一起通报各个战役的敌情判断，并就作战情况进行必要的讨论一
332 次都没有过。

说出这样的真实情况后，可能会使不知道大本营作战与情报真正关系的一般人觉得非常震惊，但很遗憾，这却是事实。被允许进出作战课作战室的人，即使在大本营参谋中也只是一小部分。

当时，每天早上情报部都举行战况说明会，换言之就是在大本营内部进行“第二部也做了这么多工作”的宣传，会上作战课对情报课的判断不屑一顾。我在山下方面军做出敌军登陆吕宋岛的敌情判断时，我发的“美军将在三月后进攻吕宋岛”的电报，以及有关台湾空战战果的电报均不见踪影一事，尽管不可思议，却也是作战与情报相互隔绝的证据。这些让我感觉到在大本营中还有一个大本营，那里的实权派参谋独断专行地做了很多事情。

战后战史家出版的诸如《大本营参谋》《参谋》等的书中，让读者感

觉“大本营参谋全都一样”的记述很多。但我之所以使用“一小部分战略计划者”，是因为大本营参谋中存在着特别参谋和一般参谋。结论而言，如果将情报部定格为特殊的军刀参谋组，或许战争就不会爆发了。

第五是日军的精神主义在情报上也是盲目的。在美军战法研究中，我
屡次将之称为“蒙眼剑术”，仅仅有军人敕谕和战阵训于事无补，也已多 333
次予以了点评，在此不再赘述，但读者如果联想到在托罗基纳角战斗中，浜之上联队长曾报告“当前状况与和与中国军队的战斗完全不同”，就会理解日军的情报是多么的盲目。

美军指出的以上五点可谓一针见血。

战争结束40年后的今天，日本是否已经吸取了这些教训呢？很遗憾，回答只能是“不”。读者不妨将这五点与自己所属的企业或组织进行对照和思考。

2.“兔子耳朵”才是最强“战斗力”

战后四十余年，情报世界已经发生了翻天覆地的变化。在未来的情报世界，像我所经历的依靠专家的个人活动能否继续有效，必须进行充分的反省与研究。

在此再次引用前述美军调查报告概要中的一节文字：

> 通过战争的全过程可以看出，完全没有情报专家的培训计划阻碍了日本的情报活动。在日本，陆军大学校和航空将校养成学校既没有情报班级，也没有特殊的情报课程。尽管进行了极少数的情报训练，但其也只是战术战史、通信课程的辅助课程。因此，接受情报任务的军官们除了在战斗期间自己领会新任务之外
> 没有其他的方法。 334

至少根据我的经历，以前的陆军情报部只给安排工作，却并不教授如何去工作。正如美军调查报告指出的，除了像传统那样自己学习领悟之外别无他法。

想起了我把青春献给情报工作的战争岁月，对调查报告的这段文字感同身受。同时，也感到美军像是在嘲笑日本："这种态势下也敢发动对美国的战争，真是无视情报国家的悲剧啊！"

从吸取战败教训的角度看，战后日本在情报方面并没有什么改善，只在一个方面总算有了进展，即自卫队整合陆海军的航空部队创建了航空自卫队。就在认为诞生了与世界列强匹敌的新军事体系之际，时代正在发生难以超越的变化。

如果第三次世界大战爆发，美苏两国第一次打击的目标将会是什么？今天，日本偷袭珍珠港这样的第一次打击已经难以想象了。

1957年10月苏联发射人造卫星后的32年里，美苏两国的情报部门已经走向了宇宙外太空。

335 前几天日本报纸刊登了苏联人造卫星拍摄的关东地区照片，图像鲜明。如果是这样，日本全国暴露无遗，所有的设施都在苏联导弹的瞄准之下。根据情报，美国在这方面更加先进，因此美苏两国的情报之眼现在正从外太空不间断地监视着敌人对本国可能的偷袭和世界各国的动向。

所以，开战的第一次打击目标不是地面的导弹基地，而是外太空轨道上飞行的情报卫星和警戒卫星的可能性正在增大。这是美国在太平洋战争开始后立即强制收容第一、第二代日裔美国人，摧毁日本情报眼目的方法。

在这里，必须提一下情报一词的用法。最近，用"谍报"（intelligence）的情况多了起来。一般而言，不管是通过秘密手段还是合法手段收集到的所有信息都被称为谍报，将这些谍报收集后从各个角度进行分析探讨，使之成为政府、军队、其他部门和企业等使用者可以使用的资料，从交付阶段开始被称为情报（information）。在此我并不想对学术解释提出质疑。

就在学者和研究者进行各种探讨之际，现代秘密谍报战已经从地面、空中扩展到了海洋和宇宙外太空。

由于每个国家绝对不会公布，因此秘密谍报战的成果不甚明确，但最近谍报战领域取得显著成绩的一个案例就是美国在古巴导弹危机中的胜利。古巴导弹危机中，谍报战的功劳首先是美国U-2高空侦察机在2万米
高空拍摄到的一张圣克里斯托村附近荒地的照片。以这张照片为突破口， 336
美国CIA分析认为古巴正在建设导弹基地，而航空摄影的发端却是CIA两名古巴间谍的报告。

得到这些情报的肯尼迪断然采取了与苏联对抗的姿态。但讽刺的是，拍照的是快门速度达到1/4000秒的日本尼康FM2照相机。日本宣称不向其他国家出口武器，美国却在使用日本不认为是武器的日本照相机在侦察其他国家时拍照。（尼康）照相机因抖动少所以大大提高了高空摄影效果，而现在1/8000秒更为精巧的照相机已经在市场上流通了。

恐怕不仅在照相机领域，人造卫星领域中日本也毫无疑问是美国宇航局的合作者，有时说不定还是苏联的合作者。情报发达的国家会将日本企业的技术作为优秀的谍报武器加以利用。

发射到外太空的载人宇宙飞船具备监听、干扰多数人造卫星发往地面的侦察照片的电子信号，攻击、捕捉和检查敌方人造卫星等指挥能力和反谍报能力。搭载这些最先进情报技术的载人宇宙飞船科学地收集各种谍报，并不间断地向地面情报中心传送收集到的谍报。现在的谍报战正在向
高空、广范围和高成本的方向发展。 337

在这样的谍报战时代，日本自卫队的军事情报组织实际上只有虚弱的统合幕僚会议第二室及其属下的陆海空自卫队情报部或调查部，工作的内容也是各自从本位主义立场出发以狭隘的眼光看待情报，与前日军时代相比并无改变。极端而言，并没有从拿着剪刀和糨糊制作文件和报纸剪报的阶段走出多远。当然，由于使用计算机而现代化了一些，但在谍报收集领域与其他国家相比较，不得不说仍然漏洞百出。

由于日本的防务方针是专守防卫，所以理应没有比情报更重要的工作了。

以前在德国读过一本书，书中有一个问题：“兔子的战斗力在于跑得快的腿，还是长长的耳朵？”

问题的答案是，即使兔子长着一双跑得再快的腿，如果长长的耳朵没有迅速准确地把握敌人的动向，在跑之前就会成为猎物。因此，对于兔子而言，耳朵才是保护自己最重要的战斗力。美军调查报告指出的五点恰恰
338 证明了日军就像是没有耳朵的兔子。

在日益复杂的国际社会中，日本为了安全且顽强地生存下去，与其发展满可不必的军事力，难道不是更应该提升情报能力吗？

339 长长大大的“兔子耳朵”才是不可或缺的最强“战斗力”。

后 记

现在想来，情报工作实在是一项很困难的工作。但是，我得到了土肥原、寺本两位将军以及几位不同工作风格的课长们的支持与鼓励。而学还是不学，则依赖的是个人自己的“干劲”了。

战争结束回到老家的1945年秋，我为某家出版社写了近400页的《悲剧的山下兵团》的稿件，在旁边看到的家父叱责道：“别去洋洋得意地写一场输了的战争，把它当成摇钱树！”仅仅是我参加的菲律宾战役，就有47.7万官兵战死沙场。这些人已经无法去写、去说、去告诉别人自己的经历了。明治时代的家父总是言外有所深意。

此后，我就把战争的事埋在心底。1986年夏天，在一个我没有出席的某家杂志社座谈会上，有人发言说，“堀提到应对台湾空战过大战果保持警惕的电报被大本营作战课抹杀了”。以此为契机，各方面开始关注我是如何学习、如何处理和如何判断情报工作的事情了。同时，也开始有人劝我一定要从情报的视角明确一个问题：“日军为什么会以如此悲惨的方式输掉了战争？”

今天，已经进入了没有经历过战争的人们主掌的时代，了解当时情况的手段越来越少。想到这里，我感到有必要遵从劝告进行写作。也因为如此，本书并不是情报指南，也不是对日军情报工作的系统研究，而是某一天突然被拉进情报世界的人，其后历经风雨，在苦难中不断磨炼，最后成为“情报职人”投身情报工作的个人经历。

如果读者可以从本书中领悟到对情报无知的组织（国家、军队）会给每个人带来什么样的悲剧以及根据情报进行思考的重要性，我将非常荣幸。

在写作本书时，并没有一一列举帮助我的人，但很多前辈，特别是在菲律宾一起工作的战友们给予了我巨大的支持。有些人并没有等到本书出版就离开了人世。再次对帮助过我的各位表示感谢，并为逝者祈祷。

341 最后，对建议写作此书，从准备资料开始就给予我各种帮助和建议的文艺春秋出版局藤泽隆志先生，以及与我交谈良久的作家保阪正康先生表示衷心的感谢。

1989年6月15日

（45年前美军登陆塞班岛之日）

342 堀荣三

解　说

保阪正康

20世纪70年代中期时，我就想用战争下一代人的视角来验证太平洋战争。这是因为我觉得我们这一代已经对很多太平洋战争的内情烂熟于心，并且明治时期以来近代日本的各种矛盾也都集中体现在这场战争中。从那以后的近20年里，我采访了军官、士官、士兵等两千余人。

在采访中我注意到，军官明显分为两种类型。一种类型是谦虚地只谈自己的经历，将评价和价值判断交给采访者，或任由历史评说。还有一种类型是满不在乎地说自己的经历，并与当时的国策结合，能言善辩，不断巧妙地替自己开脱。我在心中默默地将前者称为理智派，将后者称为凡俗派。当然，理智派军人中，在战后社会没有采取那种风风光光的活法，而是本着“败兵之将不可言勇”的想法回到老家耕田种地的高级军官也不在少数。

我自然与属于前者的军官们保持着密切的个人关系。我认为，不能给他们简单地贴上军国主义者的标签。 343

在我看来，堀荣三就是理智派高级军官中的一员。我与堀先生第一次见面是1984年的春天。当时，我听说他是大本营第二部（情报部）的得力情报参谋，最重要的是在近40年的时间里拒绝任何自我辩解和自我表扬式的发言，某个时期开始在奈良县西吉野村老家的自宅居住，并在大学讲授德语，并始终保持着这样的生活。此外，我还听说在1944年11月的台湾海战中，他留意到了海军夸大战果的事实，并从鹿屋基地向大本营发去了请大本营注意的电报。那么，大本营内部是如何把这封电报封杀的呢？我很希望从堀先生那里了解一下，这是我想见他的初衷。当然，我也想了解莱特岛战役、其后的菲律宾战役中日军是如何欺瞒的。

但是，堀先生在给我的回信中表示，他要遵从父亲堀丈夫（“2·26”事件时任第1师团长，事件后转为预备役）的训诫，不接受采访。堀在本书“后记”中记述了和父亲的这段往事：“战争结束回到老家的1945年秋，我为某家出版社写了近400页的《悲剧的山下兵团》的稿件，在旁边看到的家父叱责道：‘别去洋洋得意地写一场输了的战争，把它当成摇钱树！’仅仅是我参加的菲律宾战役，就有47.7万官兵战死沙场。这些人已经无法去写、去说、去告诉别人自己的经历了。”在给我的信中也有的这段内容反而刺激起了我的采访欲望，于是唐突地登门造访了堀先生。这是因为我
344 认为，让有这种思想的军人开口叙述历史是我们这一代人的任务。

1984年春天以后，我去了好几次西吉野村。堀先生的自宅是后醍醐天皇抵抗足利幕府逃避到吉野山中的“皇居”，在这样有历史的宅邸中的一间里，我尝试说服堀先生。大概经过了一年左右，堀先生可能是没有办法了，终于说“明白了，我会讲我的经历。在此之前请先把这些读了吧”，随后亲手递给我几册笔记，那是他1946年前后为了不使记忆淡忘而写下的亲身经历。

笔记的墨迹已经模糊，纸也变了颜色，随处可见虫子咬过的痕迹，看到这些，感动之情油然而生。堀先生一定是决心总有一天要给子孙们看才会留下这些记录的吧。

那之后，我会时常在东京和奈良与堀先生见面。

堀先生的立场始终如一：“我不想做伤害他人的事情，只想毫无保留地说出自己的经历。可能因此会和其他人发生争执，但这也是没有办法的事。”由于堀先生的经历大都发生在被称为“密室”的大本营里，这里会时常出现作战部与情报部的对立、大本营情报部和派遣军作战参谋之间的

摩擦等，尽可能地客观描述这些正是堀先生的愿望。

阅读本书就会发现，堀先生在本书中不使用“我”的称谓，而是将“堀”作为主语（译者注：为了适应中文读者的阅读习惯，译文全部采用“我”的第一人称）。我曾经表示是否用第一人称比较合适，堀先生却坚持认为：“我想尽可能客观地观察自己。因为是在战争结束快40年后出版，我也想确定自己是否已在某种程度上拓宽了视野。”我想，本书也因此而更增加了厚重感吧。 345

在战后出版发行的“大本营参谋”的日记、回忆录、自传的谱系中，本书位于时间序列中的最终期。1942年年末（译者注：原文有误，应为1943年年末），当时30岁的堀先生从陆大毕业后成为大本营的低级别参谋。在轻视情报的大本营，几位前辈的教诲和优秀的情报解析能力相互作用，使堀先生从分析美军战法一步步发展到准确预测美军的进攻地点和时间等动向。在我对堀先生的上司、对他信赖有加的情报部杉田一次的采访中，杉田一次曾好几次说，“如果堀的情报解析能够更多地用在作战层面上，我们不会输成那个样子吧”，这句话令我印象至深。

堀先生的情报解析技巧在本书中也有所体现。1945年8月6日，尽管捕捉到了从提尼安岛起飞的美军飞机奇怪的飞行轨迹，但却没有理解飞机正在飞往广岛投下原子弹。我曾好几次听到堀说起这段痛苦的往事。

情报参谋的桌子上每天都会放着美国国内电台广播的内容。堀先生从股价的数字中发现，罐头公司和制药公司的股价在上涨，从而判断出美军即将在太平洋发动战争，这是因为美军向企业订购了大量美军士兵的食品罐头和疟疾药。但是，可以说这些情报并没有被大本营的作战参谋们有效利用。

正如本书中堀先生所强调的那样，我也认为，日本对于情报的重要性完全无知，甚至都没有表现出对这一点进行反省的姿态。缺乏收集、解析和活用情报的能力，这一事实意味着日本陷入了不可救药的主观主义。可以说，没有客观分析敌我力量的能力、在独断和偏见的驱动下盲目冒进是3年9个月的太平洋战争失败的原因之一。如果设问这是日本人的民族性，还是某个时代某些日本人的扭曲表现，堀充满反省的回答则是，这毫无疑问属于后者。我以为这才正是本书的意义所在。

1991年，堀先生受邀出任西吉野村村长。就任后他致力于将这个村打造为在日本也可数一数二的文化村。实际上堀先生建造了文化中心，并大力推销地方名产“吉野柿”。在泡沫经济时代，他说他只是不愿干“房地产泡沫般的村行政工作”。1995年春天，堀先生继续担任第二任村长，但却不幸患上了癌症。同年6月，82岁的他安静地离开了人世。

我认为，本书既是堀荣三先生的回忆录，也是一部警示日本人的宝贵资料。我对为了让下一代、再下一代人读上这本书而尽心尽力的编辑表示由衷的敬意。最后，在翻开本书时，再次涌起对堀先生的感谢，也仿佛听到堀先生在字里行间低声细语地问：我们应该向子孙们继续叙说些什么呢?